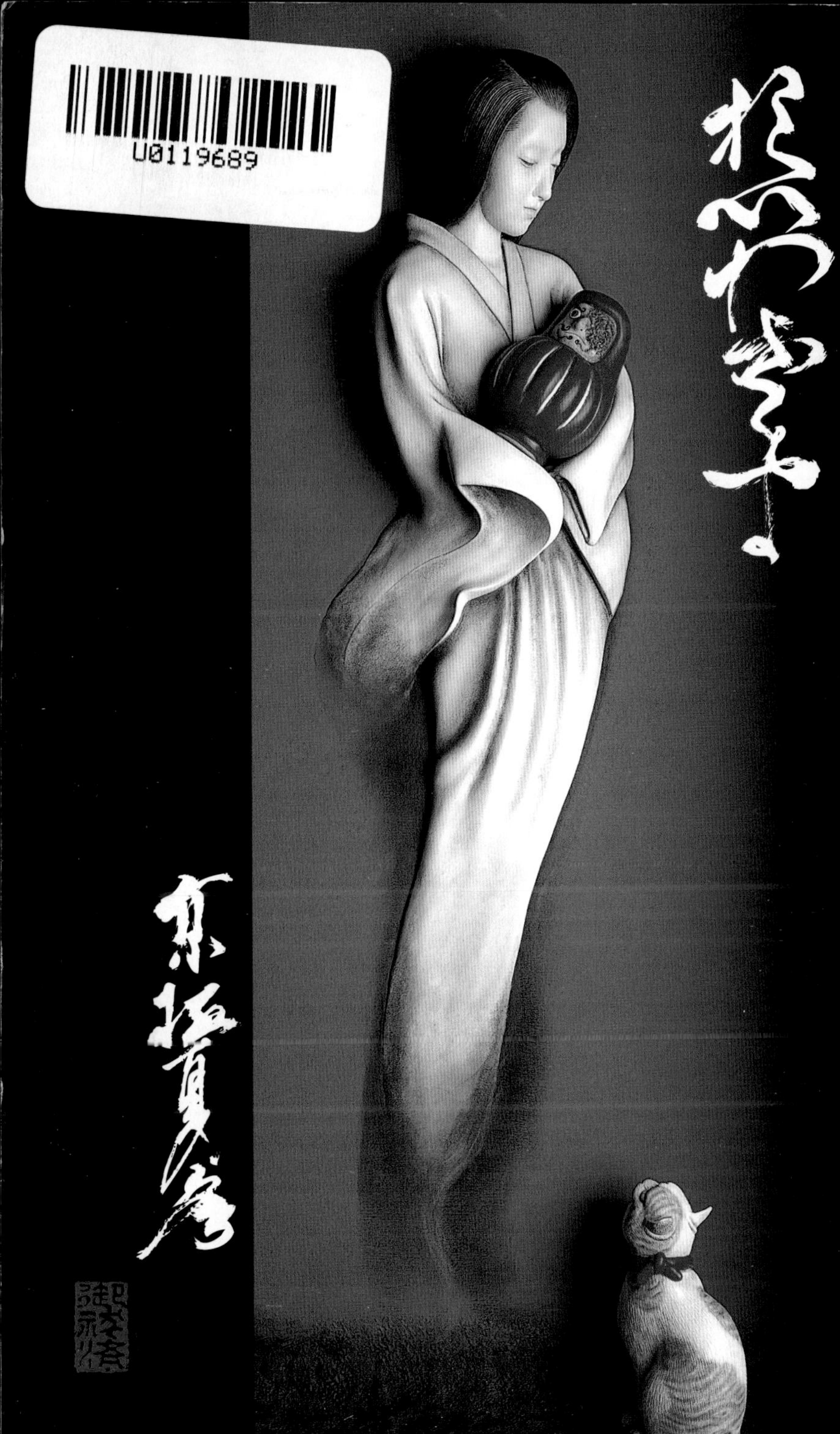
京極夏彦

購於 2007年九月11日
網路博客來書店

嗤笑伊右衛門

京極夏彥◎著

蕭志強◎譯

目錄

封面造型製作／荒井　良
封面設計／FISCO

木匠伊右衛門

伊右衛門不喜歡從蚊帳看出去的景色。

透過蚊帳看出去的世界總是模模糊糊，彷彿眼前罩著一層薄膜般教人不舒服。伊右衛門並不特別鍾愛一切都明明瞭瞭地攤在眼前，卻也不喜歡視野受阻隔、彷彿傷痕累累的世界。不僅如此，坐在蚊帳裡頭的自己看在別人眼中，想必也像忘了磨光的鏡子所照映的影像一般模糊難辨。這其實與自己目前的處境不謀而合。正因為太過雷同，讓伊右衛門更感厭煩。伊右衛門現下的人生，正好就是這般摸不著邊際。

說東道西，說穿了就是他討厭蚊帳這種玩意兒。

蚊帳原本就經常糾成一團、整理不易，加上他打心底就對此物避之唯恐不及，更覺每晚掛上掛下麻煩極了。但一想到不掛蚊帳，自己會淪為豹腳蚊大快朵頤的對象，又不免一肚子氣。當然沒有人願意一整晚替他趕蚊子，但住在臭水溝旁的大雜院，隨處可見聚蚊成柱，每逢夏季總免不了紛至沓來的小蟲。沒辦法，只得不辭勞苦地掛起蚊帳，每回掛完自然是老大不高興。

因此今晚的伊右衛門，縱使沒有半個旁人在，還是板起一張臭臉，如同進行儀式般地掛好蚊帳。掛完後，他在蚊帳中央杵了半晌，漸漸覺得自己何苦氣結，便在棉被上坐了下來。不坐還好，這一坐卻亂了陣腳。他躺也不是，伸腿兒也不是，啥姿勢都不稱他的意。他總感覺蚊帳隔出的四角形的、曖昧不明的空間不斷在微微縮放。眼睛一瞟，原本就黯淡的夜燈正隱約閃爍。還以為是燈油燒罄，伸長脖子一看，才發覺角行燈（註1）裡有隻蛾正在撞擊燈罩，隨著掙扎發出簌簌的聲響。

伊右衛門默默地盯著牠。不一會兒，蛾就被燈火給燻焦了。

四周一片靜寂。

睡意全消的伊右衛門，越過蚊帳看著外頭朦朧的景象。隔著一張薄膜的夜晚，宛如奈落（註2）般黑暗。那是一種潑墨般的漆黑。黑暗中空無一物。伊右衛門知道，一旦步出蚊帳，自己也會為這片黑暗所吞沒。

——被吞沒也不錯。

然而，為何沒那個膽？

伊右衛門蹙起眉心，低下頭來。

這時候——。

黑暗的另一頭微微振動，接著傳來一陣敲門聲，並且有人喊道：

「大爺，伊右衛門大爺。是我，直助呀！」

「門開著，沒鎖。」

只覺門緩緩打開。一團黑影隨著一陣夜風浮動走了進來。

來路不明的黑影躡手躡腳地關上門，說了聲——那，我不客氣了。只聽到滴滴答答的水聲，接著傳來一聲嘆息，以及放回水瓢的碰撞聲。想必對方剛才是在喝水吧。蓋上了水瓶，黑影發出摩擦著榻榻米的聲響挨近，在蚊帳外停下了腳步。

薄暗中，浮現一張隱約的臉龐。一張沒有凹凸、宛如雞蛋般的臉孔。

還好不是狐狸川獺（註3）之輩。一如方才報上的名號，來者確實就是直助。

直助在深川萬年橋町的大夫西田某手下幫傭，管吃管住，也就是所謂的下男。

忘了過去是什麼緣由，他和平素不與人交的伊右衛門聊了起來，就這麼成了伊右衛門寥寥無幾的友人之一。

直助以那雙宛如雞蛋上劃了兩道縫的細長眼睛，隔著蚊帳看著伊右衛門，木然說道：

「真煞風景哪～瞧你掛著這頂蚊帳，即使女人上門也要掉頭走掉。還有，又沒人在監視你，何必坐得那麼端正？」
「這樣——比較舒服。」
「真的嗎？看你正經八百地坐在被子上，斜眼環伺四面八方，一副要吃人的模樣，完全看不出你這姿勢有多舒服。」
「沒辦法，我實在不喜歡掛蚊帳。」
「既然不喜歡，為何每晚還規規矩矩地掛蚊帳？」
「可以不掛嗎？」
「當然可以。這排破舊的大雜院，掛蚊帳的不就只有大爺一個？」
「不掛會被蚊子叮的。」
怕蚊子還敢住在這個臭水溝旁的小巷子裡？——直助丟出這麼一句，接著便抬了抬臂，拿起手巾揩了一把後頸。
連阿袖也這麼說——說完他再度望向伊右衛門。直助口中的阿袖，是一個住在伊右衛門斜對門的十七、八歲姑娘。直助說是他妹妹，但是否屬實，伊右衛門也不清楚。伊右衛門朝蚊帳外頭問道：
「阿袖姑娘她——和你說了什麼？」
「她說，伊右衛門大爺壞就壞在太一板正經了。」
「這是壞事嗎？」
倒也不算壞啦——直助話只說了一半，便笑了起來。
「算了。這也算是大爺為人的優點吧！」
伊右衛門聞言，依然難以釋懷，不了解這有哪裡可笑。
「倒是直助你，這麼晚了，來找我做什麼？」

「晚?才剛入夜吧?」

「晚不晚,每個人定義不同。」

「我這個人就是晝夜不分。」

一切表情倏地由直助臉上消失。周遭的黑暗爬上他平滑的臉,教人分不出是人抑或是黑影。更何況隔著一層蚊帳,看來更是朦朧。

「寄宿主人家的奴才夜裡溜出來玩,恐怕不大好吧?」

「我哪是溜出來玩的?還不是為了照料阿袖。」

「她——身子不舒服?」

阿袖是個好脾氣的姑娘,但似乎體弱多病。伊右衛門沒問過她到底生的是什麼病,只是阿袖病臥在床已拖了將近三個月,想必是難纏的惡疾。若直助出門是為了照顧病臥在床的親人,伊右衛門也沒道理責備他。

伊右衛門囁嚅了聲對不住,接著又說:

「我已經兩、三天沒出門了,完全不知道外頭的情況。」

「不必擔心,她這是老毛病了。還有——」

直助的聲音突然變弱了,想必是將頭別了過去。

滴答——只聽到這麼一聲。

是水瓢上的水珠滴落。

「大爺——」

直助小聲說道:

「人哪……」

滴答。

我說這個人哪——直助又說了一次，接著便沉默不語。

伊右衛門挪了挪身子，落在蚊帳上的影子也隨之轉動。

「怎麼著？人怎麼了？」

伊右衛門以毫無抑揚頓挫的平板語氣朝蚊帳外問道。當然，他是衝著蚊帳外的直助說話，只不過那究竟是直助抑或一團黑影，原本就難以分辨，加上最先映入伊右衛門眼簾的僅有這面沙沙作響的蚊帳，因此總是揮不去自己對著這面蚊帳說話的錯覺。

「直助。」

「大爺，我問你，人——」

蚊帳輕輕晃動，他的人影在黑暗中浮現了一剎那。

「——人被刀子刺到，是不是就會死？」

直助問道。

「被刀子刺到是指——」

「比如，肚子或胸口挨了刀子——就會死嗎？」

「那得看——」

從破木板牆縫吹進來的風掠過了他的領口。

渾身是汗的伊右衛門，不由得拉了拉衣領。

蚊帳再度晃動，直助的背影也隨之淡去。

「——傷得是深是淺。」

「只要刺得夠深就行了?」

「刺得夠深——」

伊右衛門凝神注視。

直助面向門口,腦袋低垂。

伊右衛門無法看清直助的表情,只能喃喃說道:

「不光是刺到就可以。」

「大爺的意思是,要看刺到什麼地方,對不對?」

「沒錯。因為人體有些地方比較脆弱。」

「噢,我就是想知道是哪些地方。」

直助依舊目不正視地說:

「——是心臟,還是腰子?」

「這個嘛……」

「不然就是脖子?——告訴我吧。」

「你怎麼這麼窮追不捨呢?這問題可沒這麼簡單。即便刺到哪個弱點,人天性上也是好死不如賴活,想殺一個人沒那麼容易。」

是嗎?——這下直助一張臉別得更開了。

蚊帳外的無邊黑暗吞噬了他的輪廓。

「直助。」

直助還是沒回過頭來。

伊右衛門不禁想起今年初春發生的事。

當時正值梅花盛開的時節。伊右衛門受直助之託，充當了一次假保鑣。

由於真的只須要充充樣子，於是伊右衛門只是擺起一臉兇相站在門前。一被通知要辦的事已順利完成，什麼也沒做的伊右衛門便離開了現場揚長而去。因此，直助他們做了些什麼，伊右衛門是一無所悉。他只清楚記得回到大雜院時，發現許多梅花瓣紛紛飄落在榻榻米上。想必是他那顆疏於整理的月代頭（註4）上積滿了花瓣吧。這正是伊右衛門當時站得穩如泰山的證據。後來即使拿到了不少酬勞，伊右衛門還是滿腹困惑。伊右衛門至今不曾問過當時到底幫他們幹了什麼勾當，想必也不是什麼正當事吧。或許因為如此，伊右衛門心上還是有些疙瘩。雞鳴狗盜之事向來不合他的性子。

「要找人幹壞事就找宅悅吧！我——恕不奉陪了。」

「這種事還輪不到那惹人厭的按摩師出面。又不是要犯什麼殺人放火之類的大案子。我不過……是想借助一下武士大爺的智慧而已。」

「什麼武士的智慧？」

「這還用說嗎？大爺——」

直助模糊的輪廓扭曲了起來。是蚊帳被攪動了。

「——就是殺人啊，殺人。畢竟腰上掛著傢伙的只有大爺一個。我的確稱不上一清二白，也是在道上混的，但和殺戮到底無緣哪。」

「我和這種事也無緣。」

不會吧，我聽到的可不是這樣。聽說大爺的刀法相當了得啊——說完，直助總算轉頭面向伊右衛門。這回，換成伊右衛門緩緩掉了頭。

「劍術──和殺人是兩回事。」

「應該沒什麼不同吧──」

伊右衛門雖然把頭轉向一旁，望著燈籠的木框，但從空氣的流動，仍可察覺到直助向前探出了身子。反正眼前一片黑漆漆的，用不用眼睛辨視也沒什麼差別。

「──劍術，不就是揮刀殺人的技術嗎？用的就是大爺這種嚇死人不償命的殺人菜刀呀！哪管有啥冠冕堂皇的大道理，除此之外，我實在想不出劍術還能派上什麼用場。」

「別耍嘴皮子了。如今又不是群雄割據的戰亂時代，即便是武士，也沒辦法隨隨便便動刀殺人吧！這年頭除非是斬首行刑的劊子手，哪有人拔刀殺人的。路上的無賴或小流氓，說不定反而比武士更習於動刀。坦白說，我從沒砍過任何活的東西。」

「即使沒砍過，總知道該怎麼砍吧？劍術的規矩我是一竅不通，但聽說大爺可是箇中高手，所以──」

「所以怎樣？」

「所以我才想請拜大爺為師，學習劍術呀！」

只聽到砰的一聲，直助想必是一改態度坐正了身子。伊右衛門說道：

「想學劍術就去道場，我那兒有熟人，就幫你寫封介紹函吧。」

哼，直助不滿地哼了一聲，態度愈發直截了當起來：

「大爺可別把我當小孩哄！說老實話，我覺得劍術根本沒啥屁用。如果喜歡揮棍，找個轎夫或巡更者（註5）拜師即可。至於刀法有何招式，有哪些門派行儀，我全都不在乎。總之，只要能取對方的性命就成了。」

取對方性命？──伊右衛門聞言瞇起了眼睛。直助繼續說道：

「如何？是該刺腰子，還是喉嚨？得刺多深才能讓人魂歸西天？」

腰子？喉嚨？伊右衛門閉上了眼睛。

薄薄一層皮膚包覆著柔軟血肉。

在這皮膚上劃一刀，就會皮開肉綻，鮮血直流。

伊右衛門按住自己的喉嚨。只感覺皮膚在痙攣，皮膚下則是一團柔軟。

「你──說完了嗎？」

還沒呢──這下直助的臉更貼近蚊帳了。

「我──我真的不知道──該如何殺人。」

「大爺別裝蒜嘛。用不著這樣吊我的胃口吧！」

「別再囉哩囉唆，我說不知道、就是不知道。」

伊右衛門的語氣莫名奇妙地暴躁了起來。直助摩挲著榻榻米挪近身子，接著跪起一條腿說道：

「那我倒要問，那根長長的玩意兒又是什麼？不就是武士的靈魂、殺人的道具嗎？大爺該不會說，那傢伙從來不曾殺過人、吸過血吧──」

伊右衛門眼神一瞟，只見站在蚊帳外的直助以下巴指著枕邊的大刀。

「──還是大爺要告訴我，那只是個裝飾？」

「是個裝飾──沒錯。」

伊右衛門說罷，一手抄起那柄長棍，須臾拔出。

直助連忙倒退。伊右衛門刀一出鞘，隨即在空中一劃，將刀尖頂向直助蚊帳前的鼻尖。直助硬生生把原本要脫口而出的驚叫吞了回去，兩手朝後撐起倒地的身子。

「大、大爺要做什麼？」

伊右衛門手中的刀刃，在直助緊貼蚊帳的鼻尖上晃了兩三下。

隔著一層粗硬質地的朦朧景色也隨之扭曲搖晃。

「你看清楚了，這傢伙——」

伊右衛門在蚊帳上橫劃了一刀。

「就連薄薄的蚊帳都砍不破。」

「啊，原來，那是竹、竹刀（**註6**）？」

直助嚇得三魂飛了七魄，整個人癱坐在榻榻米上。他慌忙站了起來，嘆了一大口氣說道：

「大、大爺，你心眼可真壞呀！」

「你以為我拔出來的是柄削鐵如泥的利器嗎？這傢伙，即使以燈火照射也不會發光，再怎麼鍛磨也磨不利，不過是支一無是處的竹刀，是個如假包換的裝飾品。至於亡父留給我的真刀，早就在我坐吃山空後典當掉了。這下，你還指望我能教你如何殺人嗎？」

直助恢復原先盤腿的姿勢，直說——我了解了、我了解了，真是慚愧，對不住。伊右衛門則把竹刀收回刀鞘，自言自語般地回道——沒什麼好慚愧的。

「我如今以木工維生，所以這種玩意兒對現在的我而言，根本是毫無用處。佩刀不過是個累贅，但我畢竟還是一身武士打扮，為了體面，只好勉為其難地在腰間掛把刀。你要笑就笑吧！」

大爺功夫如此高明，只當個區區木匠，未免也太可惜啦——直助有氣無力地說道。

「有什麼好可惜的？再怎麼以武士自居，光憑這光鮮外表也填不飽肚子，說穿了還不是個過一天算一天的浪子？我只是兩害相權取其輕而已。」

「大爺難道謀不到官做嗎？」

「我不想當官。」

真是太可惜啦——直助又感嘆了一句，接下來便閉上了嘴。

伊右衛門也沉默了下來。

靜寂就這麼持續了好一陣子。

剎那間，輕微的羽音從耳邊掠過。

伊右衛門吃了一驚，抬起頭來。

——有蚊子。

伊右衛門盡量避免被直助察覺，僅以一雙眼睛環伺著周遭。四周全被薄膜包得密不透風。蚊帳掛得如此齊整，蚊子豈有趁虛而入的餘地？

是錯覺嗎？一定是神經過度緊張所致。其證據是——翅膀拍擊的聲音已經……

「大爺，怎麼啦？」

「沒什麼。」

已經聽不到蚊子聲了。蚊帳裡頭怎麼可能有蚊子？

好吧，方才的事就當我沒說過——直助說完，在頸後拍了兩下。

只聽見「啪啪」兩聲，一切便歸於寧靜。一靜下來，便感覺直助已為黑暗所吞噬，分不清他是還在，或是已經離去。無法判斷直助的位置，讓伊右衛門有點著慌。況且被這突如其來的造訪心神大亂，豈是一句「把它給忘了」就能了結？

「為什麼——」

伊右衛門問道。

「——為什麼問這個？直助。」

「小事一樁，沒啥理由。」

「為什麼——你想知道如何取人性命？」

「這就無可奉告了。和大爺毫不相干。」

「少耍我！你究竟想殺誰？」

「反正就是和大爺無關。對不住，這件事就請大爺把它忘了。」

「若你不想說，我也就不追問了。倒是直助，阿袖姑娘的——」

伊右衛門說到這兒便打住了。現今的他，最不適合的就是教訓別人。

伊右衛門生性一向不喜干涉他人，也不願為他人干涉。

「——至少為了阿袖姑娘好，你應該——」

話說到這兒就接不下去了。

這我了解——直助簡短地說道。為了阿袖好，為了阿袖——他喃喃自語了數回，接著突然哈哈大笑，一掃方才的陰鬱，爽朗地說道：

「唉，成天照顧病人，連自個兒都跟著消沉了。淨說些正經八百的話，害我歪念頭都爬起來啦！剛剛那無聊的問題，大爺就當是個大老粗的渾話吧！」

伊右衛門沒有回答。畢竟兩人個性南轅北轍，再怎麼追問，任伊右衛門這塊木頭也猜不出直助在打什麼主意。直助使勁往自己大腿上拍了一把，戲謔地說道——哎呀，有蚊子，反正待在蚊帳外面，想躲也躲不掉呀。

「阿袖姑娘她——是哪兒不舒服？」

「這個嘛，我也搞不大懂，好像是——一種心病吧。」

「心——病？」

「噢，也不是說她瘋了還是怎的，跟發狂又不一樣。喏，可能就是俗話說的病由心生吧！約莫就是那種情況。怎麼說呢，還不就是碰上被狗咬了這類的事兒啊。」

「被狗咬——是傷著了嗎？」

我也不大清楚啦——直助輕挑地嗤嗤笑道，草草結束地下了結論。

「對了，容我換個話題。大爺，昨晚有個賣針的老太婆，在十字路口佛堂旁的松樹上吊不是？大爺可有看到？」

不知道是不想談論阿袖的事，還是確實對真相所知有限，直助轉開了話鋒。應該沒看到吧？畢竟大爺並不是愛看熱鬧的人嘛——他立刻又補上了一句。

「剛剛談砍人，現在又談上吊？」

「不好意思，淨提這種血腥的話題，反正就聊聊嘛。那老太婆在這一帶晃盪好一陣子了，說不定大爺也跟她有過數面之緣。」

「即使看過，也沒印象。」

「是嗎？那老太婆身上揹著一只印有南京唐渡（註7）標記的袋子，以及一只印有御簾屋商標的袋子，不過兩只袋子裡頭裝的是相同的廉價縫針，就這樣四處兜售，真是昧著良心的買賣啊！」

「據說唐針幾乎都是在國內打造的。至於縫針，在京都則屬姉小路、御簾屋等老店製造的最屬上乘。但不管是多麼蹩腳的針鐵師打的針，上頭都得這麼寫，否則就沒人要買。」

即使這麼寫，也一樣沒人買哪——直助說完，稍稍捲起蚊帳的下擺。

「別，蚊子會鑽進來的。」

「噢噢，真是抱歉。說真格兒的，我在那個蒙古大夫的手下工作，也算看過形形色色的屍體，卻不曾那麼近距離看過吊死的。上吊的人死相真的很難看。」

「想必——是吧。」

「一把鼻涕一把口水的，屎尿還拉得一褲子。甚至連面貌都變了。」

「人死了，面貌本來就會變。」

「話是這麼說沒錯，但也實在太慘了。那個滿口無牙、一臉皺紋的老太婆整張臉奇腫無比，看起來活像元龜山（註8）的紙糊鬼娃娃似的。」

「太淒慘了，別再說了。」

「那大概就叫水腫吧？整張臉皮撐得這麼開。想必是當時喘不上氣使然，要不然就是因為血水瘀積在臉部。」

「直助，你有完沒完？這件事跟我有什麼關係——」

黑影振動了起來。原來是直助的肩膀在晃動。想必他正在竊笑吧。

黑影對於伊右衛門的抱怨完全不予理會，依舊自言自語地直說：

「還有個地方也教人難以置信。個兒這麼小的老太婆，上吊後整個人竟然被拉長了。大概是背骨被拉開了吧？」

「你適可而止吧。我不說話，你就一直扯個不停——」

「大爺，上吊這種死法——」

直助岔開伊右衛門的制止：

「——上吊這種死法，想必很痛苦吧。」

無法呼吸。血流受阻。皮膚膨脹。整幅人皮繃緊。

——假若皮膚破裂的話。

想必很痛苦吧！很痛苦吧？大爺。——直助反覆地問道。

痛苦。

伊右衛門情非得已地回答：

「那——應該很痛苦吧。人是因為窒息，才會變成那副德性吧。」

「即使不是那老太婆，只要是上吊的人，都會變成那模樣嗎？」

「任何人——都會吧。」

「真是教人不忍卒睹呀。太難看了！」

「你想說什麼？你到底——」

伊右衛門轉過了上半身，與直助面對面。

嗡，又聽到蚊蟲振翅聲。

——有蚊子。

「——今——」

伊右衛門慌了起來。蚊子闖進了蚊帳。

「——今晚，直助你——」

——蚊子振翅飛舞。

「——到——到底，你葫蘆裡賣的是什麼藥？我問理由你不好好吐實，叫我忘了，你卻同一檔事兒一再而再嘮叨不休——！」

——蚊子呢？

不會吧，你竟然把蚊帳下擺捲起來——。

「——我——我對這類事兒沒興趣。不管是殺人還是自殺，都違背了人倫常理！我全都不想聽。即——」

——蚊子在哪兒？

「——即便咱們是朋友，我也不想再和你談下去了。」

「哎呀，大爺，那兒有個破洞。」

「什麼——」

——蚊帳——破了？

「——你剛才——說了什麼？」

我是說——直助似乎站了起來。

喏，就是這裡，大爺，這頂蚊帳破了。即使看起來還挺像一回事兒的，其實已經不濟事啦——聲音在黑暗中四處游移，伊右衛門的腦袋也隨聲音傳來的方向轉來繞去。

嗡，翅膀拍擊的聲音掠過耳際。

——有蚊子。

坐立難安的伊右衛門下意識地站了起來。

喏，就在這裡。

伊右衛門的額頭滲出了汗珠。

與幽暗的分界——破了。

蚊帳裡的微明往暗處流洩。

於是，黑夜也逐漸往內滲透。

不行、不行，我就是這點無法忍受。

雖然也厭惡透過蚊帳望出去的景色，但黑暗從外侵入更是教他難耐。

與其從裂縫往外流洩，還不如——膨脹而死較好吧？

嗡嗡聲傳來。果然有蚊子。

伊右衛門戰戰競競地往前走了兩步。

喏，就在這裡。這兒有個破洞。

破洞對面，是直助的眼睛嗎？

只看到他一雙眼睛細細的，眼珠子比黑夜還黑，眸子上映著幾個看似燈火、閃閃爍爍的光點。

那小到不能再小的光點，不就是伊右衛門自己在微微火光照映下的臉孔嗎？

受不了。

伊右衛門慌忙摀住破洞。

他窺見了直助的臉。

而且是——無比清晰。

註1：方形紙罩燈。

註2：梵語「地獄」之音譯。

註3：根據日本民間傳說，狐與獺皆為善欺瞞的狡獪動物。

註4：室町時代至幕府時代男性將額頭上的頭髮剃成半月形的髮型。

註5：古時日本夜警持鐵棒敲出聲響巡更。原文為「鐵棒引き」。

註6：原意為竹子製成的刀，但亦泛指未開封的刀。

註7：中國進口貨之意。

註8：位於日本三重縣，紙糊娃娃為其知名工藝品。

詐術師又市

御行又市心頭十分不痛快。

他肩上費力地扛著扁擔。腳下的路面凹凸不平，挑在肩上的擔子又沉甸甸的。又市生來不喜耗力的差事，他的口頭禪便是——從沒扛過比偶箱還重的玩意兒。

又市的臉痛苦地扭曲著，因為額頭上的汗珠，眼看著就要滲進他的眼睛裡了。

然而——又市之所以皺眉頭，並不只是因為汗流浹背，或扛的行李太沉之故。

這根又市在前端扛著的長扁擔，中央吊著一個很大的行李。雖說是行李，這東西可不是用來做買賣的。事實上，那是一口嶄新的棺桶（註1）。不消說，裡頭當然蹲著一具屍體。也就是說，又市正在運屍。誰若幹這種差事還能一臉笑瞇瞇的，那肯定是腦袋有問題。扛著扁擔另一端的，則是足力按摩師（註2）宅悅。宅悅並非全盲，但在如此昏暗的黃昏時分，兩眼究竟看不大分明，走起路來自然也是東倒西歪的。這也是讓走在前頭的又市不舒服的原因之一。又市只要腳步稍稍加快，就會聽到宅悅在後頭埋怨。

你以為我兩眼看得見嗎？腳步放慢些吧——

別突然轉彎呀，我眼睛看不見啊——

真囉唆，你這個死按摩的——又市沒道理地生起氣來。

事實上，挑棺桶這差事原本就不該找個盲人幫忙，不盡情理的反而是強逼他作嫁的又市。不不，這種令人忌諱的事有人願意幫忙，就已經是教人感激涕零了——又市並非沒這麼想過。儘管眼睛看不見，宅悅還是竭心盡力伸出援手；即便他再三抱怨，也不能拿他如何。又市只有向宅悅道歉的份，根本沒立場怒斥他囉嗦。只是這道理雖然心上明白，但伙伴東倒西歪的蹣跚步伐，還是讓又市愈走愈是一肚子火氣。

「死按摩的，你腳步就不能踩穩點兒嗎？像你這樣跌跌撞撞的，棺桶裡頭的老太婆哪坐得安穩？等會兒摔疼了屁股，可要出來找你算帳了。」

「哼！該抱怨的是我吧！又市你瞎眼啦，幹嘛走到這坑坑凹凹的地方來？就憑你這副德性，不管投胎轉世幾次，也抬不好棺桶的啦！」

閉嘴！你這個流氓按摩師！又市怒斥道，接著故意來個三次急轉彎。宅悅因此搞亂了方向，慌忙停下腳步，這會兒連握在沒扛棺桶的手上的柺杖都掉了。狼狽的他只好大喊——喂，阿又！我的柺杖掉啦！那可是我的命根子呀！

呿！又市咋了聲舌，走向路邊放下了棺桶。真拿你沒輒呀——他邊抱怨邊撿起兩根黑黝黝的柺杖交還宅悅。

「瞥腳按摩師，要不要歇會兒？」

「好好好。多謝啦！」

鳥兒振翅飛起。正值夏日的日落時刻。

又市右手握住綑綁棺桶的粗繩，輕輕跳到棺蓋上坐了下來。

宅悅則手持兩根柺杖探著路，接著也在棺桶旁的草叢裡一坐。

真熱啊——又市嘀咕著。宅悅則默默撫摸自己的禿頭。

確實是酷熱無比。周遭連一絲風都沒有，就連路旁的小草都靜止不動。

宅悅一面揮舞著指頭粗壯的手掌，朝自己臉上搧風，一面說道：

「阿又，這一帶已是墳場了吧？」

「是啊。不過淨是些孤魂野鬼的墳墓，每座孤墳邊的草都長得比人還高。說是墳場，其實和荒地沒什麼兩樣。我看不出半刻鐘（**註3**），就會出現鬼火點點啦。」

還真想開開眼界呢，不過我也看不到就是啦——宅悅不當一回事地說道，接著便哈哈大笑了起來。

宅悅頂著一顆童山濯濯的禿頭，身上只纏著一件薄衣，看來活像尊骯髒的羅漢。

又市伸手到頭頂，解開白木棉製成的行者頭巾。巾結一下就解開了，整條白巾被汗水浸得溼透。又市以它擦擦了頭臉。半長不短的頭髮讓他頗為厭煩。他以幹御行維生。所謂御行，就是做修行者打扮，手持招魂搖鈴，四處兜售除魔符咒的人。雖說是掛羊頭賣狗肉的出家人，既然一身修行者打扮，又市姑且還是剃了個和尚頭。不過，打從上次梅雨季時剃過頭，鑾不在乎的又市至今都不曾打理過，頭髮已經長到八分長。相反的，宅悅則好似不須理頭，也生不出半寸新髮。像今天這般炎熱的日子，又市不免望之生羨。

又市取下掛在脖子上的偈箱，擦拭起頸子上的汗水。棺桶被他坐得軋軋作響。

阿又啊，你是坐在棺桶上吧？——耳尖的宅悅一聽到這聲音，笑得半邊臉頰發顫，接著繼續道——你肯定會遭報應的。你這還算是和尚嗎？又市的確是一身僧侶打扮，但既未折伏（註4）也沒灌過頂（註5），當然也沒有皈依佛法。不僅一輩子從沒把自己當和尚看過，還常自吹自擂道，全天下沒人比他更不信佛。

「我又不是和尚，不過是個要飯的。」

「可是，所謂御行，不也是願人坊主（註6）之類的嗎？」

「或許原本真是如此，但我不過是個冒牌貨。御行只在冬天出沒，在這種大熱天還在江戶閒晃，就是我實不符名的證據。不瞞你說，我這套行者裝束、搖鈴、偈箱和這塊木棉頭巾，全都是前年過年時，從一個倒臥路旁的御行身上弄來的——」

話畢，又市掏出夾在腰繩上的搖鈴，「鈴」地搖了一下。

接著，他從放在棺桶上的偈箱中抓出一把小紙片說道：

「——這些個妖怪圖畫與天神牌，都是我從那個死御行的行頭裡見到，騙個雕刻師仿照著雕刻版木，自己塗墨印製的。哪可能有什麼法力——」

又市玩世不恭地說道，然後朝空中拋出兩、三張符紙。

「——哪裡能保佑人？其實，向我買這些廢紙的人全都心知肚明。他們付錢不過是為了打發我，好擺脫我這個又髒又臭、教人不忍卒睹的乞丐糾纏。不然，像這種廢紙，拿來擤擤鼻涕、擦擦屁股還差不多。換言之，我充其量不過是個乞丐罷了。」

難得阿又你也會自暴自棄呀——宅悅朝又市轉過圓潤多肉的臉。

「我哪有自暴自棄？事實就是如此呀。」

「明明發了一大堆牢騷，還說事實就是如此？不過，你剛才的自暴自棄可真教我驚訝呀。這不是有著三寸不爛之舌、擅長顛倒黑白是非、天下第一的大騙子又市該說的話吧！而且直稱自己不過是個乞丐，也不像你。」

「少囉嗦，你這個口無遮攔的死按摩。一會兒功夫不回嘴，你就罵我是個騙子？」

「實情不正是如此？」

「是呀——」

又市笑了起來。誠如宅悅所言，又市是個名副其實的詐術師。因為他深諳如何趁人不備乘虛而入，以三寸不爛之舌與巧妙手段撥弄是非。說好聽點是舌燦蓮花，但稍稍換個角度解釋，又市其實是個善勒索、煽動、強取豪奪，遭人唾罵也不為過的流氓。詐術師（**註7**）指的原本就是靠耍些卑劣手段混飯吃的人，既然承認自己以此為業，代表又市並不乏自覺。

前些日子，他在左門町和一個大肚子的同行做了一場唇槍舌劍的激戰，順利地賺進一大筆銀兩。那是紅梅盛開時節（**註8**）的事了。

當時，又市的同夥之一就是宅悅。

「——這不是五十步笑百步嗎？你又比我高尚多少？」

說得好——宅悅聞言笑了起來。

「你砍得下就砍看看——記得你當時是這麼說的吧？那時候我可是嚇得直打顫呀。即使面對的是個御家人（註9），你還是威風凜凜地賭上一大把；當時的你豈只是個區區詐術師，簡直就像個魅力非凡的大牌戲子。阿又，所以我才說，剛才那些哪像是神通廣大的阿又說的台詞呀！難道是你屁股下頭這個死老太婆在作怪？」

宅悅說完，以拐杖輕輕敲打棺桶。

「別說笑了，你這死按摩的。我何苦來哉……」

「這句話應該由我說吧。街坊有誰不知道你這個詐術師是個惡棍？要是能撈點錢還能理解，但這下怎麼會為這個身無分文、無親無故、四處飄泊的上吊老太婆收屍？更何況，還幫她弄了這麼一口漂亮的棺桶。怎麼想都想不透你這個平日精打細算、特立獨行的傢伙，為何要幹這種事哪。」

「我可不是為了銀兩。」

「所以我才想不透呀！我不知你跟這老太婆有啥干係，也不曉得你打哪兒得來的這點慈悲心腸，總之其中一定有什麼理由。否則，像你這種無賴，怎麼會找我宅悅來幫忙抬棺桶？」

「是因為沒有人肯點頭呀。」

「騙術高手的英名，可要毀於一旦囉。」

「哼。」

又市沒蹦出半句回答，只是頭也不回，悄然留意著背後森林的動靜。

——黑漆漆的。

——背後的森林裡一片漆黑。

他以背部凝神細觀著森林。但蒼蒼鬱鬱的樹木，僅是一味地靜默。

森林的黑暗深深滲進他倆的背後。感覺五臟六腑都在蠢動，心神紛紛擾擾地不寧靜。

——究竟——是什麼東西在騷動？

無風，也無聲。

宅悅喃喃自語道：

「叫個什麼勁兒啊——真是討人厭。」

「胡——胡扯什麼，這兒連隻青蛙也沒有啊。」

「嘿嘿，其實你自個兒也聽見了吧？——」

又市低頭看向宅悅。只見這活像個羅漢般的按摩師，繼續獨語似地說道：

「——我可真的聽見了。像這種黃昏時刻，我這雙靈敏的耳朵可就成了我的救命法寶。就連眼明的你都聽得到的聲音，我怎可能聽不到——」

宅悅往上翻起看不到東西的眼珠子，以雙手揪住耳朵。

「——滂滂、滂滂，我聽見森林在呻吟。聽得可清楚呢。」

「聽你在瞎扯，死按摩的。若是沒人搖也沒風吹，草木豈會獨自晃動？況且沒鼻子嘴巴的，何來的呻吟聲？」

那可不一定——宅悅抬高下巴，搖頭晃腦的。

「樹木確實不會動，但可都是活生生的吧？所以呢，我猜想，那該不會是樹根吸水的聲音吧？雖然樹皮乾燥，從外表一眼看不出，但樹幹裡頭想必有水源源不絕地往上流吧。若是獨獨一、兩株或許真的聽不見，但這麼一大片樹林可就另當別論啦。這種聲響縱使耳朵聽不到，咱們的身體也感覺得到。就是這種無聲之聲，在擾亂咱們凡人的心哪。真是受不了！」

原來如此——又市嗤之以鼻地笑了起來。

「宅悅，你這話是沒錯，樹是活的，所以的確會影響人。只不過，死按摩的，照這麼說來，現在我屁股下頭這個老太婆早已翹了辮子，凡是死了的，就不會影響人了。同理，我剛剛那些玩世不恭的話，應該就不是這傢伙作的怪了。」

又市說完便抓起偈箱，一股腦兒地從棺桶上跳了下來。

不愧是個油嘴滑舌的好辯者呀——這麼一說後，宅悅也緩緩站了起來。

「也罷，別閒扯淡了。倒是阿又，你打算把這老太婆埋到哪裡？也要幫她誦一部經嗎？還是要立一座卒塔婆（註10）？」

「不要說笑了！我單單買這口棺桶，讓她能下葬，就已經花了一大筆銀兩。還得付你工錢，那有多餘的力氣幫她誦經或立碑呀？」

反正只是一個素昧平生的人，草草下葬就行了？——宅悅說道。又市撇頭望著棺蓋。

「是啊——反正是個陌生人。」

又市這才慢慢回過頭來，望向茂密的森林。

只覺森林深邃非常，也幽暗非常。

宅悅以拐杖探路，慢慢走到棺桶旁，以指尖輕撫幾下，然後使勁抓起扁擔，上下擺動著稀疏的眉毛，再度詢問道：

「阿又啊，至少也幫她堆個土塚吧？」

「幹嘛呀——哪來那麼多閒工夫——」

又市粗魯且簡短地回答。接著，兩眼依舊凝視森林的他掛回偈箱，並將被汗水浸濕的白木綿布繞在脖子上，這下才將視線從眼前的黑暗移開，再度望向棺蓋。

「——只要把她埋了就成了。喏，蠢按摩師，這個路口轉過去直走便是了。你若想領酬勞，就別再給我嘀咕，再幫點兒忙吧！傍晚六時的鐘，眼看著就要響啦。」

哎呀，那不快點兒可不成——宅悅慌張地說道。太好笑了，看你那麼緊張，該不會是被什麼妖魔鬼怪附身了吧？

——又市冷嘲熱諷道。宅悅則忿忿不平地頂了回去：

「哪有這回事？即便白天已經變長，但天上一片雀色（註11）也不會持續太久，眼看著我就要行動不便哪！我就罷了，連阿又你也會伸手不見五指的。在黑漆漆的夜裡挖墓穴可不是好玩的，不小心可會丟了老命啊！」

「別瞎操心，鬼火會替咱們照明的。」

又市蹲下身來，將扁擔挑到肩膀上，一起身扁擔便埋進了肉裡。

天幕沒多久便完全闔上。四周並未冒出鬼火之類的亮光。

這兩個惡棍疲憊不堪地回到大雜院時，亥時都已過了一半。

又市先接了一桶水，洗淨手腳。水嘩啦嘩啦地四處飛濺。

皮膚上黏膩的汙垢全溶入淨水，在水中舞動。在幽暗的光線下，水面閃爍黑色的光澤。

雖然這只桶子深度不及數寸，感覺卻像通往地獄的無底水井般深邃。稀微的燈籠火光輕點水面，隨著晃漾的水波東搖西晃。

又市叫站在玄關泥土地上、搓揉著他的寬闊肩膀的宅悅也洗洗腳。

「啊，好冷，凍進骨子裡啦！阿又，這個提議如何？酬勞我就不要了，能不能換杯冷酒，慰勞一下我這按摩的？就當是消災解厄吧！」

這還不簡單——又市心不在焉地回答。

太感謝了、太感謝了——宅悅露出了一個不懷好意的笑。只要有神酒（註12）喝，錢就不必給我了，就拿神酒當酬勞吧──按摩師邊說邊爬上了榻榻米。

「我呢，阿又，原本是個明眼按摩師啊。一對好照子是足力療治師的必要條件。我出身農家，從小除了一副蠻力，就沒啥其他優點。為了節省開銷，被家裡送到外頭工作，但做什麼都不上手。後來失業沒飯吃，無計可施，就想到靠按摩混口飯吃──」

宅悅說到這兒，哽咽了起來。

「──可是啊，阿又，也不知我是造了什麼孽，才按摩兩年頭就禿了。到了第五年，眼力也壞了。原本按摩就是盲人的行業，禿頭瞎眼倒也不足為奇，我也不怎麼放在心上的，但想想還真是造化弄人哪！」

「就好像戲子演到後來，真的變成劇中人是嗎？」

又市邊準備酒，邊心不在焉地應了一句。說是準備，也不過是找出一只缺了口的茶碗而已。

「有時，外表確實會改變一個人的性情哪──」

你老是做這身御行打扮，說不定哪天就開始虔心禮佛了呢──宅悅回過頭來揶揄道，接著便在榻榻米上盤腿坐了下來。少開玩笑了，就算太陽打西邊出來，我也不會信佛的──又市吹噓道。

說著，又市捧起德利（註13）往茶碗裡斟酒。由於光線陰暗，看不出他倒進碗裡的是什麼。直到嗅到撲鼻酒香，宅悅這才曉得碗裡頭倒的是酒，總算稍稍安了心。他把酒含入口中，也沒品嚐味道就灌進了喉嚨。只要能喝醉，好酒壞酒都無妨。有酒喝，五臟六腑就快活。反正，便宜劣酒也沒什麼值得品嚐的，這點宅悅相當了解，因此寧可憋氣一口落肚，一副窮人今朝有酒今朝醉的豪飲架勢。

不出多久他就醉了。又市也是疲累不堪。

「不是我在吹牛，老子我──」

趁著醉意，又市打開了話匣子。

可別聊起自己的身世——又市打從心底這樣想，但這個詐術師是個一開口便欲罷不能、什麼心底話都藏不住的傢伙。

「——我是武州（註14）酒徒之子。老爹是個胡作非為，導致田地荒廢的酒鬼，天下第一的窩囊廢。他在我八歲那年就翹辮子了。之後我就成了個孤苦零丁兒，沒受過人一點兒恩惠。」

「那你娘呢？」

被這麼一問，又市便開始後悔起自己的多言。

「——我沒娘。」

「哪有人沒娘的？難道你是樹幹裡蹦出來的？詐術師又市是個孫行者，這還真是無聊至極的笑話呀！」

又市逕自倒著黑色的液體。

不想提嗎？——宅悅低聲問道。

不是不想提，是真的沒有——又市豁出去地說：

「——我敢發誓，我真的不記得曾有個娘。頂多聽說過，我娘在我兩歲時，就和哪個男人私奔了，姘頭好像是個雜貨店還是糖果店的老闆。反正我記不得她的長相，也記不得曾喝過她的奶，這不等於沒娘？」

——沒錯，我就是沒娘。

又市喝乾了杯中的酒。只覺一股冰涼打喉嚨竄過，但肚裡可是熱呼呼的。宅悅啪喳一聲朝滿頭大汗的額頭一拍：

原來如此。那麼我也不多問了。

接著他將手中的碗遞向又市，催他倒酒，並說道：

「反正咱倆的往事都不光彩。倒是阿又啊，我有件事想拜託你。」

什麼事？——又市反問，宅悅便皺了一下鼻頭說道：

「是樁小事。」

「哈哈！你這個死按摩的，找你抬棺桶時就覺得奇怪，你竟然二話不說就答應幫忙，原來是別有居心啊。你還真是個狡猾的按摩師。不過宅悅呀，我可沒什麼銀兩或家當可出借，況且咱倆也互不相欠了，你現在喝的酒就是報酬，這可是你自個兒要求的，對吧？」

又市不悅地說道。宅悅把茶碗擱在榻榻米上，朝又市伸出兩隻手心回道——先別心急緊張，聽我把話說完吧。

「阿又，我哪，打今年春天起，也常上四谷一帶走動。」

「你這按摩的還真不簡單呀。是去為欺負你的傢伙按摩嗎？」

「別再損我啦——」宅悅面帶笑容抗議道。

「——不是去找那傢伙啦，是上民谷大爺那兒。」

「民谷？那是誰？」

「你忘記了嗎？當時不是有個同心（註15）去勸他那個色急攻心的與力（註16）？」

「噢噢——那個老頭啊？」

「民谷大爺是個好心腸的爺兒。」

宅悅說完，又默默地向又市討酒喝。

又市回想起那檔子今年春天的事。

那晚，又市夥同宅悅、宅悅在城內某大夫家裡幫傭的朋友直助，以及一個充當保鑣的浪人，四人一起潛入四谷左門町御先手組（註17）的組屋敷（註18）。

目的是向御先手組御鐵砲組（註19）與力伊東名喜兵衛抗議並要求談判。

——那傢伙簡直是隻狒狒（註20）嘛。

當時一方面是因為喝了酒，伊東的臉果真像隻狒狒般既猙獰又滿臉通紅。雖然右有宅悅相挺，左有直助隨行，三人意氣風發地闖了進去，但又市其實是嚇得渾身哆嗦，原因是伊東身旁也伴有兩名一臉兇惡的手下。又市原本認為伊東家裡多數是女眷，同時為了怕有失顏面，伊東應該不會要求下屬來充場面；但又市其實是打算了如意算盤。一到現場，他才發現伊東就是這麼厚顏無恥，才會如此肆無忌憚地為非作歹。

伊東伸手握住刀柄，準備拔刀出鞘時，又市隱然已有一死的覺悟。

——你敢殺就殺呀！

稍早宅悅提起此事，似乎深感大快人心。但由又市本人看來，這句話不過是虛張聲勢。

——當時，咱們說不定都會死在刀下。

武士有權斬殺無禮的百姓。在武士眼中，像又市這種人渣不過是草芥不如的試刀者。如果那名姓民谷的老同心沒有適時介入，恐怕他們三個早被伊東攔腰砍成六大塊了。

唉，若不是那老頭出面，咱們可能就性命不保了——又市以幾乎聽不到的聲音輕聲說道。是啊，幫咱們撿回一條小命，民谷大爺可真是個大恩人哪——宅悅又補上了一句。

哼——又市輕蔑地笑了起來。

事情的開端得回溯到去年年底。兩國（**註21**）某藥材大盤商正忙著準備過年時，獨生女不幸遭人擄走，三天之後才逃脫返家。回到家的女兒表示遭人玷污，直說不想活了。過不了多久，便發現犯人是伊東。據說，伊東一開始就沒打算隱藏身分，老闆愈想愈氣，便前去興師問罪，伊東便差人送來一筆微不足道的遮羞費。老闆說金錢無濟於事，把錢退了回去，但伊東卻執意不收，又差人將錢送回來。幾次來來去去，雙方仍是爭論不休。最後，老闆儘管有點害怕報復，依然決定告官。但伊東似乎早有疏通，官府調他去說明事情原委時，堅稱已和苦主達成和解，於是官府便駁回了老闆的訴訟。

可恨的伊東喜兵衛，我一個男人獨力撫養長大這個寶貝獨生女，對她百般呵護，今天居然受此禽獸染指，豈能就此善罷干休？——憤恨難平的老闆幾乎發狂，甚至揚言要殺掉女兒、手刃伊東，自己再了斷性命，即使同歸於盡也要雪恨。如果只是嚷嚷倒也罷，老闆卻當真舉刀欲砍殺女兒，周遭的人都被嚇了一大跳，個個無計可施。

這位老闆認識直助，因此透過他找上宅悅，最後決定由又市挑大樑幫這個忙。又市以三寸不爛之舌撫平了老闆的憤怒，並表示——如果願意支付相當數目的酬勞，他就會出面讓此事圓滿解決。

老闆的要求只有一個，便是說服伊東喜兵衛正式迎娶他的女兒。這是個強人所難的要求，再怎麼說，伊東畢竟是個武士，根本不可能接受如此門不當戶不對的婚姻。

然而，也不知是有何妙策，又市接受了老闆的請託。

經過一番調查，又市發現伊東這傢伙平日膽大妄為，可說是壞事做絕，貪贓枉法自是不在話下。下屬若投他所好，便內舉不避親地大力提拔；反之，不順他意的便再三羞辱，甚至設下圈套抓其把柄，迫令離職。在伊東詭計之下丟掉飯碗的同心，不在少數。他對於女色尤其是毫無節制，只要看上眼，任是何等大家閨秀也不放過。何況，他並非以甜言蜜語拐騙，而是使出霸王硬上弓的無賴手段。伊東已年過不惑，卻仍未娶妻，並在官邸內養了兩三個小妾，極盡荒淫。加上他身為御先手組官員，更是視王法為無物。再者，他生活寬裕，財產相當可觀，按理說，御先手組與力地位不高，御目見以下的年俸頂多只有八十袋米，生活理應清貧，他為何能坐享家財萬貫？可能也是因為如此，頂頭上司三宅彌平次衛對他亦是寵信有加，讓跋扈的伊東更得以為所欲為。被他染指的良家婦女不計其數，街坊對他更是怨聲載道。

面對如此難纏的對手，又市先差直助去刺探伊東底細，發現伊東經常改築官邸，每年反覆修建，去年和前年甚至還曾增建別屋。新蓋的兩棟別屋，似乎是用來窩藏侍妾的。

不過伊東表面上對外宣稱，增建別屋不過是修繕宅邸。

他的謊稱乃理所當然，因為依照規定，官員不可於官邸內任意興建新屋，也不可出租或供非親屬者居住。儘管伊東並無將屋子分租，所包養的女人也不是他的親人，但與多名賤民百姓同住官邸也是大大地不妥。又市便決定用這點來威脅伊東。

——我的籌碼不多哪。

謹慎的又市也覺得這樁差事勝算不大，進展順利反教他大呼意外。

又市一開始便趾高氣昂地破口大罵。按理說，面對伊東這種惡徒必須先禮後兵，讓他了解有人手中握有把柄，先要脅後籠絡，步步逼其就範；然而，連又市自己也摸不著腦袋，當時為何一碰面就指責他造了哪些孽。也許是因為伊東所為太過惡毒，激發了又市的正義感吧。

你要怎麼彌補？那些被你玷污了身子而痛不欲生的女人，她們的怨恨該如何洗刷？——一開口又市便口沫橫飛。接著又威脅道——等著看我向三宅大人稟報，你幹了哪些好事吧！保證你不但官邸將被沒收，還會因此官職不保——

——你這招可不管用。

滿口酒臭的伊東語氣十分冷淡。

——你是說那藥材商的女兒？噢，那姑娘倒是挺標緻的。

伊東說完笑了起來，伸手準備拔刀。

又市很清楚，若是伊東大開殺戒，便萬事休矣，但他並未就此屈服。只是，對靠一張嘴巴吃香喝辣、縱橫江湖二十幾年的又市來說，白白死在這裡著實不甘。或許他也有股豪氣，想說人生雖是輕如鴻毛，至少在死時也該重如泰山。即便自己橫死刀下，在門口把風的保鏢想必也會聞聲進來幫忙，宅悅與直助或許能因此逃脫。

這時有人進門——此人正是民谷又左衛門。

民谷正好因事來訪伊東，看到門前站了個浪人，警覺情況不尋常，便從後門溜進宅院，躲在門縫偷聽，這才知道與力大爺幹過哪些惡事。民谷是個同心，職位較比伊東低，但比伊東年長許多，和組頭又有交情。這位老同心苦口婆心地勸諫伊東，聽了他的話，伊東扭曲著一張宛如狒狒般通紅的臉，和手下們面面相覷，情勢對他想必是相當不利。

民谷承諾不向組頭稟報他的惡行惡狀，但也提出了以下要求——從今不可再胡作非為，務必遣走家中侍妾，正式迎娶藥材行老闆的千金。身分差距的問題也不是沒法可解，他將親自前去說服組頭。總之，此事務必大事化小、小事化無，這也是為了閣下著想呀——民谷又左衛門苦口婆心地勸誡伊東。

伊東左右為難，一臉困窘。

又市至今仍牢牢記得，伊東的那副千萬個不情願的表情。

結果此事當場獲得解決。之後，又市由伊東處討得一筆封口費，也從藥材行老闆那兒領取了一筆酬勞。

——那姑娘，真的嫁給伊東那隻狒狒了嗎？

若真如此，是件值得慶賀之事嗎？

「——對了，說到這兒，結果阿梅姑娘好像先是被民谷收為養女，後來就順利嫁給伊東那傢伙了。原本同事紛紛嘀咕同行武士不可結親，或者同組之間不得聯姻，總之武家嫁娶規矩多得要命，但民谷大爺花了一番功夫，好說歹說地勸服了組頭。他真是個奇人呀！你說對不？阿又。」

噢，還真是高招呀——又市由衷佩服地心想。誠如宅悅所說，在這個連將軍直轄的武士都不可和諸侯家臣聯姻的時代，武士和百姓更不可能結為連理。又市原本甚至計劃讓伊東賣掉御家人株（註22）——也就是放棄武士身分。不過仔細想想，也曾聽說過武家女兒下嫁農家或商家的例子。其做法是先讓女兒「捨棄」武家身分，成為農民或商人的養女，之後再出閣即可。反之亦然。

——收養——這是貴人們的說法嗎？

結果，藥材商的千金——阿梅，就這麼被收養為民谷之女。

即便如此，又市仍是有些無法釋懷。

阿梅出嫁聽說並無宴請賓客，畢竟顏面上掛不住哪——宅悅說道。得不到任何祝福，僅是形式上結為夫妻，真的就行了嗎？又市壓根兒不認為這樁親事可喜可賀。

「你好像挺不服氣的？算啦，事情都解決了。阿又呀，我是想問你，能不能幫民谷大爺一個忙？是這樣子的——」

燈籠黯淡的燭光由下朝上照，映出頂上無毛的一團肉塊上的異樣笑容。

「什麼事兒？我這個要詐術的哪能幫什麼忙？」

「也沒啥大不了的啦！不過是阿又向來拿手的說媒罷了。」

「你要我幫那糟老頭介紹一個年輕小老婆？我可沒那閒功夫。」

「不是啦！民谷大爺才不是伊東那種好色之徒。」

「說清楚點，死光頭的。還是他想找個老太婆，陪他泡泡茶？」

宅悅彷彿漱口般鼓動著嘴角，含含糊糊地說：不是民谷大爺，是他的千金啦。

「千金？民谷的女兒？」

「是啊。事情是這樣子的——」

民谷有個將滿二十二歲的女兒，宅悅說道。年過二十還沒出嫁，對武家千金而言已然嫌晚；年滿二十二歲，便稱得上是個老姑娘了。因此除非有重大隱情，否則即便是其貌不揚，武士還是會千方百計把女兒送過門。又市道出這番見解，宅悅便連連頷首說道：

「是呀是呀！然後呢，阿又，他的千金名叫阿岩。」

民谷之女，單名一個岩字。

阿岩雖然生得頗為標緻，但到了適婚年歲卻未曾談過情愛，不知是性格太高傲或是眼高於頂，據說上門來提親的悉數為她所拒。但父親民谷似乎對女兒的倨傲不以為意，姿態反而擺得更高。十幾歲的貌美姑娘家，自有眾多蜂蜂蝶蝶受吸引前來提親，她卻正眼也不瞧人家一眼，婚當然是沒結成。根據宅悅所述，又左衛門為人嚴謹誠實，自然也十分無趣。不當差時也沒兼差，只曉得在家待命，深怕上司緊急傳喚。由於他如此認真正直，背後常有人笑他蠢。生性如此的又左衛門，完全不諳男女之道，妻子過世十五年來皆未近女色，看來對女兒的婚事也毫不掛心。在這樣的父親養育之下，阿岩的言行舉止因此變得活像個男人。

「所以呢，阿又——」

「說話幹嘛拐彎抹角的？願意伺候這種自命清高的武家千金的男人，得上哪兒找呀？況且，她家再清貧，好歹也有個武家身分，不必窮費心也會有些利慾薰心的傢伙找上門吧！從中揀一個不就得了？這種事哪還需要我出馬？」

你別直打岔嘛——宅悅說道。

「——就因為你老插嘴，我才變得拐彎抹角呀！又市啊，如果只是因為這姑娘太挑剔，我也不會特地來拜託你這個詐術師了。你聽我說，阿岩小姐曾經美若天仙，但那已是往事了。」

「往事？她年紀再怎麼大，也不過二十二吧？在平民百姓眼中應該還是——」

「所以才叫你別插嘴呀——」

宅悅壓低聲音說道。

燈籠的燭光飄忽一晃。

「阿岩在前年春天得了——疱瘡（**註23**）。」

「疱瘡——？」

「而且病情還不輕。雖然保住了一條命，皮膚卻變得像澀紙（**註24**）那麼粗糙——」

「喂，宅悅呀——」

「她的頭髮變得粗乾，灰白夾雜，看上去像團枯草。左邊臉頰留有黑痘痕，左眼又白又濁，已然失明。同時，也不知道是哪裡傷到了，背骨彎得像蝦子似的——」

「夠啦，宅悅。我知道了。」

「真的是很可憐哪。我曾見過她兩次，實在——」

「好啦，宅悅。」

——我很醜的。我知我面貌醜陋，你就別——

又市將被手掌捧溫的茶碗放到了地板上。

燈籠的燈火更形微弱，周遭宛如墳場森林般陰森。

昏暗之中，宅悅以彷彿樹木振動般低沉的聲音說道：

「有道是屋漏偏逢連夜雨。上個月民谷大爺受傷了，也不知道是為何，他在清理鐵砲（註25）時突然發生爆炸，眼睛因此受傷。雖然看了大夫，也休養了一陣子，卻沒啥效果，上頭已經裁定他無法繼續任職。民谷家除了阿岩，並沒有其他子嗣，再這麼下去，無人能繼承他的武士身分。因此，他似乎打算賣掉同心這官職退休，從此不問世事。但民谷家的歷史比伊東家悠久，據說其祖先當年曾伴神君家康公（註26）進入江戶，後來則擔任守衛武藏國忍城（註27）的三河鄉士（註28），可見民谷家淵源之深。之後守衛改組成御先手組，便拜領了這一帶的土地。在那一帶被稱為左門町之前，民谷家就鎮守在那兒了，哪能輕易讓家門斷絕？所以——」

「好吧、好吧——」

——這差事我就接下吧——又市小聲應道。

燈籠的火光瞬時熄滅。

註1：以木桶為棺，往生者以蹲踞之姿在內。
註2：手腳併用之按摩師。
註3：古代日本的時間計算單位，一刻為二個小時。
註4：佛語，粉碎惡人惡法，引領眾生向佛之手段。
註5：密宗儀式之一。
註6：江戶時代挨家挨戶代人淨身和誦經祈福的和尚。亦簡稱願人坊或願人。
註7：原文為「小股潛り」。
註8：三、四月。
註9：江戶時代初期，直屬幕府將軍、納稅一萬石以下的家臣。
註10：插於墓石後之細長木牌。
註11：暗紅色的古日式說法。
註12：供奉神佛之酒。
註13：小酒瓶。
註14：日本古代地名，又稱武藏國，為現今東京都與埼玉縣地區。
註15：下級捕吏。
註16：捕頭。
註17：江戶幕府的軍事編制之一，分「鐵砲組」與「弓組」（弓箭隊）。
註18：江戶時代擔任與力或同心的下級武士居住的住宅。
註19：持槍警衛隊。

註20：也有好色男子之意。
註21：東京都南西部之地名。
註22：江戶時代，平民子弟藉招贅或收養從武家買來的武士身分。
註23：即為天花。
註24：疊了數層和紙再塗抹以發酵的柿子汁強化的硬質紙張。
註25：燧石槍。
註26：德川家康之敬稱。
註27：位於今日埼玉縣行田市。
註28：隸屬德川家，受武士待遇之農民。

民谷岩

在民谷岩看來，事到如今——一切何必太計較呢——

沒錯，她一再錯失姻緣，如今已是二十好幾。不知父親起了何等念頭，到了這節骨眼兒才耿耿於懷。但究竟要不要出嫁，阿岩還是自有想法。

雖然不是個明確的打算，但意志堅定是錯不了的。

這點父親民谷又左衛門大概——或多或少——也了解吧。阿岩一直如此確信，只因——

過去只要有人來提婚，阿岩都東挑西嫌，直說不喜歡這兒、不中意那兒的，總是胡亂找些理由搪塞對方，父親也總是輕易聽信阿岩的要求，放任寵溺到連句責備都未曾有過——。放任至此，阿岩也不知回絕了多少樁親事。其中不少的確是良緣，但阿岩就是興致缺缺。

——我這樣——又是哪兒不對了？

但父親近來對阿岩的態度驟變，使她非常惱怒。

看樣子，為人父的民谷又左衛門一點兒也不了解女兒阿岩的想法。

求妳嫁人吧——父親甚至向阿岩低頭懇求。

——總之……

顧的就是個面子。

萬般皆為名。多麼卑俗膚淺的想法呀。

——還說什麼都是為我好？

她父親說，現在成親不僅是對她好，對爹和這個家都有幫助。

但在阿岩的眼裡，這頂多只是為了這個家，希冀民谷這個姓氏還能流傳後世罷了，對阿岩何來好處可言，更遑論是對她爹了。當然，阿岩也不是個傻子，對於家門無後的下場了然於胸。對於她爹受了傷，日後可能無法繼續任官一事也一清二楚。

——我不出嫁，對爹會造成什麼不便嗎？

又左衛門工作認真、個性耿直，阿岩對此也是引以為傲。因此突然被迫卸官，父親遺憾之情也是可想而知。失去人生意義，想必是備感寂寥。然而，即便阿岩成親，也不能重新讓爹回官府任職。更何況縱使沒發生那樁意外，爹也年事已高，退職是遲早之事。既然如此，不如乾脆賣掉同心這個世襲官位，至少能讓他不虞匱乏地安享天年。即便斷了一門血脈，父女倆至少還能相依為命。民谷家至今流傳幾代阿岩並不知悉，但祖先的歷史原是無從抹滅，只不過自己將成為這個古老家系的最後一人，如此罷了。

阿岩對父親又左衛門如此說道。

阿岩這番話，讓又左衛門煩惱地蹙起了眉頭。他先是對阿岩投以悲哀的眼神，接著有氣無力地站了起身。

——爹的事，妳就別擔心了——民谷說道。

當時，阿岩被父親的話給弄糊塗了。

事後一番思量，阿岩才了悟父親這番話的含意，不禁更加惱怒。

總之，父親把阿岩的意思理解成——無人再上門向阿岩提親——阿岩「自己」如此認為——因此才說出這番言不由衷之言。她爹那充滿悲傷的眼神就是最好證明。換言之，父親過去顯然認為女兒遲遲不願嫁人，是由於她眼界過高。而如今的阿岩，已經沒本錢再挑三揀四了吧。

——把我當成什麼了!?

爹、爹這念頭真是錯上加錯。

打從一開始，阿岩就沒想過找個好歸宿，純粹是打自內心不想成婚。何況，阿岩也毫不認為自己的身價已是今非昔比。

當然，阿岩不可能從未耳聞左鄰右舍的議論紛紛，她知道自己名聲極惡，但又能如何？——阿岩實作此想。

——那些下流胚子。我可——

阿岩伸手撫摸額頭。使勁一按，膿汁便緩緩從傷口淌出。

阿岩是前年春天罹患疱瘡的。不知道是這病太過厲害，還是遇上了蒙古大夫，病情久久未癒，入夏後更惡化到差點連命都不保。不論是神明保佑，亦或佛陀慈悲，夏天一過，病情便開始好轉，到了秋季則猶如天助般完全治癒，阿岩這才逃出了鬼門關。又左衛門喜出望外，認為此乃先人代代信仰的稻荷明神（註1）顯靈。

但阿岩卻想，若真有神明保佑，自己哪會生這場大病。在阿岩看來，病癒乃是靠自己的意志與體力，頂多再加上幾分運氣罷了，並不認為是父親信仰虔誠的善果。但這次小小的好運，說不定也是神佛所賜，倒不妨姑且信之，於是便拿一塊炸油豆腐（註2）前往神社供養，雙手合十謝恩，不料卻換來父親一番斥責。父親原本很高興阿岩撿回一命，但不出多久卻變得意氣消沉，開始嘮叨不休。

當時阿岩頗為納悶：父親信仰如此虔誠，為何會責備自己禮拜神佛？如今阿岩終於懂了，一切都是因為自己這張臉。

阿岩的臉——已經醜到不成人形——令人不忍卒睹。

她父親直掛在嘴邊——造化弄人哪，這個年紀輕輕、尚未出嫁的女兒，竟然變成這般容貌，叫她要怎麼活下去？真是可憐、太可憐了。後來又開始叨唸，稻荷神為何都沒眷顧他們父女倆，是不是在責怪他們信仰不夠虔誠——這類幾近怨恨神明的話語。阿岩的相貌，已不堪到讓信仰虔誠的父親如此怨懟神明的地步。但即使如此——

阿岩依然不為所動。她對自己的毀容不僅不以為意，也不甚關心。

在她看來，破了相或瞎了一隻眼睛，頭髮掉光乃至於身形痀僂——與死亡相比根本不足為懼，對過日子也造不成什麼妨礙。但父親卻老是「太見不得人了、太辛苦了、太可憐了」地嘮叨個不停。阿岩自認生平俯仰無愧。只要她一喊住嘴，她爹也會立刻陪不是，接著變得小心翼翼，深怕觸及到她的痛處。見到父親此種態度，阿岩就一肚子火。

這讓阿岩更覺得自己應當昂首闊步，因此比以往更常外出。

換來的——是眾人的譏諷嘲笑，以及如潮的惡評。

阿岩臉也不遮就出門，使父親驚嘆不已。

又左衛門欲言又止地說，阿岩啊，妳真的變了。

阿岩一回答這點女兒比誰都清楚，又左衛門聞言一愣一愣。

——爹還不是和街坊那些下流的人沒兩樣！

凡是在街上擦身而過的人，幾乎都會目不轉睛地直盯著阿岩的臉。

此舉可謂無禮至極。阿岩好歹是個武家千金，這點由她的穿著打扮便可一目瞭然，豈容這些市井小民作弄？不，其實不分身分，只要是女人——不不，無論男女，這對任何人而言都是不敬。即使身分再怎麼卑賤，走在路上被人直盯著臉瞧、活像要看穿一個洞似的，想必都是難以忍受。因此，起初阿岩大吃一驚。理所當然的，在患病之前，她從未遭遇此種待遇。被素昧平生的人緊盯著瞧，任誰都會感到訝異的。阿岩在驚訝之後，緊接著感到萬分困惑。

隨即，她開始納悶——或許只是自己忘了，盯著自己看的人極可能是個舊識。若是如此，一聲招呼也不打，無禮的反而是自己。

倘使對方不是舊識，便可能是有事相求了——阿岩也曾做此想。

因此阿岩曾慎重其事地回望，並客氣地點頭致意。

這下子，行人撇開目光，別過頭去，雙手掩面，蜷著身子偷偷摸摸地從阿岩面前逃開。然後，當那些人躲到阿岩看不到的角落後……

——便笑了。

阿岩遇到過好幾回這碼子事，他們每回都笑了。有的是低聲竊笑，有的則是哈哈大笑。阿岩從不認為那些笑聲是在嘲弄自己。——直到某天……

她聽到了交談聲。

瞧見了嗎？剛才那女人——。

該不會是來勾引男人的吧——。

好不知羞，還拋媚眼呢——。

難道四谷都沒有磨鏡子的師傅嗎——。

看到她那長相，恐怕連鏡子也想開溜吧——。

那還用說？被那張臉一照，再光亮的鏡子也要生鏽呢——。

阿岩渾身顫抖。被嘲笑的對象——似乎就是自己。

——聽他們的口氣，好似我想男人想瘋了？

後來街坊便開始謠傳——民谷家的女兒一出門便朝人獻媚作態。阿岩稀鬆平常的舉止，卻遭這些齷齪之人如此曲解。

但即使如此，阿岩卻未曾悲傷或羞恥，純粹感到憤怒。阿岩生性剛烈，平日就是嫉惡如仇，偏偏脾氣也不往肚裡吞，一遇不順心頓時怒火中燒。

於是乎，阿岩決定表現得較以往更堅毅。一有人看她，便打直腰桿，緊緊盯住對方的眼睛。但街坊卻依然故我，不是避開阿岩的眼神，就是以手摀嘴，待和她擦身而過——便是譏笑。

長得那副德行，還想勾引男人——？

那還用說？魔鬼到了十八歲尚且春心盪漾，更何況她都這把年紀了——。

想必以前太過高傲，才會遭受這種報應吧——。

她在變成這副尊容之前，可是趾高氣昂的呢——。

來不及啦，現在這模樣才想找漢子——。

——那張臉。

這下阿岩總算明瞭，為何人人都盯著她瞧了。

因為她醜。大夥兒看她是源自她醜陋，像在看什麼妖怪似的。

於是眾人譏笑她、侮蔑她、鄙視她。

——愚蠢哪。

嗜酒者能戒酒，好色者能戒色，但要個醜人化為絕色，容貌怪異者傾國傾城，可就難如登天了。既不能成天戴著面具度日，若是始終不為世人接受，剩下便只有尋死一途了。

然而，若相貌醜陋便只有死路一條，形貌駭人的蛇蠍豈不全都該死？

阿岩坦然面對毀容，一貫我行我素，不料卻被視為瘋婦。

阿岩昔日從不曾因美貌而不可一世，如今也不覺該以醜陋為恥。當然，她更沒有瘋顛。她只是堂堂正正、不卑不亢地做人，卻沒想到——

阿岩氣忿難平，在榻榻米上搥了兩三拳仍是消不了氣，便伸指戳向紙門。

只聽到啪的一聲，紙門應聲而破。

接著她將手指下挪，紙門隨著撕裂聲出現一道縫，屋外的庭院隨之映入眼簾。房內一陣清朗。吸了幾口新鮮空氣，阿岩這才冷靜了些許。

——難道我錯了？

阿岩自問。

當然，阿岩也知道自己的性子吃虧不討好。落得如此悲慘的命運，若她怨天尤人、終日以淚洗面，外人或許便不會對她冷眼相待。若她能深鎖家中、足不出戶，外人或許反而會深表憐憫，感嘆一個生得如花似玉的大姑娘，到底是造了什麼孽，以致變成這副模樣？——或許還會為她一掬同情之淚。

但博得旁人同情，又有何意義？

阿岩染病而變成大花臉，並非誰人陷害。哭哭啼啼，又於事何補？既然錯不在人，自然也無從怨恨，怨天尤人原是不盡情理。此樁無妄之災是上天註定，因此旁人的悲憫並非阿岩所願，毫無來由的同情更只會徒增煩擾。

更別提那些個誹謗中傷，阿岩深感無辜。

阿岩捫心自問，結論是自己並無犯錯。當然，阿岩也知道不善察言觀色、阿諛奉承並非處世之道，但這何錯之有？當然沒錯。既然沒錯，那麼錯的就是他人。而一味強顏好面、人云亦云的父親，豈不也大錯特錯？

阿岩想起她爹衰老的面容。

那直腸子的老人——大概從來不曾認為自己行為有何差池吧。在阿岩看來，民谷又左衛門這個人頂天立地、光明磊落。他忠厚老實，不會拐彎抹角，對他而言黑就是黑、白就是白，決不容任何妥協及動搖。所以她爹——從未懷疑過自己。

謹嚴實質、質實剛健——但卻不代表他冥頑不靈。他既會笑，也會哭。只是她爹笑的是一般人認為好笑之事，氣的是一般人覺得憤怒之事；這點和阿岩的個性截然不同。除非真的覺得好笑，否則阿岩斷然不笑。即便是喪葬場合，見到發噱之事，她照樣開懷大笑。

總之，又左衛門這個人壞事不幹，卻也成不了大事，個性可說是無臭無味、毫無特色。也許，這種性格剛好適合擔任下級官員。阿岩心想——由這個角度看來，過去父親讓她引以為傲的勤勉、忠義與毅力，似乎也沒什麼值得誇耀的了——。

——恪守本分。

阿岩向來以為這就是爹的信念。但她逐漸發現，這與信念根本八竿子打不著關係，只是他除此之外別無長才。何況他口中的使命，其實不過是在城門一帶監視過往行人罷了，這種工作根本就連——

——連小孩兒都做得來。

這麼說來，父親民谷又左衛門豈不只是個木頭人？而御先手組這個治安組織，對江戶城來說是否真有存在之必要？——阿岩甚至連這點都產生懷疑。

據說御先手乃身先士卒之意，因此御先手組在案發時理應替高層打頭陣。但現今又是如何？不過是扮個小配角，頂多拘捕些夜盜之流。平時主要工作是輪流看守五道御門——蓮池門、平川口門、梅林坂門版、紅葉山門、坂下門——說難聽點，不過是站崗的小卒。

當然，若換成動亂時代，御門或許還真需要衛兵警戒。但在如此太平盛世，阿岩很懷疑會有誰破門來犯。如果是重要關卡還可理解，但時下為商家看管倉庫，豈不是更切實際？問題是一個手持短棒、茫然呆立的老頭，哪攔得住什麼賊人？

若能官拜與力，好歹也稱得上光耀門楣。但同心不過是下層門衛，儘管名義上屬於御鐵砲組，但並無持槍執勤，只是穿著老舊外褂，手持六尺短棒站站崗罷了。外人也老是看不起這些同心，看到他們便直呼帶棍兒的、帶棍兒的地口吻輕挑。

然而，同為同心，若在町奉行（註3）或勘定奉行（註4）手下做事，情況就大不相同了。甚至長官地位高不高也不成問題。同樣身為若年寄（註5）的部屬，當個御徒眾或御目付（註6）倒還有機會逞逞威風。即便是御船手（註7）、定火消（註8）或火盜改（註9），幹的也都是重要的差事。姑且不論身分俸祿高低，天下可是少了他們便無法太平。但御先手組就不同了，連個屁用都沒有。

武士原本的確是戰士，地位最低的就是雜兵。承平時期，雜兵過多乃理所當然，為了讓在太平盛世過度浮濫的下級武士多少能支領些俸祿，才會保留下御先手組這類徒有名目、無事可做的職位。

這種職位應該沒必要保留了吧。

既然做的是無關痛癢的工作，像她爹這種除了這差事外啥都不會幹的角色，對社會自然起不了任何作用。即便虛張聲勢，強稱自己的工作實乃舉足輕重，也不過是自欺欺人吧。

但即使如此——御先手是民谷家代代傳承的工作，在奉派為與力之前，咱們民谷家年俸可是高達數百石，大將軍前往芝增上寺參拜時也都由咱們家打頭陣護衛等等——這就是她爹的口頭禪。似乎只有提及當年勇時，又左衛門才能稍稍抬頭挺胸，面露一絲驕傲。

但往事哪有什麼好自豪的？就是因為現在乏善可陳，才得拿祖先的功勳來炫耀吧？

——真是蠢極了。

祖先是祖先，自己是自己。拚命吹噓自己是名門之後，其實不過是不起眼的雜兵後裔。早期薪俸有多高是不清楚，但如今窮到一年只領得僅能養活三張嘴的三十袋米。儘管如此，她爹卻也沒想過執勤個三天便溜班一天兼職，每天兢兢業業為不可能發生的案子待命，只能說是個傻瓜。

這個除非攀附祖先、家名以及差事，否則就沒有活下去的價值的爹，活著和死去豈不是沒兩樣？想到這兒，阿岩不由得轉頭看向佛堂。

她看到了佛壇，只是糢糊難辨。

突然傳來喀噠一聲。

並沒有颳風呀。

——想鬧我？

木魚槌落到了地上。

——祖先生氣了？真是心胸狹窄呀。

可能是阿岩方才不遜的想法，激怒了往生者吧。

氣個什麼勁兒？——阿岩不悅地瞪著佛壇。

——死人還能有什麼搞頭？

活著都無法為所欲為、心想事成了。

你們這些死人又哪能——

阿岩原本就是個死人的名字。大約在幾代以前，民谷家曾有一位叫阿岩的姑娘。

聽說她被譽為貞女之鑑。據聞，她曾挽救民谷家於頹勢，有再興之功。

也不曉得那是多久前的往事了。據說當時米價暴跌，武士俸祿因而銳減，民谷家也不例外，簡直貧困潦倒，落到被迫考慮賣掉同心的官職換取銀兩。但阿岩挺身而出，救了民谷家。

據說為了減輕家計負擔，阿岩放棄民谷之姓，住進某旗本武士家中幫傭，廢寢忘食地辛勤工作，攢錢拿回去支持家用，終於幫助父親渡過難關，之後為旗本所迎娶，終其一生——據說是這樣的故事。

阿岩的感人事蹟被喻為「內助之功，莫過於此」。而據說，阿岩當時能下那麼大決心，全起因於虔信庭院中的稻荷明神。

阿岩小時候，母親與祖母都曾驕傲地訴說此事，但阿岩聽了卻滿腹狐疑。「犧牲自己、成就他人」真有那麼可貴嗎？若是實在無計可施、無路可退，才將英雄逼上粱山倒也罷了——但在阿岩看來，可行之計是所在多有。當時陷入困境的總不可能只有民谷家，何況民谷老爺並非沒有主公的浪人，領有官邸的同心，不可能唯有一家沒落。既然如此，為何只有民谷家窮迫至此？

答案很簡單，就是民谷家完全不兼差。政府一向規定，在江戶的武士必須輪流上班三天。但由於人員浮濫，一人便可完成的工作，編制上卻用了二、三人。兩人就可做完的事，卻聘用三人，因此三天可以休假一天。原本每年四十五袋米的薪餉，也減少到三十袋米。依此情況，若是休假那一天不兼職，勢必要餓肚子。若是町奉行或普請奉行**（註10）**手下，想必有許多受賄機會，但民谷又左衛門不過是城門守衛，沒啥肥水可撈。除非不顧顏面、想盡法子鑽營，否則民谷這類下級武士便只有兩袖清風的份了。

然而，儘管一窮二白，身為武士也決不可從事兼差此種卑下行為——由於抱持這樣的信念，因此即使不當差的日子，也應天天磨練武藝與學問——即為所謂武士精神。但即使如此，這種愚忠的傻子，阿岩認為在江戶打著燈籠也找不著一個。凡武士必兼差以糊口。

總而言之，只有民谷家與眾不同。阿岩的父親想必也是堅守此等原則，不管再如何窮苦，決不另謀二職，一心效忠主公。

他的品行端正，卻是思想錯誤。給阿岩起這個名字便是一個錯誤。那位祖先阿岩，在讚揚她的偉大之前，更應了解她其實是家族的犧牲品。至少阿岩如此認為。的確，那位阿岩是個罕見的傑出婦女，但這並不能改變——她是個傻子的事實。

突然感覺，佛壇的門像是打開了。

是我多心嗎？

有可能。即便是靜止的東西，只要盯著它看，便會產生蠢動的感覺。

也許是疑心生暗鬼。該是錯覺。

——真是莫名其妙。

一出生就被冠上阿岩這個名字，這點讓她很不服氣。不管從前那個阿岩有多偉大，但人生在世，為何必須借用故人之名？難道父親希望自己向死人看齊？若是如此——阿岩的人格何存？

阿岩將視線離開佛壇，左右晃了兩、三下腦袋。

真想敲毀那座佛壇。她不想跟死人有任何牽扯。因此，她偏是不嫁人。

——這算什麼。算什麼算什麼——。

阿岩再度伸手戳破紙門。她很懊惱，為何世間無人了解她的念頭？甚至連唯一的親人，都不了解她？好吧，既然父親有錯，便勸到他心服口服為止——。

阿岩站起來，粗手粗腳地打開紙門，卻沒把紙門關回去。

房間的紙門推開後一定要緊閉，不可讓別人見到房裡模樣——父親如此要求阿岩。畢竟大病初癒，別沾染了外頭的穢氣，因此這整整兩年來她乖乖地聽從。但如今回想起來，阿岩只覺這是父親害怕旁人恥笑的權宜之詞。怕是有人攀牆，由高處偷窺民谷家。

他鐵定是不願聽到左鄰右舍指指點點，說民谷家有個怪物，有個長相奇醜的女兒吧。

——不要欺人太甚了！

阿岩直想大吼，但忍了下來。

阿岩大口大口地吸氣。不過由於彎腰駝背，深呼吸並不容易。

中途，她突然噎著了。風吹在臉上，潰爛的額頭隱隱作痛。阿岩雙眼含淚。當然，這不是悲傷之淚。阿岩的左眼一直混濁不清，遇上一點刺便會掉淚。說不出的煩悶。

阿岩伸手用力拔下額頭上粗糙的捲髮，握在手掌內擲向庭院。手一放，才發覺——方才的動作想必十分滑稽。

儘管並非刻意，自虐的行徑對阿岩反倒輕鬆。

瞬間，阿岩察覺到人的目光。她突然抬頭。

——有人。有人正在偷看。

神社陰影處，有人從樹籬縫隙凝神注視著。

「誰——是誰？」

是男人。頭上包著行者頭巾，好像是個僧人。

「真、真無禮！這兒可是民谷又左衛門公館——」

鈴。

男子搖動手中之鈴。

「請問您是當家的千金——阿岩姑娘嗎？」

聲音沉著穩重。聞言，阿岩端正姿勢坐好。

「是，我是阿岩。那你是誰？」

「看我這身打扮就知道了，我是個御行乞丐。至於姓名，無名小卒不值得一提。」

男子不僅沒有笑容，臉頰更無一絲波動。

「既是無名小卒，找我何事？我看你也是聽到一些無聊之輩的傳言，想來見識一下民谷家的妖怪吧？喏，我就是傳說中的妖怪，要看就看，要笑就笑吧！」

阿岩挺直彎曲的腰桿，正面朝向男子。按照過去的經驗，只要阿岩這樣做，對方都會——

男子正面回望阿岩。

「沒——沒禮貌的傢……」

阿岩怒目瞪視。

男子不為所動，只說——今天確實冒昧。

「不過，我既未登堂入室，料想不須拘禮。」

「你這——無賴！」

阿岩擺起架勢。護身之術，她好歹略懂一二。

「欸，先別動手。」

男子揮手阻止阿岩，然後迅速往後一躍，躲進稻荷神社後的陰暗處，不見了蹤影。

阿岩知道，男子想必委身陰影，

——然後在那裡嘲笑我吧？

氣息尚在。卻沒有聽到笑聲。

「何必藏頭藏尾？想笑——就笑啊！」

對著稻荷明神的方向——阿岩詛咒似地說道。

「喂，你笑吧！大聲恥笑我吧！」

「我沒有要——」

聞聲不見人。

「嘲笑姑娘的意思。」

「那你是——瞧不起我？」

阿岩怒罵。你就儘管嘲弄我吧，鄙視我吧——

「我只是個卑賤的乞丐，怎敢看不起高貴的武士之女？」

「什麼——」

神社牆角露出男子半張臉。阿岩感受到些微的壓力。男子左眼的視線滴溜溜地在阿岩身上繞，由臉蛋到身形，打量著全身上下每一寸——。

——你夠了。

「那，你為何用那種眼神看我？你是不是覺得——我這樣很難看，很可憐？」

「可憐——這個詞兒最不適用。」

男子現出全身。阿岩轉過頭去。

「若是姑娘希望我可憐妳，我倒也可以照辦——」

「我不懂你的胡言亂語。」

「在我看來，妳堅強有骨氣，不需要他人憐憫同情——」

「知道就好——那還不速速滾出去！同情對我而言，跟愚弄是一樣的。」

阿岩說道，但男子紋風不動。阿岩全身繃緊。

男子帶點挑逗地注視阿岩，接著像是看穿底細似地點點頭。

「不簡單，真是無懈可擊。」

——這是什麼話？你到底想說什麼？

「不僅如此——正如傳言所說，是個美姑娘。」

這句話，讓原本綑縛阿岩的視線之繩瞬間斷裂，她以惡鬼般的神情瞪著男子。

在她發聲之前——

鈴。

男子再度搖動手中的鈴鐺。

意外的，男子竟露出微笑。

「你——」

「我剛剛所說，決非虛言。」

男子以令人不寒而慄的低沉嗓音說道——姑娘人美，故稱美人，我是據實以告。

阿岩聞言火冒三丈，跺腳大罵。

「你——你作弄人也有個限度！我這張臉都爛成這模樣了，何美之有？你再給我胡言亂語，我當場就用這雙手把你——」

「姑娘所言差矣。即便顏面幾乎潰爛，原本的美麗卻無法隱藏。不僅如此，姑娘更有一顆純潔的心靈，無垢至此，令人疼惜。說姑娘人美，其因在此。」

——他為何不怕死？

阿岩亂了方寸。

——這傢伙——到底是何等人物？

阿岩背脊一陣寒意。

夕陽餘暉照耀著稻荷神社，紅色鳥居更為醒目。

阿岩感覺那紅色光芒朦朧閃爍。是她落淚的緣故。

過了一會兒，阿岩好不容易才開口。

「你別開玩笑——」

言盡於此。

「並非玩笑。」

——男子間髮不容地回答。

「那你是在——安慰我？」

「三兩句安慰的話豈能打動姑娘？」

「夠了！我說一言你便頂一句，真是油嘴滑舌！若真如你所言，為何人人對我另眼相看？為何人人嘲笑我不知羞恥？因為我醜，故引人側目；世人是在嘲笑我這張猙獰面孔。我家好歹也有鏡子，我也能分辨美醜！」

男子露出悲憫神色，凝視阿岩。至於這時的阿岩怒意已極，果真如惡鬼般猙獰。男子說道——容我失禮。

「若是府上有鏡子——好歹差使奴婢為妳梳吧。」

「這——這頭髮蜷曲，梳髻又能如何？」

「妳這話就不老實了，阿岩姑娘。在頭髮蜷曲之前，妳便疏於打理了……不，妳原本對外貌根本就毫不關心，不是嗎？」

阿岩啞口無言。他說得對，確實是如此。

阿岩固然討厭骯髒，對打扮卻毫不感興趣。

結髮一事也是如此。高貴出身之女子自己結髮乃是基本教養，但阿岩既不購買昂貴髮油，也不曾請人挽髻。但即使如此，也沒有不便之處。阿岩認為自己無須媚俗，此乃理所當然。就連好面子的父親又左衛門，也不曾因此責怪阿岩。男人話聲又起，彷彿已看穿阿岩內心——。

「那是因為，姑娘從前即使不打扮也美若天仙。」

阿岩倏地抬起頭來，用視線探尋男子所在。

「阿岩姑娘——我看妳，是不打算招婿吧。」

——這傢伙為何哪壺不開提哪壺？

還是看不到男子蹤影，阿岩慌了手腳。

「何——何出此言？」

我一看就明瞭了——聲音從稻荷神社後方傳來。

「妳那點兒心眼，我看得一清二楚。容我直言，若妳現今人人稱醜，原因無他，便是妳不曾精心打扮。妳臉上的傷痕雖然嚴重，但坦白講，任何疤痕都可遮掩。經過一番抹白塗紅，自然得以粉飾。姑娘生來是美人胚子，少了一隻眼睛更顯可愛，瘡疤更賽酒窩。那彎曲的腰部，只要找來按摩師細細推拿半月，便可拉直。然後再梳頂油亮的頭，戴上頭巾就成了。如此易事姑娘卻不願做，還不是因為不喜歡矯飾外貌，我說的沒錯吧？」

男子再度現身，手掛在樹籬上。

阿岩沒有回答，側頭留意佛堂。

感覺佛堂裡頭不平靜。佛壇紙門反射夕陽，泛起些許朦朧紅光。

阿岩心想，這種念頭不僅自己，凡是武士之女應皆作此想。與其花枝招展，不如琢磨品性，更顯高貴——阿岩受的是這樣的教育，也始終認為——此乃合情合理。

回眸看，男子臉部陰影更濃。太陽即將西沉。男子說道。

「妳從前即使不打扮也很美，倒是不打緊。不過現在可不同，非打扮不可。」

阿岩心生不悅——打扮！那是愚婦所為。

又不是總把脖子塗得白森森的妓女，身為武士女兒，搽脂抹粉的成何體統？更何況也沒錢買胭脂水粉。貧窮同心的女兒，講究行頭不過是種浪費。阿岩長這麼大不曾訂製和服，連梳子與髮簪都不曾用過。男子——繼續說道。

「阿岩姑娘，聽我一言。街頭巷尾的無恥之徒笑妳，並非因為妳面上的疤痕醜惡，而是因為妳原可遮蔽卻不遮，脂粉不施卻不覺羞恥，這份強韌讓大家心生畏懼。因為他們怕妳，於是嘲笑妳。」

——因為害怕，

——所以嘲笑。

——阿岩以指尖碰觸額頭。用力一按，膿水滲流出來。

「因為害怕——所以嘲笑是什麼意思？」

「不是嗎？除了嘲笑之外，他們還能如何？妳遭受此等變故，都能不當作一回事兒。那些嘲笑妳的傢伙，若是異地而處，只怕無法在世間苟活。他們淨是些膽小如鼠、沒志氣的猥瑣小人。」

「我——才不想討好那些傢伙。」

鈴，男子搖響手中鈴鐺。

「阿岩姑娘，妳真的很了不起。夠堅強。妳沒有做錯什麼。不過雖沒犯錯，卻也沒做對。妳生性強悍，因此不了解別人的痛苦。妳不覺得痛苦，別人卻為妳喊疼。誠如妳所說，同情形同蔑視，憐憫與看好戲無異。可是啊，人活在世上，總有些人渣就是需要旁人一點關心。正因為是人渣，總是汲汲營營，受輕蔑也無所謂，總強過視若無睹——有這種想法的人可多了。」

「你——到底——」

「不管同情抑或怨恨，全憑受領的一方如何體會。願意受人同情者，即便別人實際上是看不起，也不會認為有失顏面。世事人情便是如此，人人莫不順應此道而活。阿岩姑娘，心意這種玩意兒，是不能強求對方心領神會的。端看接受者存的是什麼念頭。所以，今兒個聽了我這番話，妳是喜是怒——那就悉聽尊便了。」

「悉聽——尊便。」

匡啷匡啷，佛壇的鈴鐺滾動著。

胡說八道！莫名其妙！故意作弄我！簡直欺人太甚！下賤的死老百姓，別跟我耍小聰明。夠了，住嘴住嘴！難道——難道錯在本姑娘？

「即便妳能打破這些個禮俗常規，結果也只是讓自己孤立無援。妳再怎麼堅強，一輩子孤軍奮戰也終有敗亡的一天——也罷，是我多事了。」

匡鐺。鈴棒掉落榻榻米。

吵死了。你們這些死人別涉足塵世——。

「阿岩姑娘，聽我一句忠告，令尊或許有值得非議之處，但妳好歹也是他心上一塊肉。希望妳能了解令尊一番用心良苦。」

「什麼——用心良苦？」

男子欠缺抑揚頓挫地作下結論道：

「若妳有一絲絲體恤令尊，不妨就找個丈夫嫁掉吧。」

日暮昏暗，男子的臉孔漸漸融入黑夜。

「試著打扮看看。打扮過後——若真是無法忍受——再回絕親事便是。」

當她回過神來，男子早已不見蹤影。

庭院與佛堂已完全漆黑。

阿岩靜靜地，關上紙門。

註1：原指五穀之神，後與狐神信仰混同。
註2：傳說為狐神嗜食之物。
註3：行政長官。
註4：財政長官。
註5：幕府機要秘書。
註6：分別是將軍外出時的警衛與便衣監視人員。
註7：將軍坐船時的船手。
註8：消防人員。
註9：專門抓縱火犯或趁火搶劫的捕吏。
註10：主管建築業務的官員。

炙闇魔宅悅

全身上下皮膚感受著夜氣炎熱，宅悅只得鼓著大肚子拚命喘氣，試圖讓自己舒服點兒。

即使不如宅悅的體態，夏季的夜晚也夠難捱的了。身體表面觸手黏膩，汗水涔涔。他那包圍巨大軀體的皮膚原本厚如馬臀，白天感覺遲鈍，到了夜晚卻如同化為黏膜般格外敏感。

一到夜晚，便有種全身生出眼睛的感覺。

這些眼睛即使想闔上也無法關閉。除非等到彌陀來迎接前往西天，想閉上身上無數隻眼睛到底是痴心妄想。冬天還可套上衣物或者蓋棉被，無奈夏天炎熱，打著赤膊便無從遮掩了。加上宅悅由於肥胖之故，汗流為一般人的兩倍，汗穴一張全身便更為敏銳。即使全身像破布般蜷成一團，這般盜汗涔涔的夏夜總使宅悅厭惡至極。

宅悅曾想。

人類之所以生了兩顆眼珠，就是為了減少此種不快。

罹患眼疾之前，宅悅未曾嘗過這種滋味，因此才歸罪於眼盲。

若是一個人從早到晚都對外界狀況如此敏感，不發瘋才怪。人類以肉眼觀察世界，多少容易產生錯覺，反而少了刺激。以為眼皮一闔上便能眼不見為淨，因此感到心安。只不過，其實閉上雙眼，反倒能更加清晰地看見世界。

——真正能看見事物的，並不是眼睛。

宅悅慢慢撐起身子，抓起快磨破的短袖上衣攤開，披在自己巨大的背部。

與其勉強睡覺，乾脆起床算了。反正睡不著，躺著坐著都差不多。

伸手取來殘破的團扇，啪答啪答使勁搧風。風帶點微溫，完全沒有涼爽的感覺。

宅悅不禁想起種種往事。

最初是——發現視線有點模糊。對面一根長竹竿距離的足袋（註1）店招牌，看起來輪廓重疊了兩、三層。

當時以為是用眼過度或是近視眼之類的，試著自己用針灸治療，卻一直沒有起色。不久，足袋店招牌的邊框變得模糊，看不清楚顏色，全像煙霧一般渺渺矇矇，這才發覺情況不妙。從此走起路來跌跌撞撞，做任何事情都變得笨手笨腳。白天亮晃晃時還摸得清事物，一入夜就真的是「伸手不見五指」，活像捉迷藏那隻遮住眼睛的鬼。然而，按摩這一行通常入夜才開始工作，於是乎宅悅不得不漸漸減少工作量。隨著歲月流逝，慢慢地連自己的腳尖也看不清了，甚至大白天看東西也一片朦朧。至此，宅悅已手足無措，不知道如何是好。

無依無靠。從小被父母拋棄、長大又沒有主人收留的宅悅一生漂泊，但即使如此，宅悅從不曾如此自卑自憐。

宅悅認為，自己過去的志氣乃是因為眼睛「不是看得很清楚」。完全看不見姑且不論，正因為依晰可見，才更心生依賴。一旦視力全毀，便頓失所依，徬徨不安了。

但話說回來，畢竟自己身分低賤、家無恆產，一天不工作便一天不吃飯，十天不工作便餓死街頭。既已是窮途末路，宅悅也看開了。

在這個人人精打細算的江戶城，即便有按摩與針灸一技之長，日子未必好過。眼睛看不見，怎能從事針灸治療？頂多只能進行按摩療法。若在太陽下山之前完成工作，總不至於回不了家吧，犯不著一味地害怕出門——宅悅這樣告訴自己。於是乎他勇闖昏暗的世界，並且越走膽子越大。這時候，他甚至發現一件事情：

「雖然看不見——實際上卻看得見。」

原本模糊不清的足袋店看板，如今卻清晰非常。當然，並不是他眼疾治好了。和之前一樣，他的眼球只能發揮五成不到的功能，視力幾乎全喪，但即使如此，他卻看得很清楚。約莫是知識、記憶以及經驗——其中道理宅悅不是很清楚——補足了缺憾之處吧。雖不清楚道理何在，宅悅卻已掌握觀察事物的方法。知道看板在那裡——看板就在那裡。既然如此，宅悅告訴自己，比眼見更加重要的，應是在內心形成影像。確實，視力良好的人可以看見物體，但事物原本就不是肉眼得見，而必須以心眼去觀視。換言之，能看出事實真相的並非眼睛。知道了這項道理，宅悅也安下心來。而安下心的同時，他在白天也就能夠毫無障礙、與常人無異地行動了。

如此花了半年之久。

不過，夜晚終究是他的罩門。不要說五成了，連一成都無法發揮作用。這麼一來，心眼也無計可施。不得已，宅悅只好扶壁前進，由風以及溫度的變化判斷情況，努力去嗅一點點的味道、聆聽一點點的聲音——好不容易學會生存之道。太陽下山之後，宅悅就用手指、耳朵、鼻子與肌膚代替眼睛。由於了解人世間不能靠眼睛了解，而必須用身體去體認，宅悅從此更加大言不慚了。

又花了一年的時間。

於是，宅悅恢復晚上的工作。

白天過得像明眼人，夜晚則化身盲人——宅悅學會過這種所謂的「雙重人生」。每天太陽一下山，就是宅悅轉換人生角色的時刻。而不論白天或夜晚，都不放棄外出掙錢的機會。比起從前仰賴眼睛生活時，宅悅反倒更加入世了。

只不過……。

——那東西——還是不要看到比較好。

每每想起那種情景，宅悅便後悔不迭。

白天——看得見的時候——所看到的東西，到了夜晚——看不到的時候——更清晰地浮現眼前。

這可不是像回憶這種酸中帶甜的玩意兒。那東西總成形在宅悅殘廢的眼睛內側，揮之不去。

宅悅抬頭仰望天花板。

因為他感覺到——天花板好像「吊著一個人。」

宅悅今早見到一具上吊死亡的屍體，而且並非無名屍。上吊的是宅悅熟識的人。如果是陌生人的屍體，他倒也能夠轉頭便忘。前些天，他也獨自下葬一具上吊的無名屍。

——哎，真是討厭。噁心至極。

宅悅再度躺回被汗水浸濕的榻榻米。

今晚黑漆漆的，沒有月亮。現在宅悅沒辦法確認，那兒是否——果真吊著屍體。但宅悅眼珠子裡側，到現在還清楚留著屍體懸吊的模樣。

搖晃的白色足袋。細細的小腿，紅色的裙子下襬。胭脂色格子花紋，好像在哪兒見過的和服。衣領往外翻，露出消瘦的胸脯。以及——脖子上牢牢深陷的粗繩。頸部四周膚色已經變黑。相反的，皮膚卻沒有血氣而白皙細緻。屍體往下拉得很直，而且已經腫脹得不成人形——。

——那張脹大到極限的臉。

原本就看不見的宅悅，無法法閉上眼睛，因此這幅圖像也無從抹滅。這是靠記憶刻畫的視覺，一旦烙印完成，便是永恆的印記。因此，那張膨脹的臉——無法消失。

那是一位生前有張細瓜子臉、身材瘦弱，看起來楚楚可憐的女孩。

上吊的乃是阿袖——直助的妹妹。

過去兩個月當中，受直助要求，每逢陰曆戌日便前往大雜院幫她針灸。宅悅早已宣稱，不再從事針灸治療，這回是由於直助懇請才破例而為。

她身體並沒有特別嚴重的疾病

可是似乎抑鬱寡歡——。

若是病根在心，治得好的病也治不了——。

直助這樣說道。

直助是宅悅賭博的夥伴，當然不能說是上進之人，妹妹阿袖卻聰明活潑，勤勞懂事。既是狐朋狗友，阿袖的病情宅悅也一直掛在心上，因此二話不說便就接受直助的要求。

連續治療幾次效果皆不彰，阿袖並未好轉，但也沒有惡化，懸在那兒不上不下的。宅悅心想——即使沒辦法把病治好，至少也可陪女孩說說話兒，好排憂解悶，因此持續不斷前往。照宅悅研判，阿袖應當是血道之病或神經問題。不過這些推測都沒有確實證據，宅悅唯一確定的是，阿袖的病還不到致命程度。

——總之是死不了人的。

然而——阿袖卻上吊自殺，在大雜院引起騷動。

穿越人牆一看——那膨脹的——阿袖在空中搖晃著。

哥哥直助則蹲在屍體正下方，又叫又喊，嘶聲慟哭。一旁則有鑄鐵師傅與一名江湖術士竭力安撫——不行的，你應等官府的人來才……。聽兩人的語氣，似乎是在勸阻直助，不讓他把屍體先行取下。

宅悅嚇得魂都飛了，跌跌撞撞地滾落在直助身邊。

阿直，這到底是怎麼回事——。

宅悅問道。直助卻仍只是嗚咽，直說「阿袖，都是哥哥不好，妳要原諒哥哥啊」，口裡喊阿袖的名字沒個間斷。到底怎麼回事，直助？宅悅追問，但此時突然一雙手從背後握住宅悅肩頭，將他拉開。

回頭一看，發現是認識的浪人——伊右衛門。

伊右衛門無言地搖頭，示意宅悅休再逼問。經浪人一勸，宅悅才慢慢冷靜下來。

然後，他才茫然注視著吊在空中的屍體——阿袖的樣貌，以及那張腫脹的臉龐。

——太慘了。

過了一會兒，阿袖擔任裁工的裁縫店老闆來了。然後在房東帶路之下，帶著一票小嘍囉和僕役的官員八丁堀（註2）排開人牆抵達。穿著羅紗製和服搭配外褂的這位巡邏同心氣宇軒昂，鼓著一邊臉，手持下垂十條鐵鍊之鐵棒，只是一味搖晃，站在大門外頭遠遠觀看，指派不知道是岡引（註3）還是下引（註4）的部下進去，用木棍在屍體上點了兩下，好像就完成阿袖的驗屍工作了。太難看了，趕緊拉下來——同心高傲地說道。聽到這句話，直助立刻掙開江湖術士與鐵匠四隻手，衝上去大吼——你在說什麼！再說一遍看看！阿袖哪裡難看了？你如果真的那麼了不起，立刻讓阿袖活過來啊！不得無禮——官員的手下見狀，立刻準備拔出腰間木刀。但直助仍大吼道——滾出去！死當官的！在同心開口之前，伊右衛門站了出身，表面客氣但語帶指責地請對方出去，說直助失去親人情緒失控，還請大人見諒。動作雖不大，卻是恰如其分，適時制止了下引與僕役的拔刀動作，直助也僵在當場。

此時，直助的雇主西田尾扇趕來，扯過同心的衣袖咬耳朵交涉，總算大事化小、小事化無。然而，卻只有直助一人活像見鬼似地瞪著雇主，不發一語。尾扇一面觀察在場眾人神色，一面擺出體恤的姿態來到直助身旁，嘴巴湊近他的耳朵——

刻意壓低聲音說了幾句話。

現場大概無人聽見他講什麼。但耳朵特別尖的宅悅卻沒聽漏。

沒錯，尾扇確實講了這兩句話。

你學乖了吧？——

以後不要再惹武士了啦——。

直助雙眼佈滿血絲，惡狠狠瞪著雇主，悶著氣滿臉通紅。那番話——

——到底是怎麼回事？

當時宅悅以為，雇主應該是責備直助，他不該魯莽頂撞八丁堀等官員。除此之外，不作他解。然而——

——說不定並非如此。

倘若另有隱情，尾扇的話用意又是何在？雇主說完話之後，直助像雙手抱膝蹲在房中一隅，失神落魄。在場的人無不認為，直助是因為不捨妹妹死狀淒慘，才心神恍惚。然而——

——說不定是咱們都誤解了。

之後，宅悅與伊右衛門等人合力將阿袖的遺體卸下，所有大雜院的鄰居都來幫忙，此起彼落地出主意「該叫和尚來」、「該準備棺桶」，但此過程中直助只是發呆，完全派不上用場。不僅如此，眾人進進出出亂成一團的時候，直助竟然消失不見了。今晚可是妹妹過世第一晚，按理說應當守靈才對啊——。

就這樣，直助再也沒有回來。留在現場到處張羅一番後，將剩下的事情託付給伊右衛門與裁縫店老闆，宅悅便告辭回家休息。

——睡不著啊。

宅悅揉揉眼皮，翻了個身。

就這樣一夜不成眠，天色便發白了。

感覺到格子窗外射入些許陽光，宅悅將全身緬緊的神經，凝聚在衰退的雙眼。閉上雙眼，才終於將世間繁雜阻擋在外。等到宅悅精神鬆懈，好不容易稍微打個盹兒，晨光已乍現，遠處傳來早晨六點的鐘聲。陽光射進窗，照在汗珠上更感溫暖。宅悅整個人感覺被熱氣籠罩，有一種深深的安穩感。

意識漸趨恍惚。

這感受——真舒服。總算可以睡一覺囉。

就在此時——

一股濕濕滑滑的觸感掠過。

不知道是何物，由腹部下方沿著皮膚表面往上爬。

滑溜。滑溜。

宅悅反射地抱住那東西，抱緊。

濕濕滑滑的，而且很柔軟。

突然，阿袖的臉出現胸前。

阿袖姑娘？是妳來了嗎？

宅悅憐愛地緊緊抱住女孩。

阿袖的身體緊緊地和宅悅的手臂與腹部貼合，瞬間瑟縮成一團。

阿袖——露出既痛苦、又惹人疼惜的表情。

宅悅更加興起與阿袖化為一體的衝動。

不知是愉悅或苦惱，只見阿袖蹙緊眉頭。

她臉部膨脹，愈脹愈大。

我不介意的。

妳瞧，我根本是醜八怪一個，妳和我在一起，不是天生一對嗎？

腫脹的阿袖不住顫抖，好似有話想說。

不要害羞嘛。乖乖聽話，可愛的阿袖——。

阿袖膨脹的臉上花蕾般的櫻桃小嘴，瑟瑟顫動著。

氣息吐在宅悅頸上。

喔，阿袖，妳說不出話來是不是？

這也難怪，因為妳已經死了啊。

已經死了——

「啊！」

宅悅大喊一聲。他睡得全身溼透，連榻榻米都被汗水浸濕了。

「一場——惡夢——」

宅悅怔怔望著縫邊溼透的榻榻米。起先他品味著一種既非不快、亦非愉悅，不安定的、怪里怪氣的感覺，不出一會兒便將夢境內容忘得乾乾淨淨，於是坐起身來。

「——誰？」

又市站在門前。

「喔，是阿又你啊。何必偷偷摸摸，也不出聲喊個門？」

「還說呢！剛剛叫你好幾聲，都不應門，還以為你沒有回家睡覺，或是欠債逃跑了，不然就是做壞事躲在家裡不敢出來。但從門縫一看，居然在呼呼大睡，全身紅通通像煮熟的章魚。現在幾點了，你知道嗎？」

我看你是在做什麼邪夢，捨不得醒吧——邊說，又市邊在門框坐下。是做了惡夢哪——宅悅回答。

「倒是宅悅，我聽說了——阿袖姑娘的事兒。」

又市伸長了頸子轉頭過來，從肩膀上方看著宅悅。

「怎麼會變成這樣？還有，阿直那傢伙到底怎麼啦？」

「阿直他……此事一言難盡。阿又我問你，現在幾點了——」

剛剛才把屍體送到火葬場哪——宅悅結結巴巴的問題還沒說完，又市便打斷他，心不在焉地回答。然後，又市整個人轉過來說道——天候這麼熱，放在屋中一定會馬上發臭的。宅悅原本打算去送葬，看樣子已經睡過頭了。

「哎，我又出紕漏了。不過話說回來——阿又，你對整個來龍去脈似乎很了解？」

「我是聽棺桶店老闆泥太說的。聽說啊，這次葬禮的花費都是裁縫店老闆彥兵衛自掏腰包才辦成的。我看哪，那娘娘腔的傢伙一定是在暗戀阿袖。都四十歲了還迷戀年輕姑娘，真是為老不尊。我一向看他那副色瞇瞇的德性不順眼，但如今對死人諂媚又有何用？阿袖姑娘頂多只能在他枕前託夢，你說是吧？」

宅悅突然覺得背後說人壞話有點不好意思起來，伸手摸摸滿是汗水的光頭。

「話說回來，阿又。你不覺得裁縫女工過世了，身為老闆的彥兵衛肯出銀兩，也算很不簡單嗎？」

「少來了，你還幫那個老不修講話？死按摩的。我跟你講，宅悅，他如果真的想照顧阿袖姑娘，早該在她生前多關懷幾分，是吧？」

說的倒也是——宅悅漫不經心地點頭，拉起身子盤腿而坐。又市也撩起衣服下襬，不經意地問道——阿直這傢伙究竟怎麼啦？剛剛問你的話，還沒回答我呢。

「阿直——他還沒回大雜院嗎？」

「這我不曉得，就是不知道才問你的啊。不過，宅悅，只要看到那個老不修的裁縫店老闆頤指氣使地擺架子，不就曉得阿直不在了嗎？因為阿直對彥兵衛討厭得要命哪。上回還聽阿直在罵，那傢伙總是笑臉迎人，佯裝是個大善人，事實上卻是吝嗇得要命。明明對阿袖有意思，常吃她豆腐，薪俸卻只給她區區幾文錢。」

經你一提——好像是有這麼回事兒。在此之前，直助曾數度向宅悅抱怨彥兵衛。只不過不知道為何，直助的話宅悅卻一丁點兒也記不清了。

接著，宅悅以俏皮的口吻，告訴又市昨天彥兵衛出現在直助家裡的情況。他向來不慣於正經八百，硬要裝嚴肅反倒怪害臊的。

又市雙手抱胸，深思熟慮一番。宅悅做了以下結語：

「該繼續的事情還是要繼續。」

「繼續什麼啊？」

上吊啊宅悅故意以戲謔的語氣說道。

「你還有心情說笑啊。」

又市露出厭惡的表情。

見狀，宅悅立刻老實地道歉。事實上，為阿袖之死痛心的人應該是他，只不過——

這並非宅悅熟知的又市的反應。又市乃是宣稱天下最不信邪、江戶城最該受天譴的不敬男子。不過，又市一向舌燦蓮花、顛倒黑白，哪句話是發自真心，哪句話又是自我解嘲，實難分辨。但至少前一陣子——幫行腳賣針的老婆婆收屍為止，又市真的是表裡如一地不信因果、不怕鬼神。為了幫助相約殉情的男女中沒死成的一人，他曾不知道從哪兒搬來一具剛過世的屍體，弄成殉情男女已經死亡的樣子。另外，他也曾跑到廢棄佛寺融解銅佛，偷出來變賣。類似這種連宅悅看了都要皺眉頭的勾當，又市幹起來卻是一派輕鬆，真可謂天不怕、地不怕。如今卻——

宅悅看著又市輪廓深邃的臉龐。罹患眼疾之後，親朋好友的臉孔皆是一片模糊，不足之處只得憑藉宅悅的想像功力。所以，要說宅悅所看到的面孔是否為真，只怕是虛實參半。但宅悅始終相信，一個人的聲音、個性乃至於行為，皆是構成相貌的條件之一。

在宅悅眼中，一向狡猾大膽的又市，最近增添了幾分憂鬱。

這時，宅悅張開薄唇說道：

「伊右衛門大爺他——」

他的反應又是如何呢——又市低聲問道。

就宅悅所見，昨天伊右衛門和平常沒有兩樣，一派沉著冷靜。

聽宅悅一說，又市嘆著氣說道——果然如此啊。

「幹嘛？阿又，你是想存心看好戲不成？沒錯，那位大爺的確平常就莫測高深。但也不能依昨天他沒有慌張或者露出沉痛神色，便斷言他冷酷無情哪。他可是親切地幫了許多忙。再怎麼瘦得皮包骨，他好歹是名武士，有其操守擔當——」

宅悅此語顯然是指伊右衛門勸阻八丁堀手下一事，做得非常漂亮。他只不過講幾句話，就鎮住了數名小嘍囉，可見他的膽識與處事之道皆有過人之處。宅悅看在眼裡，了解他確是經過大風大浪的。當時若無伊右衛門在場，直助鐵定會與捕吏們動起手來。只要發生衝突，直助絕對吃不完兜著走，搞不好還會遭到逮捕入獄。所以——。聽宅悅還想替伊右衛門辯駁，又市伸手制止，用一種「你別傻了」的眼神看著宅悅——你想到哪兒去了。這個不開竅的死禿驢。

「不是這樣，那又是怎樣？」

「關鍵還是阿袖姑娘。」

「阿袖姑娘？」

「你真格兒看不出來？」

宅悅一臉不悅——就是看不出來呀。又市難以置信地說道阿袖是喜歡上伊右衛門大爺啦。明眼人一看就知道的。

宅悅乍聽之下還轉不過腦筋，想了一會兒才拍了一把膝蓋——原來如此！原來如此！

「沒想到阿袖對伊右衛門大爺——」

「你還真是少了好幾根筋哪。這檔子事兒，看阿直的態度不是極為明顯嗎？」

「是嗎？這我就不清楚了。不過，就我所知，阿直和伊右衛門大爺不是頗有交情嗎？」

「說頗有交情並不正確，應該是愛恨交織吧。直助那傢伙，對待妹妹阿袖的方式簡直是溺愛。他不是把妹妹看得很緊，不准任何登徒子近身嗎？說是兄代父職，好不容易把妹妹扶養長大，倒不是不能理解他的一片苦心，只不過似乎有點過分了。就像彥兵衛，也好幾次被直助警告。所以，如果知道阿袖有暗戀的男人，阿直不可能默不吭聲吧？」

「等一下，阿又。不管是不是如你所說，阿袖真的喜歡伊右衛門，伊右衛門雖是浪人，但他畢竟是武士，平民是不可和武士通婚的，兩人之間反正不會有結果，這點阿直應該——」

「喔，你這人怎麼這麼死腦筋？就是身分地位不同，阿直才更要擔心哪。平常百姓的女孩迷戀貧窮浪人哪有什麼好處？阿直就是這點放不下心。凡事一扯到妹妹，他總是奈不住性子的。阿袖那女孩個性晚熟，應該從未要求哥哥為她牽線，但看在哥哥眼裡，說不定反而更覺心疼，認為妹妹這樣飛蛾撲火，投入註定沒有結局的戀愛，實在太可憐了。然而伊右衛門畢竟是武士，一個不好將事兒鬧大，對誰都沒有好處。況且法律規定不可和武士決鬥，要是妹妹真吃了悶虧，連上門興師問罪也沒法子。萬一阿袖真被伊右衛門始亂終棄，到時後悔也來不及了。所以……」

「所以怎樣？」

「聽說，阿直知道妹妹一見鍾情的對象是浪人，便直接前去與對方對質。據說，那就是他頭一遭與伊右衛門大爺打照面。當時阿直似乎已經暗下決定，對方若是不學無術，便要當場給他個下馬威。」

「可是——伊右衛門大爺應該對阿袖沒意思吧？」

「沒錯。阿直一見了他的面便曉得了，伊右衛門和阿袖之間不但毫無瓜葛，伊右衛門連阿袖的名兒怎麼寫都不知道呢。阿直那傢伙甚至說，伊右衛門甚至可以說就像坐懷不亂的石部金吉（**註5**），睪丸上披著鐵兜，根本不可能對姑娘家動情。如此一來，阿直是一則以喜、一則以憂啊。」

「憂的是什麼？」

「你還聽不懂？當然是阿直可憐阿袖一片痴心哪！落花有意、流水無情，這還不慘嗎？」

「喔——」

宅悅唸唸有詞。男女之事果真清官難判哪。又市繼續說道：

「就算沒阿袖這檔子事兒，那個阿直居然有武士朋友，這豈不奇哉怪哉？你和阿直認識的時間比我久，難道不曾對此起過疑心？」

經又市這一說，宅悅確實心裡有譜。沒錯，之前阿直動不動便犯嘀咕，說武士真討厭、一見到就渾身不舒服之類的。而伊右衛門身上規規矩矩佩著兩把刀，即便是浪人且以木工為業，但終究是名武士。伊右衛門這種不苟言笑的武士，怎麼會與冒牌醫生的男僕成為好友，宅悅倒是從未想過其中有這麼一段緣由。

至於阿袖與伊右衛門中間一段若有似無的戀情，愣頭愣惱的宅悅更是壓根兒被蒙在鼓裡。

話說，宅悅是在僕役房間的賭場和直助認識的。當時他視力還正常，算算合該是三年前的往事了。至於又市飄然來到此地，還不出一個年頭，是因為伊東那件事，才透過宅悅結識了直助。所以正如又市所說，宅悅和直助交情較長，只不過，又市在短時間內對直助的了解似乎已遠遠超出宅悅。

「那我問你，阿袖什麼時候開始關在家裡不出門的？」

又市提出另一個問題。

「我想看看——大約三個月前吧。我記得大概也是從那時候開始，找阿直出門他總推說有事，除了找我去為他妹妹針灸，路上見面也總視而不見。」

「哦，有這種事？」宅悅的話讓又市心生疑竇——這阿直，一定有什麼不可告人之事。於是，又市繼續問道：

「宅悅，你說你聽見——那個冒牌醫師，嘟囔說千萬不可招惹武士？」

「我確實聽見了。」

「如果是你灸閻魔的耳朵聽到的，大概八九不離十吧？」

又市說道。他所謂的「灸閻魔」，乃是宅悅的綽號。

「這句話講得像打啞謎似的，我這個滿肚子草包的按摩師，實在不懂哪。」

武士啊……又市自言自語，表情嚴肅地盯著宅悅，再次詢問：

「那我問你，阿袖生的是什麼病？」

「這我不知道。」

宅悅搖搖頭。但他又想到——若又市所言不虛，阿袖害的病，該不會就是相思病吧？真是這樣，任憑是華陀再世或是草津溫泉（**註6**），就連神佛也也只能束手無策。不消說，更非針灸得以醫治。宅悅提出這樣的推測，卻馬上被又市當頭澆了一盆冷水——不是這樣的吧？

「為何不是呢？阿又。」

「聽說，阿直是在去年春天留意到妹妹阿袖愛上男人。而你說，阿袖三個月前才開始足不出戶，這兩件事前後距離超過一年，兜不攏嘛！」

宅悅透過直助而認識伊右衛門，確實是去年秋天的事情，所以又市講的有理。

「等一下，阿又。倘若阿袖沒改變心意，有沒有一種可能，是她三個月前對伊右衛門大爺表白了心意呢？這片痴心到頭來是一場空，心碎的她因而病倒——等等，如此一來，阿袖上吊的原因不就和大爺有關了嗎？」

不對不對，你想錯了——又市又立即打斷宅悅的推論：

「所以呢，我才劈頭就問你伊右衛門大爺的反應嘛。照你剛剛說的，伊右衛門大爺直阿袖過世，恐怕都不知悉這女孩在暗戀他。」

確實——如果伊右衛門曾經拒絕阿袖，自會懷疑阿袖之死與自己有關。在此情況下，儘管伊右衛門是沉著的武士，也不可能從頭到尾那麼泰然自若的。

宅悅拭去額頭汗水。此時又市則喃喃自語著——難道阿袖就這樣將所有苦惱藏在肚裡，孤單地離開人世？嘆口氣，又道——就這麼離開人世啊。

此時，外頭遠遠傳來交雜茅蜩的油蟬鳴叫聲。

「誰叫伊右衛門大爺——是個與情愛無緣的魯男子啊——」

宅悅吐露出嘆息一般毫無意義的感想。

單戀姑且痛苦，但表白遭拒，卻更加難受。

「宅悅，我跟你講——」

「什麼事？」

「你帶我去見那個呆頭鵝吧。我只聽說過，還不曾拜訪他。」

「幹嘛，阿又？阿袖才剛火化，現在又不需要人手，何必跑這一趟？」

我不是要去阿袖她家，是要找伊右衛門哪——又市說罷便站起身來。

見狀，宅悅莫名慌張起來，趕緊套上丟在榻榻米上一團單衣，抓起兩根足力杖。

「可、可是阿又，你打算去那兒幹嘛？」

「路上再慢慢講。伊右衛門大爺住在大雜院是吧？」

宅悅回答，除非幹木工活兒時外出，否則伊右衛門平常都待在家中，話沒說完，又市已經來到門外。宅悅迅速跟上。

又市抬起食指，指指掛在屋簷下的看板。

這塊看板，便是宅悅的綽號——灸閻魔——的由來。說看板或許太過抬舉，那不過是一片經風雪曝曬而泛白的木片，上面有著年代久遠而斑駁的信手塗鴉罷了。

正面畫的，是佇立焦熱地獄（**註7**）中、表情嚴肅的閻魔大王。

背面則是由小鬼代為針灸，一臉喜色的閻魔。

圖畫滑稽生動。閻魔王頭頂寫著一個斗大的「灸」字，旁邊一排小字寫道——地獄閻魔也有菩薩心。這看板是宅悅的針灸師父送他的，後來開始從事足力按摩，不曾深思便隨手掛在門口，從未取下過。不料這塊爛招牌卻讓眾人議論紛紛，並藉此給宅悅取了綽號，說他是「灸閻魔」或是「艾地獄宅悅」。

外面有風，比屋內涼爽幾分。

又市腳步輕快地前進。宅悅則是一如往常，很費力地跟上。

「我這十天來東奔西跑，忙著幫人家找女婿。」

「喔，我知道，是民谷大爺的——」

「可是，好男人不容易找哪。那些答應來相親的，幾乎都是貪圖女方財產與地位的敗類。條件不惡的，腦袋卻不靈光。要不就是吃軟飯的浪人，全都爛到了骨子裡。」

「我想也是。可是——」

宅悅話說到一半便打住了。

沒想到，又市如此花心思幫民谷找贅婿。出口請託的是宅悅，見他盡心竭力，心上自然欣慰。然而，正因為並非易事，才得拜託詐術師出面。正因為除非連哄帶騙，否則不會有人上鉤，才得仰仗又市的詐術。如今——卻是這般結果。

宅悅表達疑惑，又市立刻回答——沒那回事兒。

「難不倒我的。總不能隨隨便便安給她一個惡夫吧。」

小事一樁——又市補道。又市似乎已經前往民谷家，見過民谷岩的長相了，因此宅悅更加無法理解他如何能妄下斷言。依宅悅所見，那姑娘——阿岩的醜陋容貌，要招婿實非小事一樁。難道阿岩的醜，是只有宅悅可見的幻覺嗎？可能性倒不是全然沒有——特別是以宅悅的身體特質來思考。

宅悅想起民谷又左衛門的女兒，女孩的相貌記憶朦朧。白色渾濁的左眼，黑色痘痕，蜷縮的頭髮。

也許，宅悅只看見了女孩難看的部分，其餘則一概出於他的想像。

除此之外——它還不斷膨脹，膨脹——

——不對。那是阿袖的臉。

宅悅猛搖那顆大頭，把記憶中的阿袖由腦海趕走。

取而代之的是伊右衛門的長相。同樣是——模糊不清。

——沒有特別英俊瀟灑嘛。

在宅悅看來，伊右衛門的相貌好似隔著布幕般不甚明朗。

轉著這些念頭時，又市已經走遠了。

明明叫宅悅幫忙帶路，他卻逕自搶在前頭，又市一向就是這種急躁個性。

這時，兩個手上捧著習字本的女孩快步走過。

——喔，已經下午兩點了嗎？

宅悅停下腳步，仰頭看天。

四周的蟬兒停止了鳴叫。

阿岩——。

伊右衛門。

「喂，阿又，等我一下！」

宅悅回過神來，加速腳步跟上又市。

「阿又，你莫非是打算把伊右衛門大爺介紹給民谷大爺的——」

「是啊，我是這麼打算沒錯，宅悅——」

又市回頭看向宅悅。背著陽光，使又市的臉龐看來如夜色般漆黑。

「——我打算把伊右衛門大爺介紹給阿岩。」

御行咬字清脆，話聲爽朗。

不知道為何，宅悅一顆心噗通噗通直跳。

「那、那也太急躁了吧！阿袖昨天才剛上吊，你明知她對伊右衛門的心意，卻馬上幫他作媒？」

「你在說什麼傻話。要不然我數度確認大爺的反應，你都當我在玩麼？伊右衛門大爺確實不知阿袖單戀他。如果他知道還沒話講，既然不知情，此事豈不與他毫不相干？」

「可、可是，阿又——」

「宅悅，我跟你講，人死了就塵埃落定了。我可沒有那麼多閒工夫，去顧慮死人會怎麼想。」

「這樣也未免太無情了吧。阿袖真是可憐。」

「宅悅，若是你真為阿袖抱屈，那咱們現在便去找伊右衛門大爺，當面一五一十全盤托出，過世的阿袖對他是一往情深。」

「這個——」

「你不妨拜託他——單戀大爺而自殺的阿袖實在太可憐，所以請大爺剃度遁入空門，用一輩子的生命供養阿袖。你辦得到嗎？」

又市所言甚是。以伊右衛門的立場——確實沒有必要為阿袖的死負任何道義責任。

宅悅並非不明瞭。但問題不在於此，主要是——

宅悅沉默不語。

遠處天空傳來轟隆轟隆的雷聲。

——真討厭。

要下陣雨了嗎？

午後雷雨總奪取宅悅的一切，嗅覺、聽覺與觸覺。

明明不是夜晚，天空卻幽暗無光，使得宅悅完全被世間孤立。

他把下顎高抬，再度仰望天空。

只見無數雨滴，從天上千軍萬馬掉落。

雨滴看來緩慢異常。

粒粒都像是阿袖的臉龐。

這是最後一幕景象。宅悅的視覺溘然中止。

映著阿袖臉龐的顆顆雨珠，紛紛落得宅悅一頭一臉，打濕了臉頰，往頸部流下。

像是阿袖化身的夏季午後陣雨，就這樣將宅悅溫暖包圍。

——我……

「阿阿又。」

——阿袖啊。

「你真的打算用你那張三寸不爛之舌——」

——因為醜陋。

「去欺騙伊右衛門大爺？」

雨聲滂沱，眾人四散走避。

整個人被水幕遮住，宅悅徹徹底底被孤立了。

「竟然連認識的人都要欺騙——」

——欸，什麼都瞧不見了。

嘈雜雨勢之中，夾雜著一句人聲。

「我沒有——要騙他。」

又市似乎如此回答。

註1：供夾腳拖鞋專用之白色襪套。

註2：為與力、同心的別稱，唯職位較高，故居住於東京都八丁堀之官舍。

註3：江戶時代輔佐與力與同心之人。

註4：岡引之助手。

註5：意指特別正經、不近女色之人。

註6：位於群馬縣西北部，自古便以溫泉療養地知名。

註7：熱地獄中之一種，罪人須受鐵棒穿刺、以火燒炙之苦。

民谷又左衛門

又左衛門好像罹患瘧疾那般，全身不住打著哆嗦。

身體明顯變差。不僅如此，心緒也極不穩定，整個人好像暈船似的。連坐在屋簷下都感到全身不舒服，只覺血液在全身上下亂竄、氣喘吁吁。

隨著脈搏震動，右肩陣陣抽痛。又左衛門伸出左手，抓住麻痺的右上臂。

視野狹窄，失去了距離感。他陷入了狹窄世界外緣總有某物伺機而動的錯覺。

吃了一驚，又左衛門看看左後方，然後視線拉回庭院。

——怕什麼？

庭院中的稻荷神社旁邊，從剛才一直站著一名和尚打扮的男子，穿著類似巡訪寺廟用的白色僧服。男子跪在地上，恭敬地低著頭。他幾乎沒有動彈，穩如泰山。

「又市大爺——」

此舉使得又左衛門心神不寧。

「不要跪在那兒——上來吧。」

「怎麼可以？我身分卑賤，豈能自在進入武士廳堂之上。」

「話是這樣沒錯，但就當作我拜託你——」

「感謝您的好意。不過，請不必特別在意在下，民谷大爺您的身體更重要，請寬心為上。」

「喔——」

又左衛門慢慢把頭轉回來，用缺乏遠近感的視線朝裡面房間瞧。

——阿岩。

為何總覺得惶惶不安，又左衛門搞不清楚所以。

剛剛又市的建議——對於民谷家族而言，應當是樁好事。

——阿岩——還是不願意吧。

這也難怪。變成那副面貌，即使相公對她體貼入微，她恐怕也無法輕易打開心扉接納吧。阿岩變得如此孤僻與憤世嫉俗，也並非出自她所願。因此，強迫她出嫁，對現在的阿岩反而殘酷——事情不是不能這樣看。

可是——。

如果妥善安排，說不定——。

只是——。

又左衛門無法獨力釐清重重疑難。

阿岩小姐她——又市問道。又左衛門邊往裡面的房間瞧，一面回答：

「應該在裡頭。可能是躺著吧。她這幾天一直躲在房裡，不太出來。」

「是嗎？」

「又市大爺——」

「請別叫我大爺。」

「他真的——要來嗎？」

會來的——又市客客氣氣地回答。

真的要來嗎？真的要來嗎——又左衛門好幾次反覆問道，視線一面從裡門移到腳下的榻榻米。

——事到如今，還在猶豫什麼？

這不是說定的事情了嗎？那天——。

——已經確定了。到了這個節骨眼兒還猶豫不決，就太不應該了。

又左衛門彷彿為了阻隔視野之外的某物，舉手遮住額頭。

那場意外事故——導致又左衛門廢了一隻左眼與一條右手臂。

清理槍枝時不小心走火。這是按理說不應發生的事故。

火粉射入他的左眼，槍身震碎他的右肩骨。所幸生命無礙，但是這把年紀的又左衛門心裡比誰都清楚，恐怕沒辦法繼續奉公了。

很不可思議的，事後又左衛門卻沒有懊悔或痛苦的感覺。他很快就死了心、認了命。又左衛門並不如旁人認為的認真勤勉。只有上級規定的事情他才會照辦，否則不會多動一根指頭。因此在出意外之後，又左衛門毫無猶豫地決定退休，坦白講他反而感到心安。

又左衛門已經精疲力竭了。他早年喪妻，和女兒相依為命，平平淡淡的日子數十年如一日，年老了才驚覺一身疲憊。

——算了，不必太在乎什麼了。

此時又左衛門才清楚發覺一項事實，那就是自己已年近六十了。

按照幕府規定，退休後「同心」這個職位可轉讓給親人或同事；但又左衛門無人可讓，第一個念頭便是把它賣掉。

年薪三十袋米、三人扶持（**註1**）的這項工作，賣掉可得二百兩，用來還債綽綽有餘。由這個角度看，這次受傷並非不幸，反倒是老天爺特別恩賜的大好機會——又左衛門甚至有這種感覺。

只不過……。

只不過——又左衛門卻——怎麼也不敢——把這個決定告訴女兒。

原因是又左衛門認為，幾乎沒有任何優點的自己，之所以能在女兒面前驕傲地扮演父親、男人乃至於武士的角色，主要還是因為有同心這個職位以及認真——其實是白忙一場——的工作態度。

至於女兒阿岩，大概也將父親的認真視為自己及民谷家的驕傲吧。又左衛門相信這點。不，如果說又左衛門之所以能在同心這個工作崗位上勉強撐到這把年紀，是受到女兒「以父為榮」的眼光激勵所致，也並不為過。因此，在阿岩面前，又左衛門必須扮演正直誠實、奉公守法並且工作認真的角色。也所以若跟女兒表明自己打算退休並且賣掉職位，一定會讓女兒瞧不起的。

而他最不希望的，就是被女兒瞧不起。

於是又左衛門決定瞞著女兒阿岩，偷偷找人詢問出售同心職位的事宜。

不料，親朋好友卻異口同聲地反對，紛紛指責又左衛門，說這樣做會讓江戶開府以來傳承不斷的民谷家毀於一旦，怪又左衛門竟想把祖先代代擔任的同心職位拱手讓人。

這件事和你們有什麼關係？——又左衛門心裡其實是這樣想的。

雖是親戚，但這些人多半已經從民谷家族嫁出去，或者成為別人的婿養子，只是不折不扣的外人。

再說，若是親戚們真的關心此事，非為民谷家族保留同心這個俸祿不可，那說話的人就把自己的兒子或孫子過繼給又左衛門當養子，不就成了嗎？但沒有任何人如此做。可見，俸祿微薄的小小御先手組同心這官職，大家其實是看不起的。再者，阻止又左衛門這樣做的親戚們，家世與地位多半都比民谷高貴。這些批判讓又左衛門厭煩極了。

再說，民谷家原本就不是旗本武士，雖然祖先歷代總自我安慰，說民谷家族是德川從三河發跡以來就一直追隨的部下，但真正曾在幕府大將軍身旁做事的，也不過僅有第一代而已。而且，和幕府冊封的重要諸侯——也就是「御譜代席」（註2）不同，民谷第一代祖先不過是「御抱席」（註3），而這項俸祿是無法世襲的。當然，「民谷」這個家號可由嫡子繼承，但在幕府大將軍身旁做事的俸祿卻不能由家人繼承。子孫後代想要這份工作，還得由大將軍重新任命。唯一的過人之處，僅在於當事人的嫡子或近親若接續同樣工作，會略受禮遇罷了。繼承人泰半是由組織內部的幹部商量決定，不過在表面上，當事人一旦退休或死亡，這些約定便理應失效。因此，同家族持續多代擁有同一職務並非常態。

然而，正因為如此——由於與眾不同——便成為值得自豪之處。又左衛門從小也被長輩教育，說歷代祖先有此成就值得驕傲，他也並非不認同這種價值觀。事實上，民谷家連續數代一直緊守著這種芝麻小官不放的傻氣，也正是支持又左衛門的力量。但又左衛門也清楚，勉強得來的東西遲早有毀壞的一天。對如今的他而言，並不認為這是值得違背時代潮流費力維護的傳統。

然而——。

親戚你一言我一句。

那你打算把阿岩怎麼樣——。

如果她是御先手組同心的女兒，或許還嫁得出去——。

超過適婚年齡又變成浪人的女兒，再加上她那奇怪個性——。

更重要的是——她那張臉。怎麼有人要娶她——。

有俸祿與官邸，至少還有希望——。

——這一切都是為了阿岩。

都是為了阿岩。

又左衛門非常苦惱。阿岩總說不想嫁人，但一生小姑獨處真的好嗎？不管怎麼說，女孩兒家為人妻、人母才算是有個歸宿。即使阿岩不想，為人父母的也不能憑一己之見，阻斷了女兒婚嫁之途——左思右想，又左衛門終於做了決定。

辭官之前，先幫阿岩找個丈夫，把家產俸祿讓給女婿——又左衛門如此決定。

於是，又左衛門開始積極地——鼓勵阿岩物色夫婿。

果不出所料，阿岩依然強烈反對，說她才不需要什麼丈夫。

不僅如此——。

阿岩還說，「把同心俸祿賣掉吧」。這句話卻是出乎又左衛門意料之外。

聞言，又左衛門嚇了一跳。女兒怎麼會要求老爸把俸祿賣掉、毀了民谷家？這應該不是她的真心本意吧？又左衛門認為，女兒八成是口是心非，可不能聽信她一時的誑語——。

情緒稍微平靜，又左衛門看透了女兒的真正念頭——至少他自認如此。

錯不了，一定是阿岩認為自己長相難看，不可能嫁得出去。

真是可憐。又左衛門記得當時的自己對於提及婚期悔不當初，情緒激動。

——不用擔心。

又左衛門告訴自己，無論如何、不管用什麼手段，都一定要幫阿岩找到丈夫。

——無論如何，不管用什麼手段！

過去上門提親的人從未斷絕，其中不乏看中了民谷家產，想不勞而獲之輩。若是這種人，說不定即使阿岩難看，還是會願意入贅。同心俸祿應該還能夠吸引不成材的傢伙。只是——

這樣做又有何意義？讓這類投機之徒登堂入室、繼承家脈，與滅門無異。更何況，阿岩委曲下嫁也不可能幸福。

畢竟一切努力都是為了阿岩，如果落得人財兩失，徒然讓無恥小子得到同心俸祿與家號，就不必多此一舉。既然要找女婿，就一定要找正人君子。只不過。

——阿岩那張臉——恐怕——。

還是不容易成功吧。如果是這樣——。

——用騙的。只能用騙的了。然而——。

又左衛門右眼的視線從榻榻米移到庭院，轉至又市身上。著僧服的男子少動，只是沉默以待。聽說過這個有「詐術師」之稱的男子——有三寸不爛之舌，能化腐朽為神奇——不管多難搞的事兒都能擺平。

「又市大爺。」

「民谷大爺不知有何吩咐？」

「是這樣子的——關於幫阿岩找的女婿——」

欺騙對方。騙得過嗎？這樣騙人可以嗎？

話說到一半，又左衛門就講不下去了。

又左衛門很清楚，說謊是天底下最困難的事。

一直到半年前，又左衛門才講了生平第一個謊言。

當時是為了幫上司與力伊東喜兵衛收拾爛攤子。事情發生在冬天。

由於伊東侵犯了一位又左衛門認識的商家之女，女孩兒的父母親找人前去抗議，要求談判。伊東性好漁色一事又左衛門早有耳聞，但聽苦主描述才知手段之殘虐，又左衛門啞口無言。

使者找上伊東，要求他悔改，並且趕走侍妾，正式迎娶受辱的商家之女。

然而，武士按規定不能迎娶平民之女，伊東也從未有這種打算。但使者威脅，若是伊東不讓步，就要向伊東的上司投訴，並且揚言「有辦法，就把我們殺了」。就又左衛門而言，道義上他沒有必要站在伊東這邊，更何況已經知道他惡行惡狀，更不可能視而不見，也不能把上門理論的人砍死，否則組內會因此擾攘不安。因此，為了避免事態擴大，又左衛門決定至少先安撫住伊東，不要讓問題惡化。於是，他想到了一個點子。

伊東一貫用蠻力強取豪奪，用白花花的銀兩堵住受害人嘴巴，這些做法都稱不上妥當。所以，只有使用方便法門撒謊——才能順利解決問題，這是又左衛門狡猾的小聰明。

又左衛門便前往商家，告知對方。

由他出面收養老闆的女兒，她便成為武士之女，能夠名正言順嫁給伊東。

老闆當場喜極而泣。但這是謊話。實際辦起來困難重重，成功的可能性並不高。說服御先手組組頭不是件易事——又左衛門這樣告訴伊東。

「小的想，長官您還是先將侍妾逐出宅邸，迎娶那商家之女，讓對方以為您是正式迎娶，但其實沒有。只要說怕外面流言蜚語才不舉行正式婚禮就行了。以後再找適當時機，把她休了即可。找理由並不難，但在那之前，您得暫時安分一些。小的如此建議，都是為了您好。」

——真是累人哪。

總算不得罪任何一方地將事情處理妥當。然而，又左衛門內心的罪惡感卻與日俱增，讓他連續好幾天睡不著覺。

伊東點頭了。他按照又左衛門的奸計行動，把身旁侍妾全部趕走，接商家之女進官邸，然後行為也收斂了。但在此同時，又左衛門卻坐立難安，一直擔心惡行遲早會被發現。只要出點差錯，讓那女孩知道其中有詐，難保不會衝回娘家哭訴。

縱使卑微，自己好歹是武士身分，不會因此受罰。只是捫心自問，總是良心難安。

他可不希望招來怨恨。當初為什麼要多事，惹得一身腥呢？又左衛門愈想愈後悔。

然後不久，自己就遭遇了意外事故。可見——人真的不能說謊，天理昭昭，行惡是有報應的。

——所以——。

又左衛門告訴自己，從今之後決不可再撒謊。

又左衛門看著又市。

他還是跪在鳥居旁，就像使狐（註4）那樣，恭敬地等候差遣。

——他確實是使者沒錯。

當初受商家之託前去向伊東討公道的使者不是別人，就是眼前這個又市。

又市——還不知道又左衛門撒的謊。這點更讓又左衛門憂心忡忡。

搞不好又市已經知道了。疑心暗鬼，又左衛門愈想愈緊張。

搞不好又市已經知道這件事，只是裝作不知情而已——如果真是這樣……。

「又市大爺。」

又左衛門喊了又市的名字。今天這是第幾次了？

「我想拜託閣下幫忙的事情，真的是很難啟齒。」

又左衛門說到這裡咳了起來，咳得很厲害。

招贅——沒辦法。恐怕還是痴心妄想吧。

錯了。或許我不該這樣做吧。自言自語一句，又左衛門就說不出話了。

紙包不住火。騙得了一時，騙得了一世嗎？

畢竟自己只是下級武士，並且家境貧窮，即便把對方騙來成為女婿，看到阿岩的臉，還是要驚慌逃走吧。這樣豈不反而讓阿岩難堪？

不！依照傳聞所言——詐術師又市應該能天花亂墜的說服對方，敲定婚期才是。但即使如此——。

這段婚姻不可能持久。世上豈有人會痴傻若此？然而——這點和目前又左衛門擔心的事情卻又不同。最重要的應該是阿岩的想法吧——阿岩的想法必須——。不，或許不是這樣，那又該是——。

自己並不是在憂心這個。那麼到底問題出在哪兒呢？又左衛門心思紊亂，弄不清自己的所為何煩。

又左衛門再度激烈咳嗽。

又市抬起頭來。

「很抱歉，民谷大爺。令婿可能要晚一點兒才能到，還請稍安勿躁。雖然託了個幫手為他引路，那人卻是個步履蹣跚的盲眼按摩師。縱使路途不遠，但中間得繞山過河，所以——」

「哪裡——」

又左衛門簡短回答，又陷入沉默。大概已敏銳察覺又左衛門的緊張，又市說道：

「大爺，您不用擔心。如果我帶來的男子您看不上眼，大可拒絕無妨。」

「拒、拒絕——這怎麼使得？」

「您不用擔心讓對方沒面子。」

「這、這——」

又市的話，讓又左衛門懷疑自己的雙耳。此話當真？

哪有條件拒絕？根本欺騙對方在先哪。

「又市大爺，阿岩的——」

阿岩的長相，您看過嗎——又左衛門話還沒問出口，又市露齒一笑。

「不知道什麼事兒，讓大爺如此猶豫不決？」

「猶豫不決——倒是沒有。」

——瞎眼說瞎話。

「——我是從宅悅那邊聽到你的好風評，因此才想拜託你幫忙我女兒找丈夫。以你的口才與見識之廣——該怎麼說呢——」

結結巴巴。又左衛門行事就是這樣不乾不脆。

又市看在眼裡，不由得大笑起來。

「說我口才好，不過擅長耍耍嘴皮、唬唬人罷了。這方面我確實擅長。有道是媒人之嘴能顛倒黑白，幹這行的就是專門話說得動聽，讓不知世事的傻小子娶個其貌不揚的惡婆娘；或是把個被前夫休了的老姑娘配給一隻腳踏進棺材的色老頭，充其量就是這些個把戲。我嘴巴裡吐出去的話，十句裡沒一句是真的。只不過——」

「只不過什麼？」

「我沒有說謊。」

「怎麼不一樣？」

「這次不一樣。」

「你——一句謊話都沒說，難道——真有人要娶我們阿岩？」

「有。請恕我直言，我不認為阿岩小姐臉上的疤痕算得了什麼。世上比她醜上數倍的女子多得是。至於這些女子是否孤獨終身，卻也未必。重點是您怎麼看待。是阿岩小姐自個兒的想法，使她變得比外表醜陋。此外，大爺您的眼光也是原因之一。」

「我？」

「是的。在您眼中，女兒比實際長相更難看。就是您這樣的眼神，促使她今日的醜陋。」

「你說阿岩——不醜——？」

「我的意思是，她要嫁人沒有問題。」

又左衛門亂了方寸。

——阿岩。

視角之外，似乎有人在盯著又左衛門。

伊右衛門把臉轉向左邊。這回換作又市跑到視角之外，依然盯著又左衛門。

又市從視角外面說道：

「很抱歉，這些話縱然無禮，在下卻是不得不說。總而言之，阿岩小姐之所以至今無法成婚，與其說是阿岩小姐自己抗拒，不如說是——」

——你到底要說什麼？

「——不如說是因為您不希望她嫁出去。」

「我不希望——？」

沒有這回事兒。之所以成不了婚，主要是因為阿岩拒絕——。

——真的是這樣嗎？

「照你所說——」

「勉強逼她招婿，並非不可能吧？」

——是嗎？

血液加速，又左衛門左邊肩膀疼痛起來。

十五年前妻子過世，十年前母親去世。沒有一名僕人或小廝從旁照料。之後——。

家裡只有兩個人。平常和阿岩卻很少交談，也很少看到阿岩笑。但即使如此——。

因為阿岩在看。為了阿岩。害怕阿岩。

又左衛門感到自己老化、萎縮的靈魂，劃過一道道的龜裂。

沒錯——。家名與官職，勤勉與忠義，以及親戚朋友的評價和社會名聲，甚至作為武士的本分和代代奉公盡責的名譽，謊言與忠誠，這一切甚至都和阿岩的感受無關，一切只是又左衛門想不開罷了。如枯泉乾裂，年邁的靈魂中的陰與陽相互對峙、爭執，使他陷入愚昧的糾葛而難以自拔。一切只因兩種相反的靈魂，在又左衛門內心之中內鬨互鬥而已。

「總之，請您看開一點——」

「我——」

又左衛門感到自己看不見的左眼變熱。視角之外的溫度提高。

——是流淚嗎？

眼淚從眼角湧出，又左衛門早就忘了這種感覺。

又左衛門用骨節突起的手指按住眼角。是錯覺？或是亂了心性？自己身為武士，又不是童蒙女子，這輩子一次也未曾流淚——。

太難看了吧，又左衛門少爺，你不是男子漢大丈夫嗎——。

——娘。

胸口傳來母親的聲音。然後，視界外傳來又市的聲音。

「民谷大爺——。希望女兒找到好丈夫，另一方面卻希望她留在身旁不要出嫁，是世間為人父的常情。這點——並不奇怪。」

「是——是這樣——嗎？」

又市——在看。看得很清楚。

阿岩小姐長得很像尊夫人嗎——又市唐突問道。

「為、為什麼突然這樣問？」

「沒什麼。我只是在想，小姐是像父親還是像母親。」

「阿岩——」

跟亡妻一點也不像。也跟自己佈滿皺紋的四方臉大不相同。又左衛門這麼一回答，又市便說——那，是否像令堂？

「令堂生前——想必是風華絕代吧？」

從未想過這個問題，像是著了狐狸的道兒般，既驚訝又困惑。

母親年輕時代的長相，年老的又左衛門不可能記憶猶存。母親長壽活得比妻子還久，最後以一副又老又醜的面容過世。她生前個性剛毅，看起來很高大，過世時卻整個萎縮成魚乾或是肉乾似的，甚至顯得滑稽可笑。又左衛門找來一只最小的棺桶，放進去還嫌太大。母親過世時已經接近五十歲的又左衛門，和阿岩兩人為母親送葬時，倒也沒有什麼感慨。

不管喜不喜歡，一切都已遠去，不復記憶了。

又左衛門說道。

「和大爺不同，我髮蒼視茫，母親的事情已經記不得了——」

「我的情況也差不多。我出生在武州三多摩，小時候便與母親生別，母親長相如何、聲音如何，身體的溫暖甚至姓名，我一概不知。多年來，我一直認為自己是生來沒娘的。」

「沒有母親——」

母親。又左衛門搜索著母親的記憶。直到十年前，那個喚作母親的女人都還健在的。

她是生於教養嚴格的武家之女。即便收集已然風化的記憶，又左衛門也只記得嚴厲的責怪與冷酷的言行。母親總是無時不注視著又左衛門，哭泣便一定被斥責，懶惰則一定挨打，才造就又左衛門不敢哭泣也不敢懶惰的性格。應該就是那些責備與譏諷，造就了這個正經八百、枯燥無味的老人。

娘。母親大人。

你還沒有獨當一面的資格——。

你這也算是民谷家的繼承人嗎——。

又左衛門晚娶，也是母親如此嚴厲批評的結果。

一點都沒有改變哪。

又左衛門是個披掛著老人鎧甲的小孩。

——母親還在看著我嗎？責備我這個老人——。

又左衛門感覺，站在視界之外看著他的，莫非是母親嗎？

抱歉，提了無聊的話題——同樣位於視界外的又市說道。

年幼的又左衛門慌張拾起老人的面具。臉頰與脖子痙攣著。

「剛剛胡說八道，只是為了打發時間。大爺的女婿就快到了。」

定睛一看，又市背對著自己，朝鳥居上方看。

鳥居上的紅漆已多處剝落，露出乾燥老朽的木頭肌紋。

大概一個月前吧——頭保持上抬，著僧服的又市繼續說道。

「在雜司谷一帶，河上飄來一具販賣唐針、名叫阿槙的老太婆。說她到處旅行賣唐針其實是抬舉她了，貨色幾乎都已生鏽，沒辦法用，當然沒人購買。所以我覺得，那老太婆根本不是真有心做生意。」

是商品太差嗎——又左衛門問道。問題出在做生意的態度，又市回答。

「一般而言，巡迴旅行到處賣針線的，都是老太婆。但她走在路上，總是用色瞇瞇的眼光看路上的男人。像這樣，用妖嬈的、貓叫似那樣的聲音，『怎樣？怎樣？』地向男人搭訕。她可能自以為是流鶯或是歌妓吧。仔細一看，她已經是年過七旬的骯髒老太婆，皮膚像包裝紙般凹凹皺皺，臉上塗了許多斑斑駁駁的白粉，沒有牙齒的嘴上卻抹了口紅。再怎麼看，都是三分像人七分像鬼。她傍晚時分外出工作，膽小的男人看到她都會當場腳軟。那把年紀，那身襤褸——真的很可怕。」

「那是因為她——」

相貌醜陋。

又市繼續說明。

「那老太婆不知道是看中十字路口旁的小佛堂哪一點，一直賴在那兒不走，已經成為當地的名人啦。大家都在說，我在哪裡見過她，跟她買了針線之類的。」

「真、真是亂來。居然以老人取樂——太不像話了。」

雖然聽了會於心不忍，但這就是人情冷暖啊——又市說道。

「你這話是沒錯——但她落魄至此，居然還想賣身，也算是夠可憐了。走上了窮途末路——。」

「事實並非如此。老太婆手頭上有點錢，還宣稱任何人只要與她交媾，就給他『黃金』呢。」

「——給金子？豈有——此理。」

「是啊。不知道老太婆吃過什麼苦，或者年輕時有多少風流韻事，但因渴望男人而流連街頭——真是為色而狂哪。」

「為色而狂？」

「是的。老太婆確實有錢沒錯，並且深信自己依然年輕貌美。即使早晚照鏡，但她對於皮膚長斑粗皺、頭髮斑白這些個壞處，全都視而不見。她巡迴諸國，就是在找男人。剛開始是為了尋找她那不知是張三或李四的心上人，但長年來東奔西走、到處徬徨，結果不知道是否忘了當初尋找的對象，還是忘了旅行的目的，陰錯陽差地成了為色而狂的瘋婦——」

「真可憐。」

「是很可憐。不過，我原先打算騙走——那可憐老太婆手上所有的錢。」

這句話讓又左衛門莫名不安起來。

搞不清楚又市講這些話目的何在。如果只是閒聊扯淡還無妨，吹噓自己的奸巧就不太正常了。又左衛門瞬間興起一個念頭——得提防這詐術師可能暗藏詭計，還是說這番話只是大吹法螺呢——又左衛門臉上似乎浮現困惑表情，而這樣的變化立刻被詐術師注意到了。

「這故事聽來刺耳是吧？若非跟大爺有點緣分，我也不會把這些事情告訴你了。您就當是污了耳朵，姑且聽之吧。您應該也耳聞過，我原本就不是什麼好東西，以我的功力想把老太婆手上的錢騙光是易如反掌。我的生活方式和你們武士不同，生來下賤，只能過著像垃圾堆裡打滾的生活。但即使如此，我們也是有搞頭的——」

「有搞頭？難道是半夜出去行搶，或者在路上砍人？」

我拿武士大爺的正義感最是沒輒呀——又市笑起來。

「我可沒有這樣做。只是拿人錢財、與人消災而已——」

又市接著說道。

「老太婆一看我就說，小哥小哥，怎麼樣？要不要跟我一夜春宵？我就跟她講，姊姊妳很漂亮，好啊，小子我今晚決定偷腥了。只不過，要付妳多少錢啊？結果老太婆說，不收錢，我不是妓女。要錢我出，一兩或二兩沒問題。和身材如此曼妙的姊姊共度良宵還有錢拿，天底下哪有這麼好的事？我該不會是遇到狐狸精了吧？老太婆就說，我不是什麼狐狸精，你看，我腰纏這塊布裡面真的有錢，來吧。」

「就這樣，我就被那傢伙帶進疏簧堂（註5）。」

「你——和那心智不正常的老太婆上床了？」

「當然，我不過是逢場作戲罷了，對方長得是美是醜，根本沒有關係。這種醜話在您面前是有點難以啟齒，不過好色之心到無窮無盡，飢不擇食時連雞犬皆可，而老太婆好歹是個人，況且又是個女人——」

「是——這樣嗎？」

「阿槙老太婆好像真的很高興，眉飛色舞，快樂得像個小姑娘。我們進入十字路口那座殘破小佛堂，她在正中央舖了塊草蓆，迫不及待寬衣解帶。只剩下內衣的時候，老太婆還忘我地一直喊阿信、阿信——」

「阿信是？」

「看樣子，應該是她以前的男人或心儀對象。一問之下，說是三十年前她二十二歲的那年夏天，她被男人拋棄，從此開始漫無目的地覓情郎。幾十年旅行流浪，也是歷盡風霜、吃盡苦頭，雖然只有五十出頭，看起來卻像超過七十歲。從她不知不覺喊『阿信、阿信，我好寂寞，我好想見你啊』，拋棄她的男人不知是叫信三郎或是新吉，總之名兒裡有這個字就是了（註6）。看她思漢心切，我倒也心生憐惜，居然一反我的作風，突然生出一股菩薩的慈悲心，就——」

又左衛門沉思。

剛剛又市說，和老太婆在一起，是因為貪圖她的錢財，但又左衛門並不這麼認為。難道不是詐術師早已了解老太婆的身世，才主動接近她的嗎？能讓老太婆一夜春宵獲得滿足，瘋狂追求男人的惡癖或許得以稍改。也許是看不下去這癡情卻薄幸的老女人可笑又可憐的行徑，不希望她繼續成為世間笑柄，又市才作此打算的嗎？

又市並不如自稱般壞到了骨子裡——又左衛門心裡下了結論。

「倒是——你那個——」

又左衛門閉上右眼。

破舊的小屋。地上舖著乾燥木板。佈滿灰塵。草蓆潮溼。

躺臥的老女人。又市。四散丟棄的衣物。

「裝護身符的袋子——」

「裝護身符的袋子?」

又市話說一半閉上嘴巴。

又左衛門打開眼睛,問道:

「護身符的袋子怎麼了?」

「這個嘛……其實也沒有——算了。」

又市吞吞吐吐。又左衛門感到困惑,這不像伶牙俐齒的詐術師。

又左衛門突然不安起來。這又市太莫測高深了。

頭外側彷彿傳來——又左衛門意想不到的回答。

說不定——。

「又市大爺。」

在。又市抬起頭來。

「我猜,你是不是對那裝護身符的袋子——」

——在頭部外側……。

「有印象，感覺在哪兒見過呢——」

——頭部外側，好像有人在看自己。

「又市大爺。難不成，那位叫做阿槙的老太婆，就是小時候拋棄你的——」

——母親？

就是這回事吧。

喔，您弄錯了，您弄錯了——又市誇張地直搖頭。

「大爺還真壞哪，講笑話也要有個限度。即便我之前看過，那種護身符可是隨處可見，一點兒也不稀奇。阿槙那老太婆，不可能是我母親的。這種可能性只有萬分之一吧。差不多像被雷打到或摸彩摸中一千兩機率那麼低。」

又市語氣平靜，看樣子又左衛門猜錯了。

說的也是，又不是歌舞伎或淨琉璃（註7）的劇本，若非是捏造的故事，世上豈有這等巧事。又左衛門立刻修正自己的想法。只是。

「又市大爺，你說那位——叫做阿槙的老太婆——」

說到這可糗了，結果不行哪，一切都——又市說道。

「太窩囊了，我既沒有和她溫存，也沒拿到錢哪。阿槙後來馬上就死了，而當時她好像就已經沒錢了。可能是被誰搶走了吧。事後愈想愈不甘心哪。要是我當時閉了眼、咬了牙硬著頭皮上陣，便可以得到黃金二兩了，結果變成白忙一場，真可惜哪。總之，這件事說起來真是很窩囊。算了，不要再講了。」

「這是什麼話，是你自個兒要講的呀。」

這傢伙講這件事一定是在暗示什麼——又左衛門暗自猜想。

喔，抱歉。不過是怕大爺無聊，隨便找個話題聊聊罷了——又市打圓場說道。

「總之，像我這麼奸巧的人有時還是會失手。所以，我告訴自己，如果這次有機會幫人做媒，一定不要說謊——哎呀，沒工夫在這兒耍嘴皮了——」

說完，又市終於站起身來。又左衛門的右眼視線則慢慢拉到比又市稍遠的地方。

遠遠就已看到按摩師宅悅那張熟悉的肥臉。他那顆長得像布袋和尚（註8）的禿頭，頭頂因為流汗而閃閃發光。

喔，抱歉，民谷大爺，這一切都得怪我。宅悅遠遠向又左衛門表達歉意。

宅悅身後。

又左衛門凝神注視。

只有一隻眼睛的又左衛門，看東西沒辦法抓準遠近焦距。

突然覺得全身血液加速流動，呼吸快起來。

甚至感到眼前景象隨脈搏跳動而一張一縮。

一個身著茶色武士便服，腰插長短雙劍，身形魁梧的浪人。

此人臉色蒼白，面相精悍。武士頭似乎有一陣子沒剪，長髮覆蓋了額頭。

又市上前迎接，請對方從正門進來。又左衛門只覺話聲遙遠、恍惚。

浪人表情嚴肅，沒有笑容，走路姿態頗具威儀，很快就穿過後門木門，來到再度開始顫抖的又左衛門面前，恭敬地行禮。

在下是——。

——他剛才說了什麼？

「如閣下所見，在下乃是浪人。身分地位有別，按規矩，在下必須在庭院向您致意。」

「——姓啥名啥，故鄉是？」

「攝州（註9）浪人，境野伊右衛門。」

「伊右衛門——」

此人想娶阿岩，成為民谷家的繼承人——。

他原本是五年前廢藩的某藩藩士，身懷絕技，擁有某某流所有技術資格——視界外的又市說道。然後又補了一句，他是非常優秀的人。又左衛門認為，這點無關緊要。

「你——你打算成為我女兒——阿岩的……」

我女兒長非常醜哦，甚至可以說不忍卒睹。

再怎麼說應該是嫁不出去了。

其容貌會讓對方驚訝、卻步，死了這條心——。

「這些我都已經知道。」

「既然已經知道，為何還——」

「因為我聽說，令嬡個性正直、善良。」

「可是——她的相貌，真的很難看。」

「我想，容貌與娶妻無關。」

「可是——她可是要陪伴你一輩子的呀。」

「我對女色沒有興趣。妻與妾本不相同。在下知道，武士結婚是為了家族，藉此端正家門、繁衍子孫。齊家乃治國之本，若子孫斷絕，國家如何繁榮？成家立業是盡忠報國之本——在下是這樣認為的。」

——真是大義凜然哪。

「伊右衛門大爺，御先手組同心俸祿微薄，生活困窘。此外，這官職雖是數代祖先一脈傳承，但地位並不高，在此情況下，您是否還──」

我究竟在慌張粉飾些什麼呀──。伊右衛門斂言回答：

「您了解貧窮浪人的生活嗎？像在下，由於下定決心不事二君，所以至今不任官職。雖然地位不高，大爺您既是御先手組，好歹也是大將軍直轄部隊。而民谷家代代堅守崗位，對在下而言已是十分了不起的崇高地位了。因此，如果要說高攀，應該是在下吧。」

「您客氣了──可是──」

又左衛門罹患瘧疾似地抖個不停。

民谷大爺──又市說話了。又左衛門還是不停顫抖。

「民谷大爺。這位伊右衛門大爺，是否能讓您滿意？可否麻煩您清楚告訴在下。」

請您說清楚吧。又左衛門少爺──。

──母親。母親大人，我……

這位伊右衛門大爺雖不苟言笑，卻很可靠。我常受他照顧──宅悅說道。

聞言，伊右衛門露出疲累至極的表情，低聲說道：

「在下──天生不太會笑，就是這麼一個無趣的男子。今日接受兩位朋友建議而來，若民谷大爺不滿意，在下不會有第二句話，一定立刻道別──」

「你真的──願意嗎？」

──真的好嗎？

到底在猶豫什麼──。

你在猶豫什麼啊？又左衛門少爺──。

——母親。

「伊——伊右衛門大爺。」

又左衛門身體朝右傾，臉朝下，由下往上看，用模糊的視線試圖看清伊右衛門。伊右衛門。又市。宅悅。鳥居。稻荷神社。樹籬。視線中的人與物。然後，來自視線之外的視線——母親質問的視線。左後方。裡側房間——是的，阿岩在裡面。

「你能和阿岩見個面嗎？」

一旦見面，對方大概就會打退堂鼓吧。不，如果阿岩先拒絕——。

伊右衛門笑也不笑，接著回答道：

「如果阿岩小姐希望，在下願意。」

「阿岩——希望的話——」

又左衛門頭轉向左邊。死角隨之移動。又左衛門還是不知視線外的東西是何物。伊右衛門說道。

「如果阿岩小姐不希望見在下，就不必謁見了。」

「照您的意思，即使沒見過阿岩的面——也願意娶她，入贅民谷家族？」

「是的。不過——就像在下剛剛說的，如果阿岩小姐拒絕——在下就會放棄。」

「阿岩——」

又左衛門整個人身體左轉，脖子轉過去，用右眼看裡側房間。

裡側房間的紙門已經細細打開一條縫。

從那細縫中。

可看到阿岩的身影。

她伸直了背脊，梳整了頭髮，抹了口紅，略施脂粉。

阿岩的右眼看著又左衛門。

凜然的神色。

這樣好嗎？

這樣可以吧。

——母親大人，母親大人。

又左衛門羅患瘧疾似地全身顫抖。

然後，沒有掉淚地哭了。一切都已了然於胸。

——都怪我不爭氣。母親大人，請原諒我。一切都怪我。

幾乎可以聽到全身血液流動加速的聲音。又左衛門注視著阿岩，全身僵住地哽咽說道：

「阿岩——這個女兒——民谷家家脈——家名——都——」

話說到這裡停頓，又左衛門轉過身來面對庭院中的兩人。

「讓給你囉——伊右衛門大爺。」

好不容易，又左衛門把話說完。

註1：以一人一日五合糙米為標準，一次支付一年份的米或黃金。
註2：採世襲制之官職。
註3：臨時聘任之官職。
註4：被人以妖術控制之狐妖。
註5：稱破舊的廟宇、祠堂。
註6：「新」與「信」日語發音相同。
註7：日本傳統傀儡戲。
註8：中國傳說中彌勒菩薩的化身。
註9：日本古代地名，又稱攝津國，為現今大阪府西部與兵庫縣東南部地區。

民谷伊右衛門

伊右衛門那天又修理了紙門木條。

來到民谷家已經兩個月。伊右衛門每隔三天便進行房屋修繕。

御先手組之中歷史最悠久的民谷官邸，從政府手中取得房子已有相當歲月。一般而言，官邸一換手便會整修，但民谷家族歷代始終不曾移居，即便歷代祖先都小心翼翼地使用，但建築物久了難免老舊。儘管次次適當地維修，無奈歲月不饒人，牆壁、樑柱還是會腐朽、蟲蝕。所幸阿岩極愛乾淨，裡裡外外打掃得一塵不染。而又左衛門似乎不擅修繕，因此即便感到房屋嚴重腐朽，還是只能放任不管。當然，也可能是經費不足、無力維修所致。

來到民谷家之後，伊右衛門首先最受不了的便是正門關不緊的問題。

只是不易打開倒也罷，但歪歪扭扭的門關上之後留下偌大空隙，這嚴重犯了伊右衛門的禁忌。若是無法完全遮蔽，直接敞開門倒也清爽。但有門卻無法關上，坐在裡頭如何安穩？畢竟門戶的作用就是遮風避雨，藉由阻擋外面的視線獲得隱私，無法闔緊，要來何用？

——這一定要修。

進門第一天，伊右衛門就這樣告訴自己。

兩個月前，也就是婚禮當天，伊右衛門於午後收拾家當，搬離大雜院。

他的家當微不足道，處分掉一些破銅爛鐵後，能帶走的玩意兒所剩無幾。

不喜愛吃喝玩樂的伊右衛門，既不儲蓄也無負債。房租更是按時繳納、不曾遲延，因此搬家對於他而言最簡單不過。那天又市與宅悅曾來幫忙，但伊右衛門行李實在太少，一個人就能帶走，實不須假手他人。

婚禮用的武士禮服與褲裙，又市已準備妥當。

伊右衛門將武士頭與鬍鬚理乾淨，頭髮重新結過，腰間配件也一式換新。

嶄新的兩把劍，是又市不知道打哪兒弄來的。

佩帶竹刀不好看吧——詐術師說道。但伊右衛門並沒告訴他，自己佩帶的是竹片做的仿大刀。或許是直助告訴他的吧。但直助從妹妹發生不幸之後失蹤至今，所以應該不是他。那麼，為什麼詐術師會得知此事——伊右衛門感到困惑。不過，反正此事不重要，伊右衛門也就沒把它放在心上。也許眼利之人，皆可一眼看穿吧。

並非出自名家之手，但還算鋒利，砍東西沒問題——

又市說道。可能是因為長期佩帶竹刀的關係，又市覺得腰間沉重。

喔，好重、好重，腦袋裡一直想這件事，但伊右衛門的腳步沒停歇，一直朝左門町走去。

良緣天成，永浴愛河——

送行的詐術師，鼓動薄唇說了祝福的話。

當天非常炎熱。由於許久不曾理光頭頂，被西陽一照射，感覺更是灼熱。

婚禮與宅悅頭一回帶伊右衛門前往民谷家幫忙，僅僅相隔十日。

那次拜訪，伊右衛門沒見到阿岩便回家了。但當天民谷又左衛門似乎便向長官御先手組御鐵砲頭三宅彌次兵衛提出申請，說希望納攝州浪人境野伊右衛門為婿養子。過程中疏通了什麼關節，伊右衛門並不清楚，但又左衛門的申請隨即便獲認可。初次造訪之後的第五天，伊右衛門便得到上級核可的通知。於是，雙方選定吉日，決定舉行婚禮。一般民眾的婚姻必須舉行婚禮才算完成，但武士婚姻只須上級許可便告成立。因此，在接到通知的瞬間，伊右衛門就已成為了「民谷伊右衛門」。

即便到此時，他還不曾見過自己未來的妻子阿岩。

對此，伊右衛門倒也不覺特別奇異。

婚禮準備妥當後，伊右衛門依然不覺不對勁或擔心。頂多只是事情進展如此迅速，有點出乎他意料之外而已。婚禮即將舉行之際，他心中毫無一絲後悔，這種心情至今沒變。

人與人只靠見一、兩次面，能了解對方什麼？講幾句話，就能獲知對方的一切嗎？——充其量，只能知道長相如何，或者一小部分的性格與脾性罷了。藉此，決不足以完全理解一個人的全貌。如果認為短暫交流便能心領神會，那不過是自大的錯覺。有的人即便相交十年、甚至生活在同一屋簷下三十年，都尚且難以了解對方。既然如此，只見一次面與毫不相識又有何差別？

他認為，容貌與個性不是頂重要的事。以婚姻而言，這些並非他考慮的重點。那天對又左衛門所說的話，可說是伊右衛門的肺腑之言。

結婚一事，當事人彼此沒有意見便成了。

但儘管如此——

可能會有人認為，還沒見過女孩就娶對方為妻，未免太過輕率。說不定也有人認為，貿然繼承自己一無所知的武士家名，實在有欠考慮。這樣的質疑不無道理。當親友問起為何下此決定，伊右衛門也答不上話。原因伊右衛門自己也不清楚。雖不了解，但也並非意味他全然相信又市的話。就他所知，又市這位御行即使不是大壞蛋，至少也是個小混混。伊右衛門不會笨到把下賤奸徒的甜言蜜語全部當真。

但話說回來，即便幫忙撮合婚姻的人不是又市，而是身分高貴的武士，結果也是一樣。傳言終究是傳言，借他人之口，本難了解真實。畢竟不管傳話的人用意為何，人口之言原本就半假半真。即便某人打算實話實說，所講的東西也未必全然可信。反之，有時把某人胡說八道的話排列起來，卻會發現半數所言非假。總之，人說的話不能全信，也不能完全不信。即便所講與事實相反，一旦了解背後緣由，反而會覺得言之有理。當然，若能將人徹底騙倒，即便是謊話也會成真。

因此，對伊右衛門而言，世間通常只有一半真、一半假。

但至少伊右衛門相信又市說的話。

因為又市打自一開始，就不曾使用華言美句加以誘惑。

她的顏面皮膚如同包裝紙，頭髮像枯野芒草那樣蜷曲萎縮，她的眼睛潰爛流淚——。

現在阿岩長相之難看，簡直無法比喻，不忍卒睹——。

然而，想不想娶她完全在於男人一念之間。只要伊右衛門大爺有這樣的決心——。

若是阿岩有那份心，變得美麗也不是難事——。

正因為如此，伊右衛門對又左衛門說道：

——只要阿岩小姐答應的話。而阿岩想必也點頭同意了。既然如此，便是兩情相悅、天賜良緣，其餘還有什麼好苛求的？畢竟自己原本就不具備領政府俸祿的身分。有道是天下事有一好便無二好，伊右衛門很清楚自己的斤兩。沒有比這更好的成親理由了。伊右衛門答應了婚事，且不後悔。萬事皆須恪守本分，他一向如此認為。而回想起來，又市對阿岩的描述，也有九成正確。

——事到如今——才能看破一切吧。

但至少在伊右衛門前往婚禮現場途中，並非如此達觀。

那或許反而像是縱身濁流、隨波而下的快感。

伊右衛門心知肚明，自己原本就有投機取巧的卑怯一面。從旁人的角度看，也許會覺得自己毅然決然，但伊右衛門自己明瞭，其實不過是自暴自棄的結果罷了。當時想必也是在這樣的心態下，才答應與阿岩成婚。

遠遠可看到下級武士居住的組屋敷，其中一間門口掛著慶祝結婚的燈籠。

站在道路正中央，看著兩旁排列整齊的武士官邸，伊右衛門還是一心懸在自己腰間過重的大刀上。話說這些個武士官邸，住的不外乎是同心之類階級的武士，佔地頂多百坪，其中有一半是田地，房屋構造也極簡陋，大門頂多以粗糙原木當門面。不過，和又矮又小的大雜院相比，還是寬敞多了。這些房子中唯一門柱上吊著燈籠的，便是民谷家了。離天黑還有一段時間，但蒼茫天色中，燈籠已發出不可思議的朦朧橙光。

婚禮將在組屋敷內進行。

大舉來訪的民谷家親友，伊右衛門沒有一個認識，只覺生疏。

伊右衛門大人——。

女婿大人——。

人來人往，又左衛門應接不暇。

老人比第一次見面時更為衰弱，身形更顯萎縮。

又左衛門的右手似乎不太能自由動作，左眼上方貼著的膏藥則觸目心驚。

伊右衛門從玄關穿過橫長的兩坪大房間。他細心留意舉止是否合宜。隔壁三坪大的房間內已有許多賓客鎮坐。再往前走，從四坪大、似乎是佛堂的房間穿出走廊。伊右衛門停下腳步，眺望第一次來民谷家時站立的庭院。然後，穿過當時又左衛門坐著的屋簷下，來到茶之間（註1），被要求在此等候。屋外已是黃昏，是華燈初上的時分了。

房間中可能有焚香，空氣中瀰漫著神秘的香味。

直至目前為止，伊右衛門都閉著嘴巴，一言不發。

不知道等了多久。

紙門慢慢被推開，在協助婚禮的婆婆牽手帶領下——。

——是阿岩。

雖然樸素，但打扮起來相當高雅的新娘靜靜走入。

新娘身體向前傾。房間昏暗，幾乎無法看到臉孔。

伊右衛門不打算偷看新娘長相。

因為他相信——阿岩一定——十分美麗。

只要阿岩小姐答應的話——。

阿岩在伊右衛門旁邊坐下。現場所有人瞬間鼓譟起來。

伊右衛門大人，這就是您的夫人阿岩小姐——有人大聲說道。伊右衛門靜靜點頭。

過了一會兒，這麼優秀的女婿，論見識、論相貌都是三國數一數二的人才哪——人們你一言我一語地說道。是哄笑聲？是怒罵聲？不，那就是婚禮的歡呼聲吧。眾賓客不約而同恭喜又左衛門——又左翁，你得到個好女婿啦！笑聲。是嘲諷嗎？

有人唱起千秋樂（**註2**）歌謠。飯菜上桌，杯觥交錯、人聲鼎沸。酒香。熱氣。紙門敞開著。

伊右衛門一直沉默著端坐不動。阿岩也還是低頭不語。

宴會很快便結束。

燈籠的火光也滅了，客人三三五五離去。熱鬧喜宴結束後的閒寂，充斥著夏夜。

伊右衛門有點吃驚，這貧窮武士家庭竟然既沒傭人也沒小廝。又左衛門也早早便退入佛堂了。

真的十分靜謐。

賓客都已打道回府，阿岩還是坐在洞房紙門前，動也不動。

同樣的，伊右衛門也端坐在房間中央，既不打算躺下，甚至腳也沒伸直。

早到的秋蟲叫了幾聲，又停止了。

抬頭見關上的紙門，有個破洞。

——受不了。

伊右衛門站了起來，阿岩也站了起來。

阿岩無言地打開紙門，無言地走進鄰室，無言地鋪好被褥，無言地消失在內室。

伊右衛門解開帶來的行李，取出幾乎是唯一的家當——蚊帳。伊右衛門未經阿岩許可，便理所當然地遵照往例，儀式化地掛上蚊帳。

一面薄膜模糊了視界，將伊右衛門茫漠地與世間隔絕。

充滿喧囂的世界被蚊帳隔開，漸漸離伊右衛門遠去。伊右衛門慢慢放鬆下來。

注視著被投射在蚊帳上自己的影子。影子劇烈起伏波動，搖晃了兩、三次後靜止下來。

緩緩抬起頭來，朦朧視線中，阿岩走了進來。

她已換好寢衣。半身融入黑暗夜色中，無法看清。

小小油燈的火光搖曳。伊右衛門將它吹熄。

所有的視線——一併消失。

伊右衛門的身體和黑夜融為一體。

於是，伊右衛門抱了阿岩。

因為如此做理所當然——伊右衛門便抱緊阿岩。同樣的，因為被夫君摟抱理所當然——阿岩沒有反抗。以一對新婚男女而言，不多也不少，該做的事便是如此。

這樣就好了。夫婦敦倫，比這要求更多實屬荒誕。能夠如此，兩人好歹便稱為夫妻——。

這一切都在如墨色的漆黑中進行。沒有燈光的黑暗之中，伊右衛門無法確實掌握自己存在的事實。因此，為了證明自己的存在，伊右衛門執拗地、特別執拗地抱緊阿岩。

阿岩的皮膚像粗紙。伊右衛門身體緊貼這粗糙不堪、好似佈滿傷痕的皮膚，並讓手指在阿岩身上游走。手指所經之地，便是自己與世間的交界處。聽得到阿岩發出輕微喘氣聲。她似乎拚命忍耐著，因為全身痙攣僵硬。

剎那間，不知何故，伊右衛門覺得阿岩令人心疼。

從她的駝背到頸部。然後臉頰。黑暗中伊右衛門描繪著阿岩的形象。當他手指移向阿岩額頭時，阿岩才首次反抗，抓住伊右衛門的手臂。胸腔像要迸裂——伊右衛門心臟激烈鼓動起來。

伊右衛門立刻把手抽回，但指尖已留下溼溼的感觸。

——啊。

那裡是……。

儘管如此，兩人最終還是沒有任何交談。

然後。

婚禮隔天早晨——伊右衛門比平常晚起。

阿岩已不在床上，廚房則傳來做飯的聲音。伊右衛門感到一股溫馨。父母親過世已五年，伊右衛門過著沒有家人的獨居生活，已經很久沒有聽到家中除了自己之外其他人的聲音。

他享受了一陣此種溫暖舒適的感覺，過了一會兒才起身，望向廚房的方向。

從蚊帳看出去，阿岩正捲起長袖在廚房忙著。

阿岩停止動作，轉過頭來。沒有表情。也沒有說話。

只看右半臉，阿岩是個無比漂亮的女人。

伊右衛門感到不好意思，變得客套起來。

——對不住。

——這就是伊右衛門以民谷伊右衛門之名入贅民谷家之後，向自己妻子阿岩說的頭一句話。至於道歉什麼，為何道歉，伊右衛門自己也不懂。

婚禮隔天可以好好休息——又左衛門已特別交代過，拜訪組頭、與力及工作交接等手續，過幾天後再辦即可。因此今早不管何時起床、甚至不起床，都無須道歉。

阿岩只冷冷地看了伊右衛門一眼，便又轉身回去忙廚房的事兒。

伊右衛門不知該如何回應。

既然無所事事，伊右衛門便收拾起睡舖，掀起蚊帳。

睡舖收好後，正要收拾蚊帳，回頭，發現阿岩正在看他。

伊右衛門停了下來，向妻子問道——怎麼了？

阿岩沒有回答，她避開夫君的視線，抬頭望著半空，皺著眉頭小聲嘀咕了些什麼，便又轉身離去。此時伊右衛門錯覺自己似乎犯了什麼大錯。為了化解心中不安，他欲再度詢問阿岩方才所思何事，但話說到一半又吞了下去。

過了一會兒——。

早餐準備好了。

於是，伊右衛門在陽光之下——首次清楚看見阿岩的臉。

左眼眼瞼到額頭處有點浮腫，像塗上灰似的呈黑色。

疤痕上似乎有許多敞開的毛穴，裡頭可看到像是血液凝固的點點黑色痘痕。

左眼眼珠像嵌了魚鱗般混濁不清，眼白則因充血而呈一片血紅。

額頭疤痕上方的毛髮蜷縮，而且像是了褪色，夾雜許多白髮。

剃眉、上鐵漿（註3）的化妝方式，使面上疤痕更加明顯。

茫然地——伊右衛門看得發愣了。

真是可憐。那——不是疱瘡的疤痕。

伊右衛門如此感覺。不帶悲傷，也不帶厭惡，就只是這麼覺得。

阿岩以那隻混濁的眼睛瞪了伊右衛門一眼。

伊右衛門感到尷尬。縱使沒有惡意，這樣看人還是很不應該。所以……

——對不住。

他再度道了個歉。一道完歉，伊右衛門卻不知道該說什麼好了。

即便對方是自己的妻子，這種態度也欠缺禮貌。

即使如此，阿岩還是不發一語，也沒有再看伊右衛門。

因此，伊右衛門依然不了解阿岩剛才那動作的真正涵意。

搞不好阿岩擔心，伊右衛門是感覺她臉上疤痕很醜——才盯著她看，甚至因而對她心生厭惡。當時雖然如此猜想，不過轉頭再看阿岩，倒也沒有羞怯之貌。那麼，她應該只是氣憤伊右衛門的無禮而已。若是如此，阿岩想必是生氣了？還是她感到困惑？或是她平常就喜歡擺起一張臭臉？但也有另一種可能性——伊右衛門猜想，妻子其實並沒有高興或不高興，一切皆是自己胡思亂想。或許只因她臉上有疤痕，不易看出她的表情是喜是怒罷了。甚至也可能是那惡疾扭曲了她面部的肌肉，將之固定成一副兇巴巴的模樣——。不，阿岩畢竟是自己的年輕新妻，這樣正面被盯著看，難免害臊。這麼說來，果然還是——。

此時的伊右衛門依然是心不在焉，同時卻也十分煩悶。

——您不吃點東西——？

阿岩開口說道。

對不住——。

伊右衛門第三度——向阿岩道了個歉。

阿岩的嘴唇閉得更緊了。

伊右衛門先是望著她的雙唇，隨後看向她臉上的疤痕——。

這次他挪開了視線。

無法直視。並不是因為阿岩有多醜，是伊右衛門自己的問題。

那疤痕確實嚴重，不可能不映入眼簾，刻意忽視反而奇怪。

然而過度在意當然不行，完全不在意卻也顯得惺惺作態。

慰勞、鼓勵、憐憫，這類念頭——。

與輕蔑、謾罵、指責、嘲笑這類念頭，僅有一線之隔。

一切都是程度問題。但伊右衛門無法拿捏其中分寸。

他流著汗，只記得自己不斷動筷扒飯。

完全不記得自己吃了些什麼。已然是食不知味。

心裡只是一味掛念那紙門上的破洞。

後來的狀況就記不太得了。似乎是伊右衛門沒看到又左衛門，便問——岳父大人上哪兒去了，阿岩的回答似乎是——爹正躺在床上休息，但記憶十分模糊。伊右衛門用完早餐，便去見又左衛門，隨便聊了一會兒。其實這房子狹窄，不用問也知道家人在何處。這麼說來，伊右衛門正式和阿岩交談，竟是婚禮過後三、四天的事情。

那天，又左衛門的身子更虛弱了。

然後，像是交代遺言似的，又左衛門對伊右衛門說了許多事。

首先提起了阿岩。

阿岩的名字，是依四代之前當家主人民谷伊織的女兒於岩之名取的。

這其實是古代傳說中磐長姬女神（註4）的名字，是個吉祥的好名。

於岩的丈夫叫做伊左衛門，夫妻倆有促成民谷家中興之功。

後來才注意到——。

又左衛門以喘氣般的聲調說道。

這位祖先叫做伊左衛門，而你叫做伊右衛門，還真是巧合呀——。

伊右衛門大爺，既然咱們有緣，阿岩就拜託你好好照顧了——。

我對不起阿岩。我再怎麼向阿岩道歉都不夠。全是、全是我的錯——。

又左衛門僅以左手抓住伊右衛門的手掌。只有右眼落下了淚珠。

——為何年事已高的岳父，要如此苛責自己？

這點伊右衛門還不太能夠理解。

但又左衛門仍邊哭繼續邊說。

親戚朋友之事，差事之事，組內之事——。

據說御先手組是個歷史悠久的組織，昔日曾多達三十四組，後來漸漸減少，目前僅剩下御弓組九組以及御鐵砲組十九組。

又左衛門也滔滔不絕地講述了民谷家歷代祖先是如何地盡忠職守。

他強調，民谷家的歷史和御先手組的歷史一樣古老，可能也因為這緣故，又左衛門非常受前任組頭三宅左內敬重，稱讚民谷家是御先手組之中難得代代延續的家系。又左衛門在三宅左內手下二十餘載，左內於六年前過世後，繼承其工作與地位的現任組頭三宅彌次兵衛溫厚篤實、才氣煥發，是個相當優秀的領導者。而據說彌次兵衛與又左衛門於兒時便互相熟識，因此對他處處禮遇。這次伊右衛門成為民谷家的婿養子，彌次兵衛可能也是念在舊情，才會如此迅速地點頭答應。

住在左門町組屋敷的御鐵砲三宅組同心，總計有三十人，與力則有十人。與力頭子是伊東喜兵衛，不過據說他是所有與力之中資歷最淺的一個。據聞伊東原本是藏前某錢莊之子，六年前有個姓伊東的與力退休在即卻無人繼承，喜兵衛便看準這點，花了很多銀兩成為該與力之養子，等於買下其身分與官職。伊東雖是商家之子，但能力突出，雖然負面傳聞不少，得罪這個人絕對等於是自找麻煩——又左衛門意有所指地說道。看來這姓伊東的是個心狠手辣的傢伙。

但伊右衛門不解為何一個人格高潔的組頭，手下的首席與力卻是胡作非為之徒？一聽到這個問題，又左衛門沉吟半晌，接著便先表明——這件事可不能讓外人聽到——並把伊右衛門叫到身旁，咬著他耳朵說道：

這是有原因的——。

但話一說完，又左衛門臉上便露出一抹猶豫。並欲言又止地說道——這件事你或許還是不要知道比較好。但接下來還是決定：

哎，女婿呀，還是告訴你吧——。

你只要知道這些就好——他繼續說道：

自從當上了首席與力，伊東就對阿岩特別有意思——。

據說，伊東曾多次要求又左衛門將阿岩許配給他。

不過，這一切他都沒跟阿岩提起。畢竟阿岩一向拒絕招贅，當然更不可能嫁為人婦。按照法律規定，組內同儕不可聯姻；何況伊東和阿岩相差二十來歲，兩人聯姻不僅對阿岩沒好處，民谷家脈也曾因此斷絕。但伊東畢竟是上司，而且是個為達目的不擇手段的卑鄙小人，又左衛門只好迂迴曲折地婉拒，據說還費了很大一番功夫。

直到阿岩長相變成這樣，伊東才終於死了這條心——。

加上前一陣子又左衛門幫伊東解決了一件糾紛，伊東欠下他一個人情，因此目前大可安心——。

但如果伊東依然懷恨在心，仍有可能找個理由前來找碴——。

因此，務必小心提防此人——。

老人在伊右衛門的耳邊，悄聲說完了這番話。

話畢，又左衛門渾身顫抖了起來。他張大眼睛，開始喃喃念佛。

伊右衛門的視線從老人肩膀上方穿過，發現——。

透過歪斜紙門與柱子之間的縫隙，

阿岩正朝裡頭窺探。

——阿岩。

伊右衛門忙著攪拌貼紙門的漿糊，又想起那位衰弱老人的矮小身軀。

儘管關係稱不上匪淺，既然繼承了家世地位，他就成了自己的父親。

——務必小心提防此人。

回想起來，這似乎就是伊右衛門聽到又左衛門所說的最後一句話。

——不，不對。

岳父最後一句話好像是——。

——母親大人，原諒我。

老人一面念佛，一面夾雜著這樣的自言自語。

到了當天半夜，年邁的民谷又左衛門突然發病，婚禮兩天後便撒手人寰。這真是所謂「禍兮福之所倚，福兮禍之所倚」，才剛辦完囍事，未料這麼快又得辦喪事。

頭一個發現的是阿岩。到了早上沒聽到父親說一句話，讓她頗感納悶，到房間察看便發現父親已經斷氣。儘管驚駭萬分，阿岩並沒有發出悲鳴也沒有陷入恐慌，只是淡淡地將父親的死訊告訴伊右衛門。伊右衛門前去查看時，發現又左衛門面容異常悲傷，模樣像在睡覺。

看來就像個永遠在做惡夢的老娃兒。

伊右衛門望向佛堂。結果，岳父過世前來不及告訴他更多伊東不為人知的事情。

——如果能多聊一些就好了。

然而，當時又左衛門已經是痙攣個不停，伊右衛門便讓岳父躺下歇著，緊接著便出門去了。理應在窺探的阿岩則不見蹤影，可能是下田去了。

讓又左衛門躺下歇著後便立刻步出家門的伊右衛門，在傍晚之前探訪了所有宅邸以及十位與力與組頭的官邸，記下所有住址與姓名。正式工作要翌日才開始，其實不需要提早前往招呼，此舉純粹只是為了打發時間。不，或許是因為在岳父家感到坐立難安，寧可出外透個氣。

他沒多久便找到了與力官邸。門雖然只有一扇，與力宅邸的卻是冠木門。

徘徊之際，伊右衛門憶起一件往事。今年剛入梅之際，受又市、直助與宅悅之託充當保鑣，就是到這一帶來辦事。伊右衛門站在伊東喜兵衛家門前，抬頭一看，庭院中巨大茂盛的梅樹枝幹直往門前的馬路伸去。當時掉落在自己頭頂上的花瓣，原來就是這顆梅樹的啊？伊右衛門這才想到。

——伊東——喜兵衛。

前天的婚宴，伊東應該也曾前來祝賀。不過，伊右衛門並不知道哪個是伊東。話說回來，倘若他對阿岩之事仍舊耿耿於懷，說不定根本沒出席喜宴。

——倒是那三個小混混，當時在這兒幹什麼壞勾當呢？

伊右衛門反覆思索之時，裡面一個年輕姑娘探頭出來，問道：「您有何貴幹？」伊右衛門則隨便胡謅一個理由：「因為梅花太美，不小心看得發呆。」妳是伊東大爺的千金小姐嗎？——伊右衛門問道。

小女子只是他的侍妾——只見那姑娘面帶愁容地回道。

不過是個十六、七歲的姑娘，從她的穿著打扮，看不出是個武士家的妾。

伊右衛門正打算問她幾個問題，立刻出現一位男僕把這姑娘給帶了進去。這男僕應該是個三一侍（註5），少夫人，妳不能在外頭晃盪——只聽到男僕說道。那姑娘眉毛未剃、牙齒未染，再怎麼看都不像是個少夫人。

——不知那姑娘到底是什麼身分？

之後因為得忙著張羅突如其來的喪禮，就忘了那姑娘的事。

第一天出門巡邏回來，伊右衛門還是沒跟阿岩交談，此時又左衛門又臥病在床，伊右衛門也只能無奈地修修家中掉落的棚子或殘破的扶手。之後，又左衛門病態急速惡化，阿岩全力照料父親，無暇和甫入贅的夫婿多說幾句話。又左衛門隨即過世，於是直到喪禮結束為止，伊右衛門都沒機會與阿岩獨處。

結果他們之間的氣氛變得十分怪異。兩人僅是視線交會，卻沒交換半句言語，就這麼生活在一片死寂當中。

就這樣——他們倆共度了一個月。即便是仇家，相處這麼久彼此也理應熟絡些了。

伊右衛門默默地掌握了當差的要領，休暇時則在家中進行修繕。

差事已經上了軌道，但和阿岩的生活卻還沒有。

這棟古老的房舍裡，總瀰漫著一股緊張。

但伊右衛門認為現在至少算是衣食無虞，這種日子總有一天會習慣的。

——就先把房子修一修吧。

伊右衛門告訴自己，儘可能勤快些。

只有在專心刨著木頭，釘釘敲敲時，伊右衛門才能放下心中這塊大石。

木工與修繕等事他幹得得心應手。伊東也未曾上門來找麻煩，日子過得還算平穩。

這天，伊右衛門小心翼翼地在紙門上糊紙。

黏上去之後，再輕輕將紙撫平。

他想起了阿岩。

伊右衛門覺得阿岩頗惹人憐愛。

不過，只有孤身獨處時，他才會有這種感覺。

一個不經意，阿岩的形影在腦海裡浮現。

每逢這種時候，心裡總會閃過一絲罪惡感。

為什麼會有這罪惡感，伊右衛門心裡有數。因為他認為，阿岩似乎不太喜歡夫君每逢休暇便在家裡做木工。不過，阿岩沒有明說，伊右衛門也不曾求證。從客觀角度來看，修補房舍應該不至於招致妻子厭惡，對於職務也沒有怠惰，猜想也不致帶給家中麻煩。改善家屋原本是樁美事，按理說，阿岩沒有抱怨的理由——。

但伊右衛門依然隱約感覺，阿岩對他似乎有所不滿。

伊右衛門停下雙手，轉頭看向庭院中的稻荷神社。

——接下來，那座神社也得修繕。

鳥居需要重新粉刷，箔紙也需更新——。

樹籬好像也許久未經修剪。

不知是枯死還是被垃圾淹沒，樹枝都已乾枯甚至燻黑。

伊右衛門的視線沿著籬笆移動，看遍整座庭院。

庭院裡有幾棵樹也久未照料，樹葉已經開始掉落。放眼望去是一片雜草叢生。

較遠處則是田地，不曉得種了什麼。雖然老早就想問阿岩，但伊右衛門一直沒有開口。

——阿岩。

頭包毛巾、捲起袖子的阿岩正往這邊瞧。被泥土弄髒的毛巾下那張白淨的臉正在窺探著自己。她正在忙田裡的工作吧。是從什麼時候——。

——開始看起我來的呢？

伊右衛門敏捷地一轉身，背向貼了一半的紙門，一副彷彿在保護紙門的姿勢，並輕輕將毛刷放上邊緣。

「阿岩——」

伊右衛門不知何故地朝阿岩喊道。

聽到夫君這麼一喊，阿岩便走了過來。

「阿岩，說句話呀。為何都不說話呢？」

因為說什麼都沒用呀——阿岩回答。這答案無法讓伊右衛門滿意。

「妳這話是什麼意思？是覺得我貼紙門可笑嗎？妳是不是認為，拿刨刀的活不是武士該幹的？若是妳覺得可笑，直說無妨——」

——為何——如此激動？

「妳是不是認為武士不該幹工匠幹的活？」

「我並沒有——這麼說。」

「若非如此，妳的態度又作何解釋？今天就是因為妳什麼都沒做，我才得動手整理這棟宅邸，家事原本應是女人幹的。妳瞧，紙門破了好幾天，多難看啊。萬一被人看到，妳不怕被笑話嗎？我可是為了妳，為了這個家，才幹這些活的。妳那是什麼態度？」

為了我？——阿岩皺起了眉頭。

「妳對我若有什麼意見，直說無妨。」

——話也用不著說得這麼刻薄呀——。

伊右衛門覺得再也控制不了自己的情緒。到底在生氣什麼？也許是因為阿岩什麼話都不說吧——。好，既然你要我說，我就說吧——阿岩拋出這句話，伊右衛門的氣勢立刻被腰斬一半。

「為何在你動手之前，不先叫我修理這些東西？」

「那是因為——妳不會做木工。」

高聲說完之後，伊右衛門的語氣便和緩了下來，已經不再想和阿岩爭論了。但吊蚊帳、貼紙門之類的活，我總會吧？——不料阿岩反而態度堅決地回道。

「這不是會不會的問題。為什麼妳會，卻不做？」

「想必你也看到了，我忙著下田，家事當然無法兼顧。但田不耕咱們就沒飯吃，這穀物可是得拿來吃、拿去換、拿去賣的。」

伊右衛門也了解民谷家生活拮据。阿岩這番話讓他毫無反駁餘地。

於是，伊右衛門低聲地回答——原來如此。那我真該感謝妳。按理說，兩人的爭吵理應就此結束，阿岩卻冷不防突然抬起頭來，語氣嚴厲地說道——用不著道謝。

「大爺既然繼承了父親的名份與地位，如今就是咱們民谷家的一家之主了吧？」

「是啊。」

「既然如此——」

阿岩挺直了背脊，盯著伊右衛門繼續說道：

「——大爺身為一家之主卻向妻子道謝，讓人知道豈不笑掉人家大牙？為人妻者盡義務做家事乃理所當然。如果今天我因為怠惰而挨罵也無話可說，但我只是善盡本分，哪值得你道謝？」

「妳這樣講也對，不過——」

「每逢休暇，你就在家裡埋首修屋子、做木工，是在暗示我要認真一點嗎？」

「我沒有要暗示妳什麼啊。妳也是忙著田裡的活吧。妳剛剛不是說了嗎？既然如此，家裡瑣事就由我——」

你聽我說，伊右衛門大爺——阿岩打斷伊右衛門的話說道：

「整修房屋沒什麼不好，但木材、紙張與鋸子等材料，也要花不少錢。而既然你有技術、又有空閒，為何不兼差賺點外快？如果能多貼補一點，我也不必像這樣忙於農事，不就有時間修繕紙門什麼的了？」

「難道——妳是希望我——去兼差？」

阿岩這番話讓伊右衛門大感意外。伊右衛門原本一直以為阿岩與一般武士妻子無異，會將武士為糊口而幹活看做為卑賤的行為。

「大爺——認為兼差可恥嗎？」

伊右衛門當然沒有這種想法。

他只是不了解阿岩的感受。不知如何回答是好。

「——如果老爺認為兼差可恥，那麼即便是為了興趣，也不能幹工匠幹的活。這些都不是武士該做的事。只要付點錢給木工或裱裝師，他們就會替你弄得穩穩當當。若是沒錢請工匠，出去賺不就得了？若連這都辦不到，那就乾脆別修繕屋子，能省則省才是。正因為有如此認知，家父又左衛門才會從不動手修屋。」

這番話頗有道理。伊右衛門同意阿岩的說法。或許阿岩認為自己的夫君身為一家之主，還有其他更該做的事吧。既然對阿岩深表贊同，伊右衛門便覺得這番爭吵應該到此打住，就讓一讓自己的妻子吧。於是，

「──對不住。」他低頭致歉。

但他這句話一出口──阿岩便暴跳如雷。

「為什麼？為什麼你要如此向我道歉？」

為什麼！為什麼！阿岩怒不可遏地頻頻頓腳。

「打從你進這個家門，就一直對不住、對不住個不停，我都聽得快受不了了！你成天都像個卑賤的奴才，看我的臉色做事──」

「阿岩──」

卑賤的奴才？──看妳的臉色？──哪有這回事？這可是個天大的誤會！

此時伊右衛門並沒有生氣，只覺得狼狽困窘。

但伊右衛門脫口而出的每句話，卻淨在刺激對方。

「儘──儘管妳是我的妻子，也不能罵自己的夫君是個卑賤的奴才！」

被如此斥責，阿岩更不甘示弱大聲頂嘴：

「什麼夫君？身為夫君就應該有夫君的樣子。身為一家之主的大爺即使是個窩囊廢，也應該威風凜凜，你卻一再向我道歉。既然做了又要道歉，為何一開始還要做呢？還有，即使是夫妻，你也大可嘲笑我長相難看啊！」

「妳、妳到底在說什麼？我──可不認為妳長相醜。」

這是——真心話——。

「那麼，這樣你也說得出口嗎?看到這張臉你還說得出口嗎?」

阿岩突然扯下包住臉的毛巾，露出潰爛傷疤。

——為什麼——?

為什麼要這樣做——。

看吧。看，你看我的臉，看我的內心!——阿岩大喊道。

「阿岩，妳就適可而止吧。這樣大吼大叫，未免也太難看了。我住進來生活難免不習慣，沒幾天岳父又過世，這一切我全都靜靜承受，但妳卻好幾天不和我說半句話，甚至連個笑都不笑一個，要看不起我也該有個限度吧?再怎樣寬宏大量，我的脾氣遲早也會爆發的!」

伊右衛門立起一膝，大聲咆哮。話一脫口而出，便愈說愈衝動。

阿岩邊哭邊衝上屋緣，穿過伊右衛門身旁進入屋內，一面說道:

「你哪裡寬宏大量了?瞧你這副小家子氣的德性，我看了都煩!伊右衛門大爺，如果你自認為是我的夫君，就表現出夫君的樣子給我瞧瞧啊!你曾經體諒過我這個妻子的感受嗎?」

阿岩語氣非常不悅。

——阿岩的感受?

是有試著體諒過。也察覺到了。但是——正因為如此……。

等一下——伊右衛門制止朝屋裡走去的阿岩。阿岩停下腳步，頭也不回地大聲說道——就如我剛才說的，多說無益，不過是白費力氣而已。什麼多說無益?妳是在指責我不了解妳嗎——伊右衛門怒喝道。不了解!你不了解!阿岩說道。伊右衛門也激動了起來。

「阿岩，我告訴妳，可別自以為聰明！我今天是體諒妳，才向妳道歉。是關心妳，才留心妳的狀況。妳不但指責我那些行為是偷偷摸摸、小家子氣，卻反而要求我關心妳、體諒妳！好吧，就算我做得不夠好，但在指責我之前，身為妻子的妳不是該支幫夫持家、言行舉止不是該小心謹慎？但妳根本沒有如此，只會一味任性要求而已。妳從未慰勞我工作是否辛苦，我默默認真工作，最後竟被妳說得一無是處，還叫我去兼差什麼的。妳腦子裡到底在想些什麼？——」

——這些芝麻綠豆的小事何需計較？然而——

阿岩更是張狂，像隻山犬般狂吠道：

「說你是個窩囊廢又怎樣？你有什麼值得稱讚、值得誇耀的？你只會在乎別人怎麼看你，沒骨氣地討好自己的妻子，難道不是個成天道歉的窩囊廢？我雖為女兒身，但至少也是民谷家長女，長這麼大也不曾做過任何有損家族名譽之事。當然，如果我是個男人，早就成為民谷家之主，娶妻生子了。既然生為女兒身無法繼承家業，過去也從未考慮過招贅，但就是不甘心因為生為女人就被看輕。父親不顧及我這個親生女兒的幸福，一心只擔心家門斷絕，淨找些莫名其妙的人來與我相親。自古以來，不知有多少女人一輩子未曾出嫁，獨守空閨到五、六十歲，根本沒什麼稀奇。若婚事一輩子沒著落，我也早有獨力扛起傳承民谷家擔子的心理準備——」

伊右衛門站起身來朝阿岩走去。阿岩退避到了屋簷下。

一派胡言！妳可是個女人家呀，要如何擔任官職？靠妳那主意，民谷家只有滅絕一途！——。

伊右衛門出言嘲諷，並出其不意地抓住了阿岩肩膀。

阿岩不甘示弱，以明晰的右眼與混濁的左眼瞪著伊右衛門。

「伊右衛門大爺，也不知道一派胡言的是你還是我？今天即便同心的官祿被取消，逼得我們遷出官邸，即便沒有嫡子，只要我還活著，民谷家還是有後。我早就決定了，與其把家脈讓給哪個素昧平生的外人，還不如自己來繼承——。」

一派胡言！——伊右衛門一把將她給推了出去。

阿岩一個踉蹌跌倒在屋簷下。她回過頭來，視線越過肩上瞪著伊右衛門，戳破了伊右衛門剛糊好的紙門。

伊右衛門見狀衝了過去，猛力摑了阿岩一個耳光。

瞬間，他的指尖濕了。

「——就是因為咱們有緣分——才接納你成為民谷家婿養子，讓你繼承祿位，對此決定，我也已有決心與覺悟。但你這個贅婿卻——那我的決心又算是什麼？我的覺悟又算什麼？——我何苦——強忍羞恥——頂著這張醜臉——」

伊右衛門輕輕地環抱住阿岩。

「阿岩，咱們別再吵了。我——我錯了。」

「大爺——」

此時。

沙沙沙，似乎有什麼東西在蠕動。

一看，屋簷下的岩石底部出現一條大蛇。沙沙沙。

說時遲那時快，阿岩抓住大蛇頸部，把牠從岩石下面拖出來，扔到了庭院裡。

這一幕看得伊右衛門冷汗直冒。

這蛇是從打哪兒鑽進來的？為何宅內會有蛇？

蛇要鑽進來不是難事啊——。哪有這種事——伊右衛門以手背揩汗時。

感覺一陣濕濕滑滑的。一看，方才摑了阿岩耳光的右手——。

掌心上沾著一大片血膿。

註1：家人用餐休憩的場所，如同今日的客廳。

註2：雅樂的一種，原為歡慶豐收之曲調。

註3：平安時代開始，貴族女性便習以鐵漿染黑牙齒，做為身分的表徵。到了戰國時代，以鐵漿染齒成為成人的證明。進入江戶時代後，染黑牙齒則為已婚女性的象徵。

註4：『古事記』中記載，磐長姫與木花開耶姫為大山祇神之女，姐姐磐長姫容貌醜陋，妹妹木花開耶姫卻非常美麗。大山祇山同時將姐妹許配給天照大神之孫瓊瓊杵尊，姐姐卻因醜陋而被退回，因此懷恨在心，詛咒天神之子的生命將如同花開般短暫。傳說歷代天皇之所以短命，皆因此故。

註5：又稱三一奴，因一年薪俸僅有三兩一分而命名，為江戶時代對於下級武士的蔑稱。

伊東喜兵衛

喜兵衛飲酒的模樣，像是要沖淡淤積腹中的淤泥。

不是為了洗淨，僅是為了沖淡。從懂事以來，他便覺得體內的泥巴不斷累積。這些污泥除非開膛剖腹將之悉數掏出，否則是徒增不減。既然不可能將之掏盡，拚命喝酒也只能加以稀釋而已。

坐在喜兵衛旁跟他喝酒的，是他的部下——同心秋山長右衛門。秋山一副阿諛奉承的嘴臉，不斷逢迎拍馬，但喜兵衛並沒聽進耳裡。喜兵衛在想事情。

喜兵衛他——若是為了一些當場睜隻眼閉隻眼便能釋懷的小事感到不快，便會感到宛如腹中有泥巴一陣翻攪。這些泥巴不管過了多少天、多少年，還是會累積在肚子裡頭，讓喜兵衛坐立難安，非常不舒服。於是，喜兵衛就會想找人出氣；不只是出氣，還要要以數倍、數十倍的報復加諸在對方身上，否則便無法發洩心中不滿。不，不管如何發洩都無法平息心中怒氣。這些泥巴一旦出現，就一輩子都不會消失。

喜兵衛從小就脾氣暴躁。人生五十年，他已經四十二、三歲，剩下的日子不多，壞脾氣卻依然不改。這是怎麼回事？肚底積著淤泥，卻只能任其腐爛，難道這就是人生？他確實是如此覺得。

——不快。太令人不快了。

不論如何豪飲，泥巴即使打薄了，還是繼續沉澱。下腹附近又紅又熱的泥巴不斷由下往上湧，一路翻滾慢慢堆積，眼看就要湧上胸腔，將體內淹沒成一片漆黑。

他養的女人，有了身孕。

因為她不斷哭訴自己胸口氣悶、食慾不振。於是今早帶她去給認識的大夫——西田尾扇瞧瞧，請他診斷。喜兵衛認為她若不是沒病裝病，頂多也只是憂心所致，沒想到大夫卻一臉認真地說是有喜了，還直向喜兵衛道賀。別胡說八道！——喜兵衛聞言大怒，把尾扇痛毆一頓。但不論怎麼毆打，尾扇的答案還是一樣。看樣子是真的有了。

那就墮胎，把娃兒給拿掉！——喜兵衛大吼，命令大夫照辦。但尾扇沒聽從，反而表示這萬萬使不得：夫人身體太差，沒辦法墮胎。硬要這麼做，恐怕連母親的命都保不住——。

這女人——阿梅，他不想失去這個女人。

更正確地講，喜兵衛是不希望失去阿梅的身體。他並非是對她動了情或是可憐她。對於喜兵衛而言，女人就像馬或槍，阿梅不過是個工具。但即使不想殺阿梅，也不能放著不管。養了馬卻沒辦法騎，便失去養馬的意義。同理，無法擊發的槍，也沒有存在價值。若不能慰藉男性，留下這個女人又有何用？對於喜兵衛而言，女人一有了身孕便不再是女人，就算殺了也不足惜——他甚至如此認為。

喜兵衛就是這麼一個男人。

民谷梅不過是他包養的女人。而非正式迎娶的正室，若是讓她生了個繼承人可就麻煩了。阿梅出身商家，並非武家之女。平民之女是不能成為與力正室的。

當然——喜兵衛手中有一份已故的又左衛門親手寫的契約，明定喜兵衛務必迎娶他的養女阿梅為妻。但這不過是安撫阿梅娘家的誑言，並不具任何效力。依又左衛門建議，只要讓喜兵衛的頂頭上司——也就是組頭看過這份契約，或許他們倆就能結為連理——只是，喜兵衛寧死也不願這麼做。

喜兵衛甚至認為與其向組頭低頭，他寧可一死。

他沒有迎娶正室的打算，也不想留下子嗣，更不打算把家脈傳給任何人。

——伊東喜兵衛只要一代即可。

而且喜兵衛決不許有人幫他生兒子。

只覺得這孩子彷彿是他肚裡黑漆漆的泥巴借女人的肚子凝結而成的。

他一見到娃兒，就禁不住想將之勒死。

伊東喜兵衛就是這麼一個男人。

總之，這件事就是不順他的意。

因為心情不佳，喜兵衛只好拚命灌酒，希望至少將腹中淤泥沖淡一點。秋山不知道喜兵衛腦中的念頭，還是不停地插科打諢，欲討好喜兵衛。他愈聽愈光火。但愚蠢的秋山絲毫沒有察覺。難道是因為喜兵衛個性一向彆扭，擺臉色是家常便飯嗎？——不，秋山此人雖然喜歡看人臉色拍馬屁，察顏觀色的本事卻差勁得很。

——這個笨蛋傢伙。窩囊的蠢武士。

喜兵衛腰間也插著長短兩把刀，但他並非武家出身。

喜兵衛是藏前（註1）經營米糧批發兼地下錢莊的商人長子，從小家境富裕、生活無慮。

喜兵衛之父位高權重——在藏前擔任札差同業月會之主，其繼承人就是喜兵衛。

札差幹的並不是什麼有賺頭的生意——至少喜兵衛這麼認為。這種生意既不生產物品，也不販賣任何東西。札差只是武士御藏米（註2）的受領代理人。幕府發給武士的米糧發到武士手中之前，先存放於札差的倉庫，由札差幫忙點收，代為看管，收取的仲介費卻非常少，每一百袋米只能向武士收取黃金一分。若武士委託札差代為銷售，仲介費則是每一百袋米金兩分。靠這般微薄收入，理應賺不了幾個錢，後來札差卻變成暴利行業。法子說來容易，就是經營錢莊。武士無法只靠白米過日子，因此常經由札差將大部分政府發放的米換成現金。米價會波動，札差便可以米為擔保出借現金。耳濡目染之下，喜兵衛從小就熟悉這套經商之道。

在其父刻意栽培之下，喜兵衛唯一學會的便是精打細算和察言觀色。

喜兵衛一看秋山，就知道他肚子裡有幾條蛔蟲。他根本沒什麼大腦。

喜兵衛——最討厭秋山這個傢伙。

秋山卻恐怕完全沒想到，自己會為喜兵衛所厭惡。

喜兵衛討厭秋山的理由很簡單，就是看他不順眼而已。主要是因為在喜兵衛成為與力之際，曾有秋山一知道喜兵衛是商家之子，便明顯露出了嘲諷眼神的感覺。從此以後他一有機會便責罵、打壓、挖苦秋山。

秋山被他折磨得既困惑又疲累，連身子都弄壞了。但喜兵衛並未就此罷手。當然，喜兵衛並不是只對秋山發脾氣而已，但三十個同心之中，就屬秋山特別突出——欺負起來特別爽快。但即使如此，秋山還是成了喜兵衛的心腹。這並非因為喜兵衛大發慈悲，其實主要是秋山自己的誤解。

誤解的原因很單純。秋山家自其父當家起便為龐大債務所苦，知道這狀況後，喜兵衛主動表示願意幫忙清償。秋山為此大吃一驚，不僅前仇舊恨全消，對喜兵衛甚至是感激得五體投地，並因此成了這位新與力的側近。從此之後，這位沒有骨氣的武士就如橡皮糖般整天黏著喜兵衛，甚至還理所當然地助紂為虐。

身為武士的威嚴與做為一個人的自尊，秋山早已喪失殆盡。

這些東西用錢就買得到，便宜得很。

喜兵衛也是只用少許金錢，就收買了秋山這個武士。

——真是個蠢材呀。

喜兵衛的父親與兵衛總是大言不慚地表示——有錢能使鬼推磨，用錢能打發的事但做無妨。重要的是能否培養出支配其他人的氣度——說穿了，也就是培養出判斷能否用錢解決大小事的能力——這就是與兵衛教育他的方式。如果與兵衛這觀念是真理，那麼世上所有女人都可以看成妓女。不管對她們幹了何等傷天害理之事，只要事後用錢打發——對方大都會乖乖閉嘴。因此不管如何放浪行骸、胡作非為，只要有錢在手全都不必擔心。反正世上一切大小事，幾乎都能用錢解決。

總之，他認為人有了錢自然會佔上風——因此，人生的目標就是賺大錢——喜兵衛從小就被灌輸這種想法。札差是沒什麼賺頭，但也不是個賠錢的生意。

端坐家中便可財源滾滾，當然比傻呼呼地當個窮人好得太多了。只不過——喜兵衛還是有個不滿之處。

那就是每當那些個既貧窮又愚蠢的武士來借錢，總是一派威風凜凜，身為債主的父親卻反而一味鞠躬哈腰。

真是莫名其妙！有錢借給別人，還要向討錢的人諂媚？——喜兵衛提出這樣的疑惑，父親與兵衛則回答：

武士的角色與責任，就是擺出一派威風凜凜——。

咱們商人則是只要有錢拿，磕幾萬個頭都不成問題——。

原來如此，喜兵衛這才明瞭。但當時，卻覺得腹中淤泥又開始翻滾。

這種情形他就是無法接受。

他由腹中一團泥濘中掏出當年那塊淤泥。

然後，看了看秋山那張傻呼呼的臉。

——真是教人做嘔！

喜兵衛對秋山十分不屑。

「那麼，請問這件事該如何解決？」

秋山問道。

「什麼事？」

「就是民谷家的事兒啊。」

民谷伊右衛門——。

民谷又左衛門所選的女婿，民谷岩的丈夫——。

喜兵衛張開因醉意而一片朦朧的雙眼，這才清楚聽到了秋山說的是什麼。

「那個名叫伊右衛門的傢伙來路不明。他比又左衛門還正經八百，滴酒不沾，而且不嫖不賭，釣魚似乎就是他唯一的興趣。他只懂得按部就班地工作，對於升遷以及金錢似乎並不執著。」

世上哪可能有這種人？——喜兵衛惡狠狠地反問。

「不喝酒，人生有何樂趣？不近女色，還算是男人嗎？沒錢——活著幹嘛？」

對吧？蠢貨——大吼，喜兵衛把酒杯擲向秋山。

您說的是沒錯——秋山以手遮擋酒杯說道。

「——但伊右衛門真的就是這種人。」

秋山帶著歉意說道，接著又在一個新酒杯裡斟酒。但笨拙的動作看在喜兵衛眼裡，更是讓他火冒三丈。

喜兵衛看向庭院。

他最討厭天氣悶熱。雖然已經入秋，但還不到涼爽的季節，因此木窗與紙門全是敞開的。喜兵衛看向不遠處別屋的新木門。

——伊右衛門，伊右衛門啊。

喜兵衛的眼中，木門與伊右衛門面無表情的臉孔重疊。

的確，伊右衛門這個新同心的為人正如秋山所言。

如果這樣就叫認真，那麼伊右衛門真的是很認真。如果說他無趣，確實也是極為無趣。首次和伊右衛門打照面時，發現這傢伙既不笑也不講客套話，只會行禮如儀。不過，感覺上他這個人並不蠢，想探探他肚子裡有什麼底時，也都能圓滑應對。不論是作勢閒聊或吹捧他一番，都摸不透他的底細。和秋山這類人完全不同，他這種人欺侮或打壓起來都毫無樂趣可言。

這種人就是教他看不順眼。

為何伊右衛門會成為民谷又左衛門的女婿？又左衛門家無恆財，還有負債，官職與社會地位也稱不上崇高。

更何況阿岩那模樣——為什麼那傢伙——要成為阿岩的贅婿——？

——阿岩。

喜兵衛不痛快極了。

伊右衛門成為民谷婿養子一個月左右，喜兵衛就聽說伊右衛門擅長木工，沒當差時都躲在家裡修理房屋。喜兵衛便打算測試伊右衛門，把他找來修理家中老舊的裡木門。若伊右衛門拒絕或面露難色，喜兵衛便可加以責罵。如果他接受委託而稍有失職，也可吹毛求疵，讓他面子上掛不住。

不料——伊右衛門非但沒有拒絕，反而一連絡便立刻趕來，不一會兒工夫便修好了喜兵衛的木門。毫不馬虎，也沒有失敗，連細部都處理得仔仔細細、整整齊齊，手藝完全無話可說。就連向來喜歡修繕的喜兵衛看來，他的表現也是無懈可擊。

幹得不錯、幹得不錯！——到頭來喜兵衛甚至還忍住腹中翻滾的淤泥，大大誇了伊右衛門一番。但即使獲得如此讚賞，伊右衛門也沒有因此自鳴得意。吃著喜兵衛慰勞的酒菜時，還是一副畢恭畢敬的模樣。吃完飯菜後，伊右衛門便彬彬有禮地道個謝告辭了。

到頭來喜兵衛都無法了解伊右衛門心裡在想什麼。

後來，喜兵衛又命伊右衛門幫忙修理了好幾次宅邸，每次都沒有破綻。他並非成天擺著一張臭臉，而且也還不難相處，但在面對喜兵衛等前輩時，卻始終不曾敞開心扉。伊右衛門的表現讓喜兵衛很不自在，這狀況秋山看在眼裡，便開始自作主張，對伊右衛門旁敲側擊，將收集到的情報一一向喜兵衛通報。

秋山似乎一下子就看出喜兵衛面色凝重，便加油添醋地說：

「誠如主公您所說的，就連那個活死人又左衛門大爺，斷氣前還是想要多一點錢——同樣的道理——此人——就是伊右衛門那小子，大概是走投無路了，才會為了錢成為民谷的婿養子吧。」

「你說這話有何根據?不過是你隨便胡謅的吧?」

屬下豈敢——秋山兩眼圓睜地拚命搖手辯解。

「不——不管怎麼說，他的妻子——。」

「他的妻子怎麼了?」

喜兵衛厲聲問道，秋山便惶恐地把話吞了回去，還真是個小人哪。民谷家小姐那副尊容，膽子小一點的男人，那敢討來當老婆呀——秋山含糊地把話給接了下去，還擺出滿臉笑容。

「總而言之，伊右衛門才剛成為同心，如果您要刁難他，那還不簡單?」

「刁難他?——你這話是什麼意思?難得你認為我會找一個小人物的麻煩?」

「不，我不是這個意思。我的意思是，伊右衛門剛上任，一定有些職務還不熟悉，難免會出錯吧?」

「出錯又如何?你說來聽聽啊。」

「不、不是的。小的認為，大爺您若不喜歡那傢伙，大可將他免職……」

「住口!你這個蠢貨，少給我賣弄小聰明!——」

——渾蛋!窩囊武士!

秋山完全不了解喜兵衛所恨何來。但這也難怪，因為喜兵衛從未對旁人解釋。要逼伊右衛門離職，把他趕走並不困難。只是，這樣做並不能拔除喜兵衛的肉中刺。

秋山打翻了酒杯、推開了碗盤，屈身將額頭貼在榻榻米上，向喜兵衛磕頭道歉：

「對——對不起——大爺，我不是故意要惹您生氣的。請大爺原諒——」

秋山呈跪拜之姿好一會兒工夫，才抬起頭來，

「大、大爺。要不就像對付又左衛門那樣，也、也把他給幹——」

他——含著淚說道。

「渾帳東西，你在胡謅些什麼！——」

喜兵衛大吼，將酒杯朝榻榻米上使勁一扔，狠狠地瞪著秋山。

秋山嚇得整個人彈起三寸，四腳朝天地跌坐在榻榻米上。

像又左衛門那樣，也把他給——幹掉。就像民谷又左衛門那樣。

又左衛門死了。等於是被喜兵衛害死的。

不過，又左衛門被害死的原因並不是因為他招惹到了喜兵衛，即使又左衛門這位牛長的下屬知道太多不為人知的內情，對喜兵衛來說是個潛在威脅，這也是事實。

又左衛門的槍枝走火是秋山設的陷阱。當然，幕後的指使者就是喜兵衛。

那次意外並沒有要了又左衛門的命，但他傷勢嚴重，已不可能繼續當個御先手組同心了。這就是喜兵衛希望的結果。他指使秋山在火藥量上動手腳。秋山一接到這項指示，立刻說——對呀，您是不忍心殺他吧，他以為是喜兵衛尚有幾分慈悲，但這其實是大錯特錯。喜兵衛之所以沒一口氣殺了又左衛門，不過是怕這麼一來會讓他死得太痛快罷了。又左衛門一向以同心這份工作自豪，深以其家世為榮，所以，喜兵衛最想看到的就是這個老人被剝奪一切後陷入的窘境。他如此交代秋山，只是因為不想讓他一死百了。幾乎所有同心都會討好喜兵衛，就只有又左衛門不識相，不願放棄武士的自尊與矜持。喜兵衛不喜歡秋山這種沒骨氣的窩囊廢，卻也痛恨又左衛門這種食古不化的蠢貨。

只是……。

他實在想不透。

他聽說又左衛門受傷後非但不痛苦，反而向親近的同事吐露這麼一來正好能早點退休安養天年。而且，原本已經沒有指望討到的女婿突然出現，讓民谷家後繼有人，婚禮也順利舉行，接著又左衛門便毫無遺憾地往生了。感覺上又左衛門似乎是在了了心願後壽終正寢的。若是如此，當初用心設計陷害他，豈不變成白忙一場？想到這裡，喜兵衛就一肚子氣。

因此，民谷又左衛門的死，在喜兵衛肚子裡頭留下了更多難以收拾的淤泥。

看到秋山一副不知所措的狼狽相。喜兵衛的酒也愈喝愈鬱悶。

鬱悶的酒愈喝火氣愈大，讓他腹中的淤泥益發不得清澈。

給我滾！——在喜兵衛正準備如此大吼的那一剎那，紙門打開了。

站在門外的是一個名叫堰口官藏的同心。

堰口也是喜兵衛的跟班之一。只不過與秋山不同，此人腦袋靈光、一肚子壞水，是個需要提防的狠角色。堰口看了秋山一眼，抖動著半邊臉頰不出聲地笑了笑，接著便轉頭向喜兵衛問道——大爺，阿梅夫人怎麼啦？

「屬下一直喊她都沒有任何回應，這才冒昧闖了進來叨擾大爺。」

「嗯——」

這下喜兵衛心情更加惡劣了。

他不願再想起有關她的任何事。

「——阿梅在別屋裡躺著。僕人與小廝都出去辦事了。」

是病了嗎？——堰口邊說邊打秋山面前走過，來到喜兵衛面前。

他長相有如鯰魚。斜眼看了秋山一眼，接著以抑揚頓挫鮮明的獨特語調說道：

「伊東大爺，我想有件事您還是得知道——」

那你還在賣什麼關子？——喜兵衛粗暴地回答。喜兵衛也——非常討厭堰口這傢伙。

「就是民谷家女婿的事。伊東大爺，那個姓民谷的既然已經來過宅邸數次，應該也見過阿梅夫人了吧？」

「應該有吧。我曾叫阿梅替他斟過兩三次酒。」

「果不出其然。我昨天恰好和他一起當差。平常他很沉默，不太喜歡說話，昨天卻問我——堰口，你知道伊東大爺官邸那位姑娘是誰嗎？是他的千金嗎？聽說與力大人單身，而那姑娘看來也不像個女傭，是不是他的妹妹還是親戚？——」

「那——你怎麼回答？」

「我叫他——少多管閒事。」

果然是堰口——喜兵衛暗地自忖。

他做事小心謹慎。反觀秋山，窩囊至極卻語帶不屑地反覆瞎起鬨了好幾次道——大爺，伊右衛門該不會是看上阿梅夫人了吧？畢竟他老婆長得那副模樣。

真是個無藥可救的蠢貨。喜兵衛在心底痛罵道。堰口也是面露不悅，似乎也有同感，先看了喜兵衛一眼，接著以輕蔑的眼神瞟向秋山，然後才說道：

「伊東大爺，依小的看，伊右衛門並不值得理會。」

秋山聞言困惑地問道——為什麼？堰口便一臉狡詐地鼓動著蒜頭鼻，以不屑的語氣朝面帶驚訝、呆頭呆腦的同僚秋山說道：

「你怎連這都不懂？當初獻策讓阿梅夫人住進這裡的，不是別人正是民谷又左衛門。這點你應該也知道吧？而伊右衛門可是又左的女婿呀。」

秋山聽了則不服地回答——這我當然知道。

「那你幹嘛還明知故問？伊右衛門不認識阿梅，代表又左衛門生前完全沒向他提過這件事。換言之，伊右衛門不過是個為了當官而入贅民谷家的浪人。所以，別說是咱們兩個，像伊東大爺地位如此崇高的人對他更是毋需理會。對不對？伊東大爺——」

「就算真是如此又如何？有什麼大不了的？」

「由此可知——他什麼都不知道呀。」

「光由這點能看出什麼？或許那個姓民谷的只是在裝傻吧。」

「噢——這——屬下認為實屬不可能。」

堰口擠弄著眉毛，眼神令人厭惡。

「依小的看，伊右衛門應該是被騙進門的。」

「被騙進門？你的意思是……」

「他一定是被又左衛門那隻老狐狸給騙進門的。據說直到婚禮前，伊右衛門都不曾見過新娘的臉。左鄰右舍沒半個人見過伊右衛門造訪民谷家，那陣子又左衛門又因傷無法出門。因此，兩人應該不可能是舊識。向組頭大爺呈報、獲准後舉行婚禮，在短短五天之內便告完事。難道不會太快了嗎？」

「確實很快。」

「又左衛門一定是刻意隱瞞自己女兒相貌醜陋，拐騙伊右衛門進門。然後，又左衛門在婚禮隔天病倒，再過一天就死了。如此一來，伊右衛門根本無法弄清自己是中了什麼計。」

原來如此，怪不得他能把那個醜女兒給嫁掉——秋山佩服地說道。

「可是堰口，這純屬你的推測，有任何證據嗎？首先，伊右衛門事後發現自己被矇騙，怎可能悶不吭聲？」

對此事意興闌珊的喜兵衛不屑地說道。但堰口卻突然得意地笑了起來說道——證據是有。接著他身體稍往前傾，莫名地低聲說——那就是他們夫婦倆相處的情況。

「他們夫婦處得又如何了？」

「聽說他們晝夜不分地爭吵，連鄰人都聽到了。前幾天還互毆呢。」

「噢，他們倆感情這麼壞？」

喜兵衛望向庭院。一臉正經的伊右衛門真會和老婆吵架嗎？

而且阿岩她——。

噗咚，喜兵衛肚子裡的淤泥開始翻攪了起來。

阿岩昔日那張一本正經的臉，以及她如今醜惡不堪的容貌，在他的腦海裡交叉重疊。

這麼一個阿岩也會失去理智？真會有這種事？

「你說的——是真的嗎？」

堰口嘴角往上噘地回答道：

「當然是真的。那種落魄武家，加上那種醜妻，伊右衛門卻甘願成為婿養子，讓人猜不透他在打什麼主意，想必是有什麼咱們猜不透的企圖。不過，他若真有什麼企圖，理應不會膽敢和老婆吵架。況且他似乎又不知道阿梅夫人是誰，可見又左衛門生前並沒有把這件事告訴他。看樣子，伊右衛門只是個利慾薰心反被耍弄的鼠輩。果真如此，伊右衛門有什麼好怕的？」

「堰口。」

堰口抖動著半邊臉頰回答——在。他已經是得意忘形了。

「你這話是衝著我來的嗎？如果伊右衛門確實從又左衛門那裡聽到了什麼——我就得怕伊右衛門幾分？——你這傢伙是這個意思嗎？」

——開什麼玩笑！

跟這種無聊事情無關。一切只是由於喜兵衛忠於腹中淤泥——那股壞心腸所致。堰口嚇得臉色發白，連忙道歉：

對不住，我失言了。我誤會了，如果惹了大爺不高興，小的這就給您陪不是，您大人有大量——。看來堰口這傢伙和秋山其實也只是半斤八兩。

「煩死人啦！跟你們講話不過是浪費我的口水。好了，都給我退下——」

喜兵衛咬牙切齒地說道，揮手示意兩人出去。

「——我何需畏懼又左衛門！不過是因為他跟組頭熟絡，為了省去不必要的麻煩，盡量採納他的意見而已。故意讓他身受重傷辭去工作，也是因為討厭他那張皺紋滿佈的臉。伊右衛門也是一樣。我純粹是看他們不順眼，不需要任何理由。不料你們兩個傢伙卻異口同聲地胡亂猜測，膽敢再給我繼續胡說八道，小心我宰了你們！」

喜兵衛伸手握住刀柄。

「伊——伊東大爺。」

堰口全身僵硬地坐直了身子。

「——您為何如此在乎民谷？民谷家代代相傳，是最道地的御先手組成員。但即使如此，階級也僅止於同心。儘管獲組頭大爺信任，看似風光，但伊右衛門畢竟是個新人，輩分很低，您毋需將他視為眼中釘。想除掉他一點都不難。更何況，伊東大爺您是個能呼風喚雨的首席與力——又何必耿耿於懷呢？」

「我哪可能會——在乎他？」

喜兵衛確實是毫不把民谷家放在眼裡。只不過他很在乎——。

——阿岩。

不聽喜兵衛使喚的又左衛門起初的確讓他忍無可忍。他想將又左衛門收為心腹，便看準了又左衛門的女兒遲遲未嫁，派人去談親事，硬要又左衛門把女兒嫁給他。又左衛門身為最資深的同心，又和組頭私交甚篤，喜兵衛為了拉攏他吃了不少苦頭。只是——若依喜兵衛平日的作風，早就不管三七二十一地把阿岩給據為己有了。

但不知何故，喜兵衛並沒有這麼做的念頭。阿岩對他的不屑一顧，他也不以為意。

反正又不是玩真的。所以，在民谷家的推三阻四之下，不知不覺就拖了三、四年。

喜兵衛從未打正面看過阿岩。

然後，阿岩就病了。這是前年的事。

就這樣——在喜兵衛打正面看過阿岩之前——阿岩就已經變醜了。

喜兵衛的小嘍囉都說，這一定是她瞧不起與力大人所遭的天譴。

只是……。

她會不會是被人下了毒——？

最早如此猜測的就是——堰口這個傢伙。

當時的堰口和現在一樣，總是一副看透內幕的神秘德性，但表現得比現在更忠心耿耿。

她臉上的疤痕和疱瘡留下的疤痕不一樣。一定是被人下了毒，而且是唐土傳來的毒——。

堰口當時如此說道。

最初，據說滿腹疑竇的堰口曾前去問阿岩的父親——又左衛門，有沒有可能是被誰下毒？

但又左衛門直說不可能，讓我想探查都無從——堰口說道。

不可能有人對阿岩下毒的——堰口當時表示這就是又左衛門的回答，因此自己也覺得不無道理。的確，像他這般貧窮的同心，能夠招惹誰，或惹誰忌妒了？若是像喜兵衛這麼招搖的上級武士倒還另當別論。但也不無有人為了洩憤下毒的可能。若是如此——會不會是哪個和喜兵衛結了梁子的人幹的？

對喜兵衛一直想娶進門的姑娘——阿岩下毒，讓她變成一個不堪入目的醜八怪——。

聽到這個臆測時，喜兵衛勃然大怒。他並非相信堰口的推斷屬實而怒，但不知是什麼緣故，他就是愈聽愈氣。這個推論教喜兵衛萬分不悅，當時他腹中的淤泥也是一陣翻攪。

——阿岩。

「給我住口！我哪可能把民谷家放在眼裡!?」

喜兵衛再度如此強調。

是嗎？——堰口一反常態地繼續追究下去：

「對不住，小的可不這麼認為。之前藥行批發商那檔子事兒，追溯原因還是阿岩小姐。阿岩遭到如此變故確實可憐，但難道不可能是那藥行批發商幹的好事嗎？當然，也有可能是其他哪個對伊東大爺您心存怨恨的人下的毒手。如果當時聽信那個姓西田的庸醫所言，把下毒的犯人揪出來倒也好。結果事情演變至此，不是反而棘手？——」

的確是如此沒錯。當時的喜兵衛一反常態地亂了方寸。

首先，喜兵衛把幫阿岩診脈的大夫叫過去問話。那個大夫就是西田尾扇。

武士的團團包圍把尾扇嚇得渾身發抖，牙齒打顫，吞吞吐吐地解釋了阿岩的病情：

疱瘡這種病通常會先發熱，三天內疱瘡全冒，接下來的三天內水泡化膿，又過三天水泡破裂，再過三天創口便結疤——。

不出半月即可痊癒。阿岩小姐卻病上了三、四個月，而且還毀了容貌——。

確實不是普通的疱瘡——不過，左鄰右舍卻議論紛紛，各有不同看法——但尾扇哭著保證自己的處方絕對正確，決非毒藥。毫不相信的喜兵衛門繼續逼問，這個膽小的大夫便改口道——若是疱瘡，早就該痊癒了，那絕對是其他疾病——最後甚至表示——也有可能是被人下了毒。

——你這個混帳蒙古大夫！

喜兵衛威脅尾扇，要他把對民谷家所知之事全盤托出，這才知道有個藥販子經常出入民谷家。這名藥販子名曰小平，民谷家長期以來一直服用他所提供的一種有助血液循環、名為桑寄生（註3）的唐藥。民谷家的女人代代都慣服這種藥，阿岩似乎也不例外。

於是，喜兵衛命令秋山與堰口一行人把這個叫做小平的藥販子逮了過來，結果發現小平這傢伙不過是個乳臭未乾的小夥子，直呼他只負責送藥而已。問他藥是哪裡來的，他便回答是來自兩國某藥材大盤商。一逼問他大盤商的店名，馬上問出了利倉屋這個行號名。

但接下來就陷入膠著了。

除了尾扇之外，賣藥給民谷家的就只剩利倉屋，如此看來，利倉屋當然擺脫不了嫌疑。但受害者的父親——也就是民谷又左衛門，並不自覺受害。即使喜兵衛派人去向他說明事情原委，民谷還是如同之前喜兵衛提親時一樣不置可否。而且據窺見阿岩一眼的使者所述，她的臉已經被毀得教人不堪入目了。

真相依然不明。

如此一來，喜兵衛更是在意這件事了。當時腹中淤泥也翻滾了起來。

左思右想就是氣憤難平，喜兵衛便採取了自己慣用的方式洩憤。

他命令手下擄來利倉屋的女兒，加以蹂躪。理由則一概不提。反正喜兵衛就是這麼個我行我素的人，只要自己高興就好。倒是強行姦污一個又哭又喊的姑娘，只會讓喜兵衛腹中的污泥凝結，完全稱不上洩憤。於是——。

「重點不是尾扇的話是真是假。我不過是隨心所欲地幹自己想幹的事罷了。」

喜兵衛已經厭倦這樣的一問一答。但堰口還是不服氣地繼續問道：

「可是，伊東大爺，後來您還是把侍妾全部趕跑，不再流連花街柳巷，這不全都是那件事導致的結果？」

「堰口，尾扇不是也擔起責任，把那個名叫阿袖的姑娘送到伊東大爺手裡？」

「話是這麼說沒錯。可是，秋山你想看看。後來幾經調查，發現尾扇的僕人便是要求談判的使者，這豈不過於巧合？尾扇居然還裝傻，說不知幫忙出面討公道的假和尚身在何方。是吧？伊東大爺。況且，當時又左衛門居然也在場，這應該不是偶然吧！」

「是偶然沒錯。又左衛門只是送羽織（註4）過來罷了。」

「在下倒想問，您為什麼會乖乖聽信又左衛門的說詞——？」

給我住口！——喜兵衛突然大吼。

事實上，那件事後來拖了很久才解決。情況演變得很複雜。

也不知道自己的女兒為何被一個與力擄走並加以姦污，利倉屋主人因此大發雷霆，並派人前去要求與喜兵衛談判。

就在喜兵衛準備拔刀斬殺使者時，民谷又左衛門剛好出現。

喜兵衛也可勒令又左衛門退下，逕自斬殺使者，但又左衛門卻說——。

伊東大爺，事情就到此為止吧。鬧大對您不利——就當是為了令兄——。

這位老同心也知道這件理應是椿秘密的事。

喜兵衛記得，當時自己的臉頰燙得幾乎要冒火。

到頭來，他接納了又左衛門的建議，表面上也接受了利倉屋的要求。

把侍妾趕出去，正式迎娶利倉屋的女兒——阿梅為妻。當然，這不過是個幌子。又左衛門設計了這樁困難重重的計謀，先由自己收阿梅為養女，再把她嫁給伊東，試圖藉此矇騙利倉屋。這個老僕輕輕鬆鬆地說道——如此一來，便皆大歡喜了。

在下雖然和利倉屋是老朋友，伊東大爺您卻是我的上司——。

照一般常理，下屬不是該盡全心全力匡助上司嗎——？

在下只要站出來說幾句話，利倉屋必會聽信。大爺將阿梅娶進門之後，只要找個適當時機——。說是您和她已經離緣，然後把她趕出去即可——這就是又左衛門所提議的計策。

——真是個愛賣弄小聰明的傢伙——他想讓我欠他人情不成——？

喜兵衛為此頗為不悅。

這個自作聰明的提議反而招來喜兵衛的怨恨。在這一瞬間，民谷又左衛門的命運便走向了終點。

民谷家原本到這一代就要斷後了。可是——。

正因為如此——。

堰口帶著令人嫌惡的眼神繼續說道：

「搞不好又左衛門自恃和組頭很熟，才敢這麼大膽地對伊東大爺說話——」

「囉唆！堰口。這件事跟組頭、民谷都沒關係。老子我愛怎樣就怎樣，你還不了解嗎？」

「可是小的聽人說起，後來有人見到當時那個按摩的出入民谷家。可見一切搞不好都是又左衛在背後搞鬼——」

「堰口，你的話前後有矛盾。又左衛門已死，依你的推測，這整件事他的女婿伊右衛門又不知情——你剛剛不是這麼說的嗎？」

「所以，我才會建議伊東大爺別把那姓民谷的放在眼裡。既然知道許多內幕、令您芒刺在背的又左衛門已死，阿岩小姐又變得那麼醜陋，也有了夫婿。您繼續和民谷家糾纏下去，是百害而無一益——」

「不是有害無害的問題。」

堰口露出困惑的表情。

——這是看瘋子的眼神。

——你把老子當作瘋子!?

喜兵衛放下膝頭大吼道：

「你給我住口！你那是什麼表情？你知道個屁！叫你滾你還不滾!?」

「伊東大爺，小的只是認為，您其實不必在意這種毫無樂趣可言的瑣事——」

喜兵衛狂暴地踢倒餐盤，揪住堰口胸襟，在他耳邊說道：

「堰口，你——覺得和女人溫存很有樂趣嗎？」

「大爺，您這話的意思是——」

「那我再問你，喝酒有樂趣嗎？花銀兩有樂趣嗎？」

「我——我聽不懂——」

「那我告訴你，我不管怎樣縱情遊樂，都不覺得有哪裡有趣。不管睡了多少女人、喝了多少酒，都不會覺得痛快。你哪知道我心裡在想些什麼？像你這種草包，哪可能看穿我？他媽的，還不——快滾！」

喜兵衛推開堰口，伸手抓起放在背後的大刀。堰口嚇得幾乎當場朝後翻了個筋斗。喜兵衛凌空劈砍，刀刃在抵住堰口的喉嚨、稍稍割裂了他的皮膚時停了下來。

「再不滾——我就砍斷你的咽喉！」

啊——啊——堰口不斷哀號，連滾帶爬地奪門而出。

「這個沒用的窩囊廢——」

喜兵衛以刀鞘掃開翻倒在地的餐盤。

然後，他朝門外喊起秋山的名字。沒人回答。原來，站在門外的秋山看到喜兵衛勃然大怒，嚇得整個人都愣住了。待喜兵衛再度呼喊秋山時，這個膽小鬼才以蚊子般的微弱聲音回答：

「大──爺──什、什麼事──」

「去把伊右衛門給我叫來。」

「現、現在嗎？」

「沒錯，就是現在。告訴他我要找他商量整修宅邸的事，叫他馬上過來。」

秋山連話都答得含糊不清，便滾出了走廊。

──這麼膽小，還稱得上是個武士？

喜兵衛不悅地朝庭院吐了口痰。

喜兵衛內心的糾葛，像這種蠢貨當然不可能了解。

他肚子裡又熱又黑的淤泥不斷翻騰。

翻騰──累積已久的淤泥就要浮上來了。

不堪回首、令他憤怒的往事，剪不斷、理還亂地跑出來糾纏。

──太令人不快了！

不論是堰口精明的眼神，還是秋山愚蠢的眼神，都教喜兵衛看不順眼。

喜兵衛站起身來，走到屋簷下。

別屋裡還點著燈。阿梅就在裡頭。

看看木門。

──伊右衛門。

──伊右衛門──不知道這件事嗎？

若是如此——。

——除了又左衛門之外——沒有任何人知道這件事。死人可是沒嘴巴的。

那件事。那件秘密的事。

即使被公開，喜兵衛也不覺得有何困擾。所以，原本就沒有必要隱瞞。

只是……。

為了令兄好——。

——開什麼玩笑！

喜兵衛——其實是前任組頭三宅左內的私生子。

也就是說，當今組頭三宅彌次兵衛，是喜兵衛同父異母的兄長。

早期——三宅左內還是準繼承人時，年輕的他曾與照顧自己的錢莊老闆的侍女私通，生下的孩子就是喜兵衛。不知道是為了避免發生財產繼承糾紛，還是怕遭世人批評，總之，為了維護武士的大義名分，三宅左內決定請錢莊老闆收養喜兵衛，成為這個札差的繼承人。

喜兵衛直到二十六歲那年，才知道自己的身世。

當時喜兵衛已經結了婚。雖然其妻室讓他不甚滿意，但這樁婚事對生意卻極有助益，因此他也不敢抱怨什麼。婚禮結束後，三宅左內的父親決定退休，把棒子交給喜兵衛，並且告訴他這件事。此時的喜兵衛早已成了一個能獨當一面的商人。他的觀念是只要是能賺進白花花的銀子，要他向人低聲下氣、磕再多次頭都沒關係。

這麼一個喜兵衛竟然是——。

竟然是個——武士之子。

喜兵衛懷疑——他那原本精明的爹是不是老來痴呆了？

這件事情不說出去是不會有人知道的。不，原本就應該三緘其口。只要他爹娘過世，此事便死無對證。讓喜兵衛知道這個真相，可說是與兵衛一生所犯最大的錯誤。

或許是與兵衛這個見錢眼開、極度吝嗇的守財奴，認為有了青出於藍的第二代，從此便可安享天年，才不小心說溜了嘴。他大概沒料到喜兵衛知道這件事後會如此狂亂吧。

喜兵衛聞言立刻將父親與兵衛痛毆了一頓，並姦污了扶養他長大的母親與妹妹，然後搜括了店裡錢財逃之夭夭。

喜兵衛就是這種人。

與兵衛之前一再教育他，經營錢莊必須毫無條件地對武士順從，更教導喜兵衛所有的女人都和妓女無異。而喜兵衛做的等於是在告訴父親：若我成了個武士，你這個卑賤的商人就得向我磕頭！依與兵衛灌輸喜兵衛的觀念，只要沒有血緣關係，即使是母親和妹妹也不過是沒什麼特別的女人。在此之前，喜兵衛認為只有血脈相連的異性才不歸於妓女之流。這下既然發現她們和自己沒有血緣關係，即使是家人也和妓女無異。

喜兵衛整天流連妓院，非常荒唐放蕩。

不久，他的妹妹上吊身亡，母親發狂而死。

與兵衛進退維谷，只好找三宅左內商量。

為了幫年輕氣盛的喜兵衛收拾殘局，制止他的胡作非為，左內提刀前來。

喜兵衛這才首度——看到了親生父親的臉。

喜兵衛擺出一貫的強硬姿態，要求左內承認他是旗本武士次男，至少應該賜予他一棟官邸。左內並未答應，只承諾以後會以某種方式照料他。之後，喜兵衛把錢莊印鑑交給弟弟掌管，閒著沒事幹，有空便練練武術。直到十年後，也就是左內過世後，這項承諾才兌現。左內的長子彌次兵衛依先父遺言，封給喜兵衛采邑。

喜兵衛就這麼成了御先手組的首席與力——伊東喜兵衛。

從弟懷中取錢並非難事，他想花多少就有多少。仗著財大勢大，喜兵衛變得天不怕地不怕。

不過，還是有幾件事令他心煩。

人世間所有事物，他都看不順眼。

喜兵衛走向別屋。

接著站在門口朝屋內喊道：

阿梅、阿梅，今晚有客人要來。

主屋那邊很亂，所以我得在這兒招呼客人。

快去準備一些酒菜。

瘦骨如柴的阿梅，惶恐地探出頭來。

——懷孕的女人已經算不上女人了。

小廝回來後，我會叫他們去料亭端些飯菜回來，妳只要應付一下即可。

怎麼有氣無力的！儘管妳出身卑賤，畢竟是個武士之妻啊！

阿梅默默地開始幹活。喜兵衛注視著她。

——娃兒就在她那肚子裡？

令人不快。

她那隆起的腹部真是令人不快。

吱——。這時響起一陣聲音。

他朝木門那頭望去。

臉色蒼白的伊右衛門已經站在門邊了。

註1：東京都台東區之地名。
註2：武士薪俸，以米糧支付。
註3：又名桑黃，為長在桑樹上之蕈類。
註4：穿在和服外的短外掛。

民谷梅

阿梅直到不久之前，都還認為自己還是個孩子。

即使筷子或棍子掉落地面，也都會讓她覺得好笑而笑起來。

她這輩子從來沒思考過人的生死問題。

因此她才能——。

因此她才能活下來。回想起來，如果曾有過尋死的念頭，應該隨時都能了結自己的性命。之前曾有過好幾次自殺的機會。當初從擄走她的歹徒手上脫逃，回到家見到她爹時，她當場就大喊我要去死！我要去死！但還是沒有自殺，看來她也不是真的想死吧。說要去死，不過只是想讓周圍的人了解自己的遭遇讓她多麼恐懼痛苦。只是，她愈厭惡自己，就會讓週遭的人愈討厭她，認為她喊著要自殺不過是在撒嬌。甚至認為她的悲傷與痛苦都是裝出來的——當然，她的痛苦絕對是真實的，但當時的她畢竟還是個孩子。

然而，打從住進這棟別屋後，阿梅卻幾度真想自我了結。

她現在的日子只能以水深火熱來形容。如果只是被強暴，身體所受的傷害就和被狗咬差不多。但她被軟禁，不分晝夜受凌辱，而且不只是一兩天，每天持續過著這種日子。想來當時若能忍氣吞聲讓這件事就這麼過去，不知要比現在好上多少倍。

阿梅怨恨當初吵鬧不休的自己；怨恨把這件事當真的爹；也怨恨當時居間協調的民谷又左衛門。

只要看到樑柱，就想上吊；只要看到刀子，就想自裁。她曾數度打算擺脫監視到河邊投水，但最後還是沒真的尋死。倒也不是因為害怕或她年紀太輕，而是考慮到她爹、她爹的生意、乃至商行裡為數不少的夥計們。

比如——如果阿梅在這棟別屋裡上吊身亡，一定會連累到她爹。

喜兵衛就是這種人。

當然——阿梅也曾考慮逃亡。但就算能順利脫逃，結果還是一樣。如果不幸被逮回來，一定會遭到處罰，處境會淪落到比現在還慘。即便能成功脫逃，也一定會有人因此遭殃。總之，不管她是自殺還是脫逃，一定會帶給她爹和其他人麻煩，甚至連累哪個人因此喪命。反之，如果阿梅能獨自承擔痛苦，至少她爹即使被被矇騙，多少還是能心安，商行也能繼續經營下去。因此，阿梅既沒脫逃，也沒尋死。

開始有這樣的想法，代表阿梅已經長大成人。真是諷刺，原先還能自由選擇生死時未曾有過這個念頭，反而到了這想死也死不得的地步，自殺的念頭才開始湧現。

她已不再是個孩子了。

這也是理所當然。被擄走並慘遭強暴的阿梅，此時已經是個有孕在身的——母親了。

——懷的就是喜兵衛的——孩子。

每想及此，原先對爹與商行的顧慮便悉數煙消雲散，她真巴不得馬上死了算了。

發現自己懷了孕時，她幾乎發狂。耳朵裡不斷傳來催她一死百了的耳鳴。

姓尾扇的大夫診斷出她有孕時說——恭喜恭喜，請避免過油過辣的飲食，好平平安安把孩子生出來。但阿梅耳裡只聽得到催她一死了斷的耳鳴，不管旁人說些什麼，她全都聽不進去，整個人腦袋裡都是尋死的念頭。

的確到了該自我了斷的時候了。

一想到懷了喜兵衛的孩子還得繼續活下去——而且以後還得把這孩子給生下來——阿梅就感到毛骨悚然。

接近傍晚時，負責看守她的雜役就會出門辦事。阿梅即便睡覺時也受人監視。監視者日夜輪替，幾乎隨時都有人在身旁監視，就連入浴如廁時都不例外。

要死就趁現在。

只不過，她沒辦法離開別屋。

因為面對庭院的主屋，門戶全部打開，穿越中庭時絕對會被人發現。

唯一的辦法就是在別屋中自殺。然而，阿梅無法取得能用來自戕的刀子。因此唯一的選擇就只有——。

繩索。如果能找到一條繩索。

就可以找個地方上吊——將踏腳台——。

死吧！死吧！耳鳴不斷響起。

突然，阿梅感到一陣強烈的暈眩。

而現在。

阿梅依然活著。

她把自己打扮得漂亮大方，上一些妝，甚至強顏歡笑地擺出笑容。

這能讓她覺得——還有力氣如此打扮自己，想必日子也沒那麼痛苦吧。

——她甚至得為男人斟酒。

已經淪落得和賣笑的女人差不多了。

這些都是她搬進伊東官邸後才學會的。但雖說是學會了，倒也不是很熟練。遇到不認識的客人還好，平常最常面對的卻是秋山與堰口，也就是兩個當初受喜兵衛命令擄走她的兇手，阿梅不知道自己該用什麼樣的表情陪這兩人喝酒。同樣的，也不知道命令自己斟酒的喜兵衛心裡在想什麼。阿梅更搞不懂，自己什麼時候變成能裝出一副滿面笑容的模樣了。

她靜靜地為客人斟酒。

客人客氣地點頭回禮。

這位客人，就是民谷──伊右衛門。

這位年輕的同心，也讓阿梅很不解。既然姓民谷，應該就是那位──據說已經過世了的──又左衛門的女婿吧。但沒有任何介紹，也不方便詢問，因此也無從了解他的真實身分。在喜兵衛家裡出入的，想必都不是什麼好東西──她總是如此認為。俗話說物以類聚，因此阿梅認為喜兵衛的朋友與手下悉數是無惡不作的惡棍。但這位伊右衛門可看起來完全不像是喜兵衛的狐群狗友。他每次都是來修繕房屋，完工便打道回府。而且，伊右衛門和其他男人不一樣，不會阿諛、陪笑臉，臉上完全沒有一絲笑容。

前來造訪喜兵衛的惡棍個個都很會陪笑臉。不是為了討好這個家財萬貫的與力好討些零頭好處的卑賤笑臉，就是對這個傲慢上司的惡行惡狀所裝出來的假笑或苦笑，要不就是商討幹什麼壞勾當時的奸笑或傻笑。總之個個都是嘻皮笑臉的，沒有一個是正當、表情認真的。

但，伊右衛門不笑。倒也不是端著臭臉，就只是沒有笑容罷了。

喜兵衛原本就很少笑，但看別人眼裡，總會以為他是心裡不高興。阿梅認為喜兵衛這個人想必是看世上所有事情都不順眼。因此是個悶得不得了的人。伊東喜兵衛根本就是個不懂得何謂歡笑的冷血動物。至於這個伊右衛門，與其說他是不高興，不如說是有點落寞──至少在阿梅眼裡看來如此。

表情嚴肅的伊右衛門拿起阿梅斟的酒，只啜飲了一口就更為客氣地說道：

「方才秋山大爺造訪寒舍，說伊東大爺有急事找在下來處理，因此在這不宜叨擾的時刻來訪，真是抱歉。」

一旁的喜兵衛面無表情地回答──有勞你了，接著便拿起酒壺把自己愛用的樞木杯斟滿，並以那張依然毫無表情、看起來活像隻狒狒的嚴肅臉孔不屑地看了看伊右衛門。阿梅至今仍無法習慣喜兵衛這種彷彿在為人估價的眼神。不，與其說不習慣，更應該說是厭惡至極。

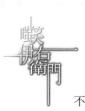

伊右衛門依然是正襟危坐，身子一動也不動地問道——那麼，聽說大爺是急著要修繕宅邸？

喜兵衛扭曲著嘴角裝出一個笑容說道——你先放輕鬆點。接著才回答：

「修繕，是騙你的。」

「騙——在下的？」

「如果不用這個理由，你恐怕不容易出門吧？」

「不容易出門？您的意思是……」

「若非有正事要辦，大概不容易出門吧？」

「沒有這種事啊。」

真的嗎——喜兵衛擺出了一個壞心眼的表情。

「聽說你最近在兼差做木匠，所以，即便我是你的上司，也不能讓你為我白幹活。」

「不好意思。操副業一事著實讓在下汗顏之至——」

「慚愧什麼？我也知道你們薪水微薄。所以，有的做竹藝、有的做紙傘，有的養殖魚，現在沒有一個同僚的不兼差的。若是不讓你用這對雙巧手換點銀兩，豈不等於是暴殄天物？」

這番話讓伊右衛門聽了更加惶恐。喜兵衛眼神依然不悅，卻出聲笑了起來。

「以後請你修理東西我保證會付錢。還有，材料開銷以及之前應給你的工錢，我都會悉數照付。」

「感謝——您的關心，大爺這麼做，在下恐怕是承受不起——」

「那你的意思是不要——」

喜兵衛哼了一聲，以嗤之以鼻的態度丟出一句話——不簡單！佩服。

但是看在阿梅眼裡，喜兵衛這根本是在作弄人。

「民谷，我今天叫你來沒有其他事，不過是最近聽到了一些有關你的流言蜚語。」

「流言蜚語？──」

「是不太中聽。聽說，你家裡最近有些問題？」

伊右衛門沒有回答，舉起剛剛只啜飲了一口就一直拿在手上的杯子一飲而盡，接著反問道──請問大爺，您這話是什麼意思？

「處得不是很好吧？」

「處得不是很好？您指的是──」

「就是夫妻感情。又左衛門的女兒──也就是你的老婆──我不是要說她的壞話──聽說她從小就以脾氣壞出名。」

伊右衛門低著頭，薄薄的嘴唇打開一半就闔了起來。他似乎在慎重思索該如何回答，也有可能是正在警戒著什麼。不，伊右衛門一定是在保持警戒。阿梅住在這裡的半年內，已經目睹過好幾個傢伙因失言而失勢了。

「伊東大爺，這只是在下家中的瑣事，不值得您──」

「別轉移話題。民谷，聽說你們夫妻不分晝夜爭吵不休──是嗎？」

伊右衛門正欲舉起酒杯的手停了下來。

「伊東大爺──這種事──您怎麼會──」

「我是首席與力。部屬的家裡狀況怎可能不了解？」

誠如您所說的──說著，伊右衛門垂下了頭。

「沒想到竟然連這種見不得人的事都傳到了與力大爺耳中，讓在下真是無地自容。您寬宏大量，還請在下喝酒。讓在下民谷伊右衛門真是為自己的厚顏無恥感到萬分羞愧──」

伊右衛門以懷紙輕輕把杯緣擦拭乾淨，小心翼翼地將杯子放了回去。接著他默默地婉拒了正欲為他斟酒的阿梅。在這一瞬間，阿梅與伊右衛門的視線交會了。

兩人視線甫相交便立刻錯了開來。喜兵衛聽到了從自己肚子裡傳來的古怪聲音。

「民谷，你別誤會。並不是我耳朵特別尖，只是一有哪戶夫妻失和，咱們組內誰會不知道？據說——幾天前你們倆還曾大打出手——就算再不想看，只要是事實任誰都看得到，不必特別打聽也會傳入耳裡。」

伊右衛門渾身散發的那股落寞神情——讓阿梅實在——很難想像他竟然會出手毆妻。喜兵衛所言讓阿梅覺得毫無憑據，便再度看向伊右衛門。

——教人毛骨悚然地——。

五官端正的伊右衛門臉色微微凝重了起來。

「這件事——在下真的很慚愧。」

伊右衛門並未否定。這不就代表這件事果然是事實了？

喜兵衛點頭喃喃問道——那就是事實囉？

「你怎麼啦民谷？我向你提起這件事不是要責怪你。你老婆的個性我多少也知道。我不認為你是個會打老婆的男人。只不過——阿岩小姐的脾氣是不是我真如傳言一樣壞？連個性溫厚的你都覺得氣憤難容，想必也不是好老婆吧？」

聞言，伊右衛門皺著眉頭，斬釘截鐵地回道——不是的。情況並非如此。

接著語氣又緩和了下來，淡淡地繼續說道：

「這一切都怪在下太沒有德性。我敢向天發誓，內人並沒有錯。可能是在下的做法不符民谷家風使然。在下曾以浪人之身混身市井長達五年，可能是在無意間養成了卑賤的言行習慣。和身為代代傳續的武家之女的內人發生衝突實屬必然。因此在下夫妻之間若生嫌隙，也是在下的錯。只不過，在下方才也說過了好幾次，這只是在下家裡的瑣事，以後一定會小心謹慎，避免再為上司同僚帶來困擾。至於這樁令在下萬分羞愧的事，就請大家把它給忘了。在此誠心祈求大爺原諒。」

伊右衛門將餐盤移到一旁，雙手撐在地上，深深地鞠了個躬。

喜兵衛活像癩蛤蟆般皺起臉來，不屑地望著伊右衛門。

「你城府很深嘛。」

「城府很深？——大爺這話的意思是——」

「你難道認為我不值得信賴嗎？民谷。」

「在下不敢。」

「那麼你到底在提防我什麼？我不知道又左衛門是如何向你交代的，但我可沒什麼心機。」

「在下的岳父——並沒有要在下——提防您什麼。」

「真的嗎？他難道沒告訴你——務必提防與力伊東，千萬不可與其交心？」

喜兵衛嘲諷地說道。就算又左衛門真曾向伊右衛門提過這些，伊右衛門也不可能承認。那麼任伊右衛門再怎麼否認，喜兵衛也無法相信。如果伊右衛門閉口不語，就會被以為是默認。因此被如此質問實在教人難以回答。

這隻蛤蟆默默地窺伺著伊右衛門的神色，過了一會兒才不太高興地開口說道：

「算了。民谷，你好像——不太喜歡談你家裡的事兒。是吧？」

「喔，不。我只是不希望讓這件事害您弄髒您的耳朵。」

於是，喜兵衛轉頭朝阿梅喊道——還愣在那兒幹什麼？還不快幫客人斟酒！

阿梅慌張地拿起小酒瓶。伊右衛門也誠惶誠恐地遞出杯子，彬彬有禮地向阿梅點頭。

喜兵衛瞇起眼睛注視著兩人的互動，接著問道：

「民谷，你好像不知道——阿梅是什麼身分吧？」

「不認識。」

「阿梅就是……」

喜兵衛嘴角帶著奸笑說道：

「阿岩的——妹妹。」

聞言，伊右衛門依舊是正襟危坐，但臉上浮現出一絲狼狽的神色。

「不過並不是親妹妹，她原本是商家之女，不過這中間出了些事——」

阿梅抬頭瞪著喜兵衛。兩人四目相對。阿梅立刻將視線別開，低下了頭來。

「——她才會住進我這兒。當時費一大番力氣促成此事的，就是你的岳父又左衛門收養阿梅，目的是讓阿梅嫁給身為武士的我。我手邊還有一封又左衛門寫給阿梅娘家的親筆信呢。只不過，我們還沒有正式結婚，所以，她應該還叫民谷梅。這麼說來，她就是你的小姨子了。對不對呀？——阿梅？」

「是的——」

——他到底在——打什麼主意？

阿梅感到困惑。她不知道喜兵衛懷的是什麼鬼胎。

伊右衛門也顯得有點不知所措。

「不過，阿岩她——不，內人從未向在下提起這件事兒。」

「因為連阿岩都不知道這件事。這一切都是你岳父又左衛門一個人策劃的。」

「可是，岳父生前也未曾向在下提起過這些。完全沒有。」

「有些事兒可能不方便說吧。」

「是什麼事兒不方便說？到底是——」

「既然又左衛門沒告訴過你，我也不便說。」

真是個狡猾的畜生——阿梅真想破口大罵，但不知該如何開口，看了看兩個隨侍在側的武士，又把話給吞了回去。結果——她還是猜不透喜兵衛懷的是什麼鬼胎。

此時，伊右衛門一臉迷惑、神經質地端正了坐姿。

喜兵衛大聲說道：

「民谷，你似乎有點不服。算了，反正現在也不必多問，待時機一到，你就會知道一切真相了。不過，切記你岳父民谷又左衛門生前並沒有讓你這個女婿知道一切。連這麼重要的事兒都瞞著你，難道還不夠明顯嗎？」

也沒等伊右衛門回答，喜兵衛便更高聲、語帶恫喝地繼續說道：

「又左衛門有沒有向你說過我的壞話我是不知道，也就不追問了。但你得好好想想，他的話信得了幾分？受一個已死之人的妖言所惑，對一個待你不薄的首席與力恩將仇報，對你想必是沒半點好處吧？你想想，我可曾說過一句對你有損無益的話？」

喜兵衛一副強逼伊右衛門談判的語氣，但他的目的何在卻依舊費人疑猜。直到現在，喜兵衛高聲強迫的就只有一件事——逼迫伊右衛門稟報妻子的詳細情況。

阿梅瞪著喜兵衛瞧，但試著盡量不讓伊右衛門發現。

此時伊右衛門以低沉的嗓音回道：

「伊東大爺，在下認為您說的事都對。您對在下的關愛與照顧。小的民谷伊右衛門是至為感激。不過，在下左思右想——都想不到有任何一件事值得找伊東大爺商量。關於內人的傳聞是在下自業自得，否則除了貧窮之外，在下夫妻的生活還過得去。」

「民谷！」

「是。」

「你看來很憔悴呢。」

「憔悴——？」

「而且還一臉倦容。一點生氣也沒有。當然，就像你所說的，自己的家內事該由自己處理。不過，我擔心的是——看你精神如此消沉，差事能做得好嗎？」

——擔心？

說謊都不會臉紅！阿梅再度朝喜兵衛投以厭惡的視線。

這個畜生哪可能為別人擔心？喜兵衛這個人常常旁敲側擊地探聽他人長短，只要被他找到一絲破綻，就會毫不留情地施以攻擊。所以——他可能又在故技重施，連續找伊右衛門來幹活，企圖找出這個無懈可擊的新手同心的破綻。而且喜兵衛已經找到了，那就是他們夫妻失和。他何只沒為伊右衛門擔心，根本就是存心奚落他好讓他難堪。為了達到這個目的，喜兵衛才想了解伊右衛門夫妻之間有何嫌隙。

阿梅再度看向伊右衛門。只見這位同心輕咬嘴唇，沉默地望著酒杯。

阿梅也垂下了視線。她同情這位年輕同心當然不是毒如蛇蠍的喜兵衛的對手。

——我為何如此在意他？

在不知不覺間，伊右衛門的一舉手一投足都讓阿梅在意不已。

——和他根本是素昧平生呀。

此時阿梅的臉頰上感覺到一股視線。

伊右衛門正看著她。但阿梅不敢回望。

你在擔心什麼啊？雖然毫無血緣關係，但你們倆畢竟是兄妹，何必如此拘謹？——喜兵衛說道。

但伊右衛門依然是十分緊張。

哎，算啦，喜兵衛狡詐地笑著說道。

「突然被告知此事，論誰都不會習慣吧。不過，民谷呀，以後你就別把我當上司，就當我是你的親戚吧。我會照顧你，栽培你。快別這麼拘謹了。修繕宅邸是我的興趣，你會有很多機會發揮你這雙巧手。你和這位阿梅既然是親戚，我更會好好照顧你。有關阿梅的事，不過是又左衛門隱瞞不說，我也不好意思說罷了。今後別說是公事，就連你的老婆或其他大小家務事，碰到任何困難都不妨找我聊聊。」

喜兵衛神色頗為雀躍。阿梅第一次看到喜兵衛如此高興。

遵命——伊右衛門恭恭敬敬地回道，再次向喜兵衛深深鞠了個躬。

好，今天就喝個痛快，菜餚馬上就來——喜兵衛熱情地招呼。不僅如此，還向阿梅強調，今天能在此遇到伊右衛門這個自己的兄長，也該順便慶祝你們兄妹倆相認，不必拘謹，妳也喝點吧！阿梅打從搬進這裡還不曾被賞過酒。不，聽到喜兵衛說出這麼像人說的話，這還是頭一遭呢。

過沒多久，兩名小廝搬來一只豪華的重箱（註1）。這是某家知名料亭的豪華料理。

喜兵衛命令雜役從庭院採集楓樹枝葉，在席上裝飾了一番。酒菜一擺好，喜兵衛便吆喝大夥兒乾杯，今晚大開盛宴，命令眾人不分身分盡情狂歡。這讓阿梅更為困惑，益發猜不透這個與力打的是什麼主意。

席上伊右衛門幾乎沒說半句話，阿梅也保持沉默，到頭來只有喜兵衛一個人樂在其中。直到門外欄杆上方升起一輪淡月，菜餚用盡、話也講完，席上變得一片靜寂。只見喜兵衛此時已經不顧體面地醉倒在地上了。想到喜兵衛平時是千杯不醉，著實讓阿梅大為訝異。她轉頭望向伊右衛門，心裡突然湧現一股怪異的感覺。

此時聽到陣陣蟲鳴。直教人驚訝方才怎都沒聽到。

抬頭看向橫樑。阿梅這才突然驚覺。

——竟然忘了這件事。

她原本一直在找一只墊腳的台子，正準備上吊自殺。但是——。

阿梅已經把——一心尋死、生不如死——乃至被人擄來、慘遭姦淫、長期軟禁——甚至懷了孕這些事兒——全都給忘得一乾二淨了。

而且還在這為她帶來一切不幸的元兇——伊東喜兵衛就在眼前的當頭。

——喜兵衛他。

正在睡覺。說不定——趁現在……。

她就死得了，或逃得走。然而。比如。可是……。

要不，就把一切告訴伊右衛門——。

「阿梅夫人。」

「是的。」

阿梅嚇了一跳，頓時回不出話來。伊右衛門問道：

「方才伊東大爺所說的——可都是實情？」

「——是的」

喜兵衛並沒有說謊。只是，他隱瞞了最重要的地方。

「他並沒有——騙您——只是——」

聞言，伊右衛門露出訝異的神情，並喃喃自語道——還真是奇緣哪。

「還真是——奇緣哪。大爺這番話還真是教人吃驚。坦白說，在下也是半信半疑，以為大爺是在開在下玩笑——當然，這件事著實教人難以置信——，不，不是難以置信，而是令人驚訝——到底是怎麼回事——在下完全參不透。」

「那是因為——」

他把小女子擄來，然後——。

「那——那是因為——」

阿梅偷偷瞄了喜兵衛一眼。他這個畜生。他這隻醜陋的癩蛤蟆。他的胳臂。他的指頭……。

那天阿梅剛看完戲，回家途中。奶媽遭受攻擊。挨了好幾拳。被踹了好幾下。接著嘴巴被布給塞住……。

胳臂被壓住。裙子被劃破。秋山與堰口那兩張邪惡的臉。喜兵衛那張又紅又醜的臉……。

甚至還懷了他的孩子——這……這一切真是悲慘至極。

阿梅想說出這些，但咽喉哽住了。

可能是發現阿梅神情有異，伊右衛門向她示意別再說下去。

「噢，在這兒在下還是別打聽吧。」

這個同心看向喜兵衛，繼續說道：

「已故的岳父又左衛門什麼也沒說，伊東大爺也不好意思說，想必其間必定有什麼重大的理由——但伊東大爺如此關心在下這個下輩，對在下已是仁盡義至。若向妳探聽詳情，可就辜負大爺的好意了。」

「可是——」

「阿梅夫人本身大概也有難言之隱吧。」

「那是因為——」

蟲鳴停了下來。

——真的是有難言之隱。

該不該趁現在把一切告訴伊右衛門？

說不定他會願意幫忙。不，他終究是喜兵衛的部下。既然如此……。

伊右衛門當然不可能察覺阿梅內心這番掙扎。他緩緩站起身來。

「在下也不宜打擾太久。伊東大爺似乎該休息了——」

「嗯。」

「大爺躺在這兒可是會著涼的。在下就扶他回主屋吧。」

「這種事兒——交給管家或僕人即可——小女子則是不太方便去主屋。」

實際上阿梅根本被完全禁止離開別屋一步。她被剝奪了所有行動自由。

「那麼——在下就告辭了。今天承蒙您們如此盛情招待，改日必將回報——」

「請留步。」

阿梅叫住伊右衛門。

——為什麼要叫住他？

「小女子——」

伊右衛門轉頭朝阿梅望來。阿梅再次說不出話來。只能以視線向他傾吐。

伊右衛門與阿梅視線相交。稍稍瞇起了雙眼。

「民谷大爺，夜已深了，您說您住在組內同僚宅邸，那距離這兒有段路程，走夜路想必是不甚安全。正好這兒還有一棟別屋，您今晚不妨就在這兒過一宿——」

聞言，伊右衛門思索了半嚮，並看了喜兵衛一眼，接著說道——感謝夫人的好意。但在下恐怕不便外宿，還是該趁早回去。

「沒辦法外宿——」

伊右衛門這句話讓阿梅很在意。

「——請問是因為夫人的緣故嗎?」

伊右衛門沒有回答，抬頭看向阿梅。於是阿梅繼續說道：

「夫人應該也知道大爺今天上這兒來，乃是因為上司有事情交辦吧。若是有這理由您為何還不能外宿?——倒是民谷大爺，夫人她——也就是小女子阿梅的姊姊，到底是個什麼樣的妻子?——我阿梅的姊姊，也就是名叫阿岩的夫人，到底是——」

阿梅這個未曾謀面的姊姊——就是伊右衛門之妻。按照喜兵衛的說法，她脾氣暴躁，和伊右衛門感情不睦。但伊右衛門卻堅稱妻子沒有錯，而且還表現出一副有婦之夫不在外住宿的模樣。

——他這麼喜歡她?

「——想必，她一定生得很標緻吧?」

「這——」

伊右衛門表情明顯黯淡了下來。

接著又低聲回答——內人是個非常正直的女人，接著便背對著阿梅轉過身去。

看到伊右衛門就要離去，阿梅彷彿要追上去貼住他似地立刻站起來喊道——民谷大爺，請問何謂正直的女人?

伊右衛門聞言轉過半個身子說道——夫人不也姓民谷嗎?請別如此稱呼在下。

可是——小女子也不能稱呼你哥哥啊。何況——更不宜稱呼您伊右衛門大爺呀，阿梅回道。

叫在下伊右衛門就可以了——說完，她這位哥哥便準備離去。

您一定要走嗎?——阿梅彷彿要追上去似地站了起來。

伊右衛門再度回頭，越過阿梅肩膀望向已經睡著的喜兵衛，並以告誡的語氣說道：

「在下才加入御先手組不久，和伊東大爺亦不熟絡，今天承蒙大爺如此熱情款待，實在是感激之至。在下也要坦白說，誠如方才伊東大爺所言，已故的岳父又左衛門大爺曾交代在下，千萬要提防與力大爺。然而，數度受到大爺關照，今日亦不例外，真的讓在下感激不已，對大爺的看法亦已完全改觀。誠如大爺所言，今後若能繼續受大爺的關照，將會是在下的光榮。因此，按禮儀規矩，在下今天還是得趁早告辭。另外，在下本應自己向伊東大爺致謝，只是方才人多不便開口，就麻煩您幫在下轉達——」

阿梅輕輕點了個頭。此時她尋死的念頭已是煙消雲散，取而代之的卻是一股落寞。

阿梅捧著點著了的蠟燭站在屋簷下，並且喚來僕人準備提燈送客。

伊右衛門向已經入睡的喜兵衛鞠了個躬，便步出房間來到阿梅旁邊。兩人並肩站在屋簷下。

「伊右衛門大爺——」

阿梅整個心緒都亂了。內心雖依然憂鬱不已，卻又莫名其妙地浮現起一股期待。

「小女子阿梅過去確實因一紙契約而成為民谷家之女，可是——」

「這件事就別再提了。」

「小女子只覺得自己像艘漂流在滾滾濁流上的小舟，被一條纜繩繫住——」

「在下何嘗不是——」

伊右衛門話沒說完便低下頭來。側臉的神情益顯寂寥。

僕人取來上頭印有家徽的提燈，伊右衛門頭也不回地向旁邊行了個禮，便跨下走廊走向了庭院。下回有空請務必再來！阿梅在背後急切地喊道。聞言，伊右衛門困惑地皺起了眉頭說道：

「若在下還是單身的話——」

此時蟲鳴突然齊聲響了起來。

阿梅突然感到一陣暈眩，跌坐在屋簷下。此時伊右衛門的身影應已完全融入黑暗了，不可能再看到他，阿梅卻還錯覺自己還看得到伊右衛門的背影。她持續朝大門的方向張望，腦海中與胸中皆是一片空白，只是茫然地望著。

——這下只剩脫逃一途了。

要擺脫已是讓她無比厭倦的人生，唯有脫逃一途。但她既不知道該如何逃，也不知道該逃向何處。阿梅只能無助地望著那早已遠去的男人的背影。除此之外已無法子可想。

呃！她的下腹部痛了起來。

「若在下還是單身的話——他這句話是什麼意思？」

——是腹中孩子的聲音嗎？

不。

突然，一隻強而有力的胳臂抓住了阿梅，將整個人仰面倒地的她拖回了房間。

那是她最厭惡——最痛恨的胳臂。這隻胳臂就這麼伸了過來，勒住她的脖子將她直往後拖。又粗又肥的指頭粗暴地掐住阿梅的胸襟，把她緊貼向他懷裡。五隻狼爪狂暴地搓揉著她左側的乳房。那疼痛的感覺幾乎讓全身麻痺。

「妳這個臭婊子！這下終於露出真面目了！」

渾身酒臭。活像畜牲的體臭。浮著油光的野獸鼻尖緊緊貼著她的頸子，教她噁心地渾身發麻。

「大——大爺！」

又厚又粗糙的舌尖在她頸子上舔來舔去。溫熱的唾液、咬著耳根的牙齒、喘氣，阿梅耳邊還聽到一個粗鄙的聲音說：

「有空請務必再來——。真是教人作嘔啊。害得老子肚子都快痛死了。」

「大——大爺沒睡著嗎？」

這還用說——喜兵衛怒吼道，並使勁把阿梅推倒在榻榻米上。

「你以為我喜兵衛喝那麼點酒就會醉嗎？去你媽的。我一開始就打定主意裝睡，好聽聽你們倆會講些什麼話、偷些什麼情。妳竟然這麼容易就上當了！」

「大——大爺說什麼？」

果然不出我所料呀阿梅——喜兵衛一腳踩上阿梅的右手指，使勁踐踏。

「迷上他了吧？」

「大、大爺怎麼說這種話？」

妳明明就是迷上他了、迷上他了——隨著陣陣咒罵聲，阿梅只覺得眼前發黑，此時又是一陣激痛。

喜兵衛正使勁踢著她的肩口。

「小女子沒有——小女子沒有——」

喜兵衛撩起衣擺在阿梅眼前蹲下，以沙啞的嗓音說道：

「妳這就叫發悶騷吧。畢竟妳也不是個小姑娘了。妳給我聽好，即使妳說沒有，但妳那些動作分明就是迷上了野男人。肚子裡懷了我的骨肉，還迷上年輕男人，妳還真是個蕩婦呀——」

喜兵衛拿起餐桌上的酒瓶，將剩下的酒朝阿梅頸子上澆。

滋——冰涼的液體像一條線，從阿梅的胸襟沿胸脯流了下去。

「大——大爺——」

妳是喜歡上伊右衛門了吧？怎樣？妳是喜歡他那張小白臉吧？妳想被他那雙胳臂給抱在懷裡吧？是不是呀？如果妳真的喜歡他，就給我直說！不敢說嗎？」

妳這個臭婊子——喜兵衛再度發出怒吼，並使勁將酒瓶往阿梅肚子上砸。

阿梅已經發不出哀號。她已經連站起來的力氣都沒有了。

喜兵衛緊握住她的下巴。阿梅的臉被使勁扭了過去，正對著那張她完全不想看到的狒狒臉。

「喏，阿梅呀——」

喜兵衛醜陋地歪著雙唇說道。看他這表情，想必是在笑吧。

「若妳真敢承認妳喜歡他——我喜兵衛——也不是不能考慮。」

阿梅聽不懂他這話的含意，只覺得狼狽不堪。喜兵衛語氣輕蔑地繼續說道：

「但話說回來，人家也是有婦之夫——這點妳難道沒想到嗎？」

「這——」

「妳應該也知道，伊右衛門他老婆是個教人不敢多看一眼的醜八怪。」

「可是——他不是……」

——很喜歡他的妻子嗎？

「他不過是做做表面工夫，說些中聽的話罷了，根本都是唬人的。伊右衛門不過是人家的婿養子，過的還是窮光蛋的日子。加上老婆又長得那副德行，脾氣還十分暴躁。即便是哪個正人君子，想必也撐不過三天。即便伊右衛門原本有什麼企圖，願意忍受一切，他老婆想必也會受不了吧？總之，我不知道他們倆為什麼還能在一起，但應該是撐不了多久。沒有哪個男人能忍受這種狀況。任誰都不可能——」

喜兵衛緩緩地從阿梅身上移開視線，刻薄地說道：

「他裝模作樣地發誓——他老婆並沒有錯。表面一派正人君子，胡說八道卻不臉紅。哪有男人會喜歡上那個阿岩？等著看我拆穿他的把戲吧！」

——他已經瘋了。

看著喜兵衛恍惚的眼神，阿梅嚇得渾身起了雞皮疙瘩。

此時的他已是很不尋常了。喜兵衛再度瞪著阿梅，毆打起她並咆哮道——妳說！妳是不是喜歡上了伊右衛門？——妳說啊，快說我喜歡他，請您成全我們倆——。

在被踢、挨打、被凌虐的當頭，阿梅想到喜兵衛這個傢伙根本不知道什麼叫一見鍾情、什麼叫喜歡、什麼叫愛慕，喜兵衛毫不具備這類感情，也從沒發過慈悲、同情過、或幫助過任何人。而且這麼一個喜兵衛，對這類他所無法理解的一切還是怨恨不已，非得摧毀這一切心裡方能平衡。換言之，伊東喜兵衛這個傢伙是個如假包換的厲鬼。

阿梅全身瘀傷，接下來又慘遭喜兵衛姦淫。

途中她屢次感到噁心，吐了好幾次。

眼裡只看到廳堂裡的幾片紅葉。

翌日起，伊右衛門幾乎天天都被喜兵衛召進官邸。

每天當完差，這位不苟言笑的哥哥就規規矩矩地來到宅邸，修繕櫥櫃地板，宛如僕人般被使喚。沒當差的日子則是一早就被召來。一有酒宴，喜兵衛也會召他來同歡。總之，不管喜兵衛命令他做什麼，伊右衛門都是沒有半句怨言地悉數照辦。阿梅實在猜不透喜兵衛骨子裡在打什麼主意。另一方面，阿梅還是被軟禁在別屋內，受到嚴密監視，即使有時伊右衛門來到她身旁，仍然因為喜兵衛那無所不在的監視而不敢與其交談。這一切想必都是喜兵衛所設的陷阱。阿梅只能遠遠旁觀。不，喜兵衛一定是故意召伊右衛門來，好讓阿梅遠遠地看看他。

他這麼做的原因是——阿梅的確已經喜歡上了伊右衛門。只要伊右衛門還會出現，阿梅就不會有尋死的念頭。只要能遠遠看到他，阿梅就會感到心安。看到自己如此容易就落入了喜兵衛的陷阱，阿梅真巴不得嘲笑自己不中用。

另一方面，她對伊右衛門也是擔心不已。

不只是阿梅猜不透喜兵衛到底在玩什麼把戲，伊右衛門顯然也掉進了他的陷阱。或許就是因為這樣的緣故，阿梅覺得伊右衛門一天比一天消瘦，愈來愈虛弱。雖然不知道是什麼原因，但她認為伊右衛門應該不只是疲憊而已。

就這樣過了一個月左右。

某日，喜兵衛舉行了一場酒宴，列席的包括堰口、秋山兩個嘍囉以及伊右衛門。阿梅也被召進了主屋。

雖然懷疑其中有詐，但阿梅也無法拒絕，只好整理儀容，將頭髮梳整齊，甚至還抹了朱紅。在妝扮時，阿梅不禁想起了自己兒時的模樣。打扮完畢的阿梅一走進大廳，秋山馬上大聲說道：

「哎喲，阿梅夫人，今天如此盛裝，可是九重梅花搭配立田紅葉，真是漂亮哪。果然是伊東大爺的心肝寶貝。您這麼漂亮，也難怪伊東大爺不想讓別人看到。花愈是漂亮，可是愈不能讓蟲兒給沾上的呀。」

秋山說了一堆不知該說是讚美還是廢話的話。阿梅斟酒時才想到，秋山這番話其實是說給伊右衛門聽的，好當作阿梅為何被軟禁在別屋裡的解釋。

阿梅則望向伊右衛門。

只見他一臉鬍渣。鬢毛顏色無光，臉頰上也有瘀傷。

他的雙眼無神，甚至有了黑眼圈。皮膚也是毫無光澤。

喜兵衛看看伊右衛門，語帶揶揄地說道：

「伊右衛門——你說你家裡內內外外都很平安，很多事都多虧你老婆幫忙，只是很可惜，我們還沒有機會見過夫人。不知道阿岩她現在身體好嗎？自從上回聽你提起過後——你們倆的情況是如何了？」

聞言，伊右衛門抿緊了嘴。

「不便回答嗎？是不是像你之前所說的，雙方都誠心認真持家，以圖感情和睦？」

伊右衛門低下頭回答——對不住，讓大爺失望了。

阿梅大吃一驚。

「怎麼了?用不著道歉吧?喏，伊右衛門，哪天不必當差時，把阿岩夫人帶來讓我們看看。我還真想和她聊又左衛門的往事，以及——阿梅的事。」

伊右衛門沒有回答。怎麼啦，民谷?——堰口起鬨道。

「是不是老婆太漂亮，不想讓他人瞧見?這麼一說，我才想起已經好久沒瞧見她啦。」果然是怕老婆被別人勾搭吧?——秋山也插科打諢道。伊右衛門苦笑著回答:

「謝謝各位的熱情與好意。其實在下早就想帶內人來見見各位了。」

「那為何至今仍不帶來?」

「問題是——她現在的情況，不太適合拋頭露面。」

有這種事?——喜兵衛嗤之以鼻地笑著說道。

「俗話說，從門面便瞧見一棟寺院有多尊貴。然而，內人是——連想法都變得和長相一樣古怪難看——在下雖然已經看破，但恐怕還是很難帶她出門見人——」

「是嗎?聽來她真的是——碰到了什麼不幸?」

「事實上，內人並不希望在下在貴府出入，看到伊東大爺賞給在下的酬勞與禮物，她也反而不高興，說既然要兼差，為什麼不到別處，偏偏到組內上司處。」

「這是什麼意思?」

「內人認為，不論上司私下以何種形式給的酬勞都不可收。」

「那是你幹活的報酬，可是正當的報酬呀。」

「她說既然要盡忠職守，為上司幹活就不該收取任何銀兩或獎賞。」

「那我不賞你酬勞不就成了？」

「可是，這樣在下將無法維持生計。」

此時堰口插嘴說道：

「你的腦袋還真是硬梆梆的呀。不過話說回來，民谷呀，你也真是太丟人的臉了。女人要是嘮嘮叨叨，你乾脆賞她一巴掌，打得她乖乖聽話不就得了？」

「若是如此，可就換成你老兄挨打了。那可不好看哪。」

「但在下已經向伊東大爺承諾決不毆妻。」

堰口揶揄道。伊右衛門依然沉默不語，默默忍受著他的嘲諷。

這還了得？我看你乾脆把這個老婆給休了，趕出門去吧！——秋山也起鬨道。

「俗話說，男人只要小有家產，千萬不要入贅。你即便入贅民谷家，遇到的既然是這種老婆，也不必和她共處到今天了。入贅都得仰人鼻息，加上你老婆人長得醜，脾氣又凶悍，你不覺得自己很可憐嗎？恐怕只敢偷偷掉眼淚吧？對不對，民谷？」

伊右衛門對堰口惡毒的責備沒有駁斥半句，但也沒有表示同意，或者隨堰口一起痛罵自己的老婆，反而是因老婆被人說壞話，而露出極度哀傷的表情。

阿梅也完全看不透伊右衛門心裡在想什麼。不過阿梅心想——畢竟自己直到不久前還只是個孩子，也許不了解這類事也是理所當然。

此時伊右衛門終於開口了：

「在下對內人——沒有任何怨恨。唯一可惜的是，入贅民谷家後終日辛勤工作、謹言慎行，簡直和出家差不多，內人卻無法了解在下如此苦心，真是教在下痛苦萬分——能上這兒小酌一番，可說是教在下朝思暮想、支持在下才活下去的唯一樂趣。」

果然如此，看來街坊流言並非空穴來風。只不過，伊右衛門對惡妻的態度和一般人想的不同。喜兵衛似乎對他這番話很滿意，點頭說道：

「既然如此，伊右衛門，正如我以前所說的，我會把你當親人照顧。若你說的屬實，你們夫妻想必是生不出子嗣了。但成家的目的就是生兒育女吧？沒有子嗣，一個家有何意義？而且，如此一來，民谷家將無法繼續任公職，這可是至為不忠的。反正岳父母已不在人世，你又何必怕誰？把阿岩休了吧，讓我幫你安排個你中意的女人。」

「這——」

伊右衛門整張臉緊繃了起來。

「——承蒙您如此關心——可是——在下已入贅為人婿——」

「當然，智者必先有謀略方能成事。如果你想擺脫這個愛嘮叨的老婆，那還不容易？就包在我身上吧。」

伊右衛門露出了難以形容的為難神色。

伊東大爺，這——怎麼了!?這麼做不是很好嗎？我可不會害你——兩人數度你來我往。

伊右衛門表情消沉了下來，抬起頭來首度望向阿梅。看來喜兵衛似乎也拿伊右衛門的頑固沒輒了，便說道：

「既然如此，伊右衛門，這個主意如何？咱們來演一齣戲，讓阿岩了解你真正的想法。若能讓她了解，你的日子可能就會好過些了。」

喜兵衛提出如此建議。但伊右衛門不置可否，這個話題似乎也就不了了之。這下喜兵衛以渾濁的雙眼望向阿梅，不悅地吐出一句——給我退下！不敢抗命的阿梅立刻站了起來。走到屋簷下時，她突然感到一陣暈眩，頓時整個人就往地上倒。喜兵衛一定又在耍什麼詭計。喜兵衛一定又在耍什麼詭計。喜兵衛他……

阿梅的下腹痛了起來。

陣陣刺痛。

接下來的一個月裡，伊右衛門不曾造訪伊東家。

據說他奉派赴八王子支援當地捕吏。

喜兵衛也多半不在家。他則是奉派到色里當差。

然後——。

在一個農曆十二月的陰冷午後，那女人來了。

阿梅從別屋紙門縫隙窺探那女人的長相。

每個人都——詆毀她，嗤笑她長得醜、脾氣暴躁、對丈夫凶。

她就是民谷——岩。

民谷夫人到——聽到庭院中響起小廝急促的吆喝聲，阿梅立刻來到紙門後方凝神注視。她看到了這位端坐在廳堂裡的武士之妻的右半身。

——她哪裡醜？

毅然端坐面對喜兵衛的她打扮雖樸素，但再怎麼看，都覺得她不可能是個教人不忍足睹的醜八怪，反而洋溢著一種凜然之美。這就怪了，為什麼大家都說她是個醜女？阿梅左思右想，就是不得其解。這個月來，她已經對這位未曾謀面的姊姊——伊右衛門死心塌地地袒護的女人——的相貌做過各種想像，但想來想去，就是無法想像得夠具體，著實教阿梅煩悶不已。她難道是個龐然大物？或者像竹馬女、蛇女、女角力（註2）什麼的？阿梅想像所及的幾乎都是逢節慶時展出的見世物小屋（註3），這類女人雖然不美，但也不至於醜到令人不忍卒睹的地步。此時隔著庭院遠遠望見的阿岩——也就是她姊姊，當然一點也不醜，甚至可說是美得教人瞠目咋舌。只聽到她這個姊姊以宏亮的嗓音向喜兵衛致意——伊東大爺，小女子乃民谷伊右衛門之妻阿岩。

這下阿梅鬆了一口氣。如果阿岩的長相真如傳說般醜陋，對一個醜女總是無法忘懷的伊右衛門可就超越了阿梅所能理解的範圍了。阿岩她生得實在是相當標緻。

雖然看不清喜兵衛的臉，但還是聽得到他低沉的嗓音說道：

「歡迎光臨。又左衛門過世至今，轉眼已過了四個月。我進入組內服務至今也即將屆滿七年。雖然組內新人伊右衛門已數度來訪，但妳還是第一次來。妳就別客氣，放輕鬆些吧。」

阿岩默默地行禮答謝。

「快別這麼客氣了。妳看來比傳言中要年輕許多，病似乎也已痊癒。看了真是教人高興。希望妳今後也能常來這兒坐坐。」

「多謝大爺的——好意。」

為何一副不悅表情？妳是不是擔心獨自跑來見沒有老婆的我，會招伊右衛門嫉妒動怒？——喜兵衛挑撥似地問道。阿岩則回答——伊東大爺請快別揶揄小女子了。大爺也看到了，小女子這張臉絕不可能招惹任何嫉妒。

聽她的語氣，彷彿是承認自己長得醜？

阿梅感到困惑不已，不禁更定睛窺視、豎耳傾聽。

「不過阿岩夫人，過去我可是一度想迎娶妳入門，曾一再到府上提親喲。」

「首席與力大爺來提親一事，亡父從未提起，但小女略有耳聞。不過，那畢竟——已是家父亡故前的事了。」

我可是曾被妳拒絕過好幾次呢——喜兵衛面帶笑容地說道。

「——我還真是教人嫌呀。又左衛門也是——認為把妳嫁給我不行；嫁給伊右衛門卻沒問題。我想，令尊如此賞識伊右衛門，他想必是個不錯的女婿吧。妳們倆的生活應不至於匱乏吧？」

兩人話說至此，中斷了一霎那。

「伊東大爺，亡父婉拒您的提親，沒有其他用意。按規定，與力和同心乃至於所有同僚均不可結親。更何況小女子是長女，一出嫁家脈就將斷絕。」

這我了解，我了解——喜兵衛再度笑了起來。

看他為分明不滑稽的事發噱，證明其中必有詐。

接著喜兵衛唐突地中斷笑聲，以陰冷的語氣說道：

「阿岩夫人，今天請妳過來，並不是要談我的事，而是要談妳的夫婿伊右衛門的事。」

「請問是外子為大爺做事犯了什麼差錯嗎？」

「倒也不是。阿岩夫人，主要是伊右衛門完全不肯向我敘述貴府的狀況。」

畢竟是家中私事，即便大爺再關心，我們恐怕也很難——阿岩回以一個和丈夫同樣的回答。

「這我完全了解。只不過，今天妳既然來了，就坦白告訴我吧。伊右衛門是個好丈夫嗎？還有，妳們生活是否有任何匱乏？妳們倆之間是否有任何不滿？」

「不滿是沒有。即使有，也不便告知。」

「是嗎？可是，伊右衛門曾坦承妳們夫妻常鬧嫌隙。不過他說，一切都是他的錯。」

他說的沒錯。伊右衛門確實曾如此說過。

這下阿岩低下了頭，整個身子緊繃了起來。她似乎想說什麼卻又欲言又止。

「外子曾如此說過嗎？——他就是這麼一個老實人。即便是事實，他難道不懂得此事傳出去將有辱家名嗎？如果在與力地爺面前——責罵妻子不盡本分倒也還好，反而在外人面前批判身為一家之主的自己，不知外子到底在想什麼——」

阿岩這番話聽來像是對夫婿的責備——但也像似褒獎。

伊右衛門的為人正如她所說的，同樣教阿梅無法理解。

喜兵衛還是強裝親切地說道：

「阿岩夫人，其實我擔任首席與力這七年來，也並非一路順暢。就我所知，民谷家的財務一向窘迫，不僅沒有僕人下女，家財也已悉數散盡，幾已貧困到了三餐不濟的地步。雖然上一代留下的負債尚算輕微，但僅靠微薄俸祿過活，妳們倆的日子——」

「說來慚愧，大爺所言悉數屬實。不過，這一切都是小女子阿岩持家無方所致。」

「既然如此，那我倒要問妳。若真如妳所言，伊右衛門又為何要袒護妳？」

「這個——」

「妳說是不是？另外，阿岩夫人，最近伊右衛門可有天天歸宅？」

「打從上個月起——就沒有回來了。他說是臨時被調去協助逮捕罪犯。」

「那是騙妳的。」

「騙我的——？」

「身為其上司，我哪可能不知道自己的下屬在做些什麼？恐怕是因為他在赤坂包養女人吧。」

「在赤坂——包養女人？」

「據傳伊右衛門特別偏愛比丘尼（註4），他包養一個和他相識的比丘尼，成天在她住處過夜。這件事咱們組內無人不知。他這陣子差也幹得很馬虎。」

這怎麼可能!?——阿梅近乎按捺不住，差點喊出聲來。阿岩則是以怪異的語調說道——這誠然教小女子無法相信。內子只表示每天都在忙您修繕宅邸。喜兵衛誇張地揮手胡謅道——那也是騙妳的，他一個月也不過上這兒一次。

「阿岩夫人，勸妳最好聽我解釋。根據我的一番調查，伊右衛門為人其實是表裡不一，頗好吃喝玩樂。前不久他甚至開始沉迷賭博。法律明文禁止賭博，這件事若傳進組頭耳裡，他可是要被趕出去的。」

「被趕出去？——大爺的意思是丟掉官祿嗎？」

「沒錯。妳們的住處雖是祖先代代傳下來的，但畢竟是御先手組同心官邸，如果丟了官職，就得搬出去。屆時身為女人的妳就必須追隨自己的男人。官職並非因家而設，而是因人而設，屆時妳恐怕也將自身難保。可憐呀，只因為妳生為女兒身，就只能把祖先世代傳承下來的御先手同心俸祿拱手讓人。不僅如此，我看民谷家的血脈也已面臨危急存亡之秋。看妳可能得因為良人胡作非為而被迫流落街頭，我實在不忍默不吭聲。因此雖然略嫌草率，我恐怕還是得將伊右衛門繩之以法。」

不可能——。

在赤坂包養妓女的，其實是喜兵衛自己。

至於沉迷賭博的則應該是堰口官藏吧。這從頭到尾根本都是一派謊言。

阿梅嚥下一口口水。這一切都是個惡毒的圈套。

「大爺所言——悉數屬實？——」

阿岩的嗓音和雙肩都在顫抖。

阿梅看得坐立難安，直想衝出去解釋實情。

然而。

她的下腹部又開始痛了起來。

——她……

如果真中了這個圈套……

若在下還是單身的話——

若妳真敢承認妳喜歡他——。

但話說回來，人家也是有婦之夫——。

若他還是單身的話，這句話是什麼意思——？

我喜兵衛——也不是不能考慮——。

阿梅陷入一陣恍惚。武士的規矩阿梅並不了解，但阿梅大體上知道，身為婿養子的伊右衛門不能隨便要求和妻子離異。眼前喜兵衛難道是故意說伊右衛門的壞話，讓阿岩對自己的夫婿死心？若是如此——。

——難道喜兵衛真的打算幫我撮合？

喜兵衛以難得一見的溫柔嗓音說道：

「雖然今日是初次和妳見面，但畢竟過去曾向妳提過親，也算有幾分緣分，和已故的又左衛門也頗熟識，我當然會關照妳。所以，阿岩夫人，妳就試著勸勸伊右衛門別再繼續沉迷於賭博和他包養的比丘尼吧。我不在乎伊右衛門將會如何，但至少很關心妳的將來。只是，身為伊右衛門的上司，我若給妳建議只會得罪他而已。像這種內親才有資格提出的抗議，只有身為妻子的妳能做吧。」

「這——不必了。」

阿岩毅然決然地回道。

「不必了？理由為何？」

「我的抗議是不會有任何作用的。」

「伊右衛門真的已經放浪到這種地步？」

「不——並非如此。」

說到此，阿岩便閉上了嘴，低下了頭。

接著她又像想起了什麼似的，抬起頭來說道：

「伊東大爺，您對寒舍內的情況瞭若指掌，連小女子都不知道的事您都知道，對小女子又是如此關心，讓小女子深感羞恥。外子伊右衛門原本是個正直的好夫婿，若他果真沈迷於女色與賭博，這絕對都該怪小女子不德——」

「該怪妳？」

「——是的。」

阿岩的語氣依然堅決，但已經開始略帶啜泣——這阿梅聽得出來。

「小女子脾氣壞又好辯，是個完全不具備社稷所認定之婦德的廢物，天生不懂得照顧關愛他人，太愛講道理而不通義理人情，是個不懂得該如何與他人相處的無用女人——」

即便身處別屋——阿岩這番真情流露也教阿梅倍感沉重。

阿岩繼續說道：

「不論是就當個夫婿或同心而言，外子伊右衛門原本都很稱職。然而，和我生活，他卻無法發揮原有的長才——反而還得受理應支持夫婿的小女子指責，外子當然會感到難堪。有小女子這種惡妻，也不難看出外子伊右衛門有多懊惱，過去也曾擔心，自己會不會變成外子的負擔。但想想，有道是江山易改、本性難移，即使想對丈夫撒嬌，出口卻仍是一頓咒罵，試圖自戒卻也改不過來。內心的焦躁反而讓小女子逼得外子更為難受。想必外子伊右衛門也會覺得備受煎熬吧。外子開始涉及原本從不沾染的女色及賭博，想必也是為了擺脫這類煩惱吧？」

阿梅——還是無法理解。這對夫妻之間的關係遠超出她的理解能力所及。

看樣子，阿岩並不討厭伊右衛門。伊右衛門也頗憐愛阿岩。儘管如此，他們倆為何還是無法和睦相處？阿岩對伊右衛門屢發脾氣，伊右衛門則是一再忍讓，這樣的忍讓讓阿岩得寸進尺，更是把伊右衛門逼到耐性邊緣，而阿岩自己也——。

——為什麼要如此悲哀？

喜兵衛沉默不語。阿梅猜想可能是因為阿岩的回答太出乎他意料之外吧。喜兵衛一定認為——聽他說了這番話，阿岩理應會既嫉妒又憤怒才對。

這個惡毒的策士經過一番思考，終於開口說道：

「然而——若伊右衛門如此胡作非為果真是妳所造成，能阻止他的法子只有一個。那就是妳離開伊右衛門。妳們夫妻若離異，他應該就能改過向善、重新做人——」

「小女子也有同感。」

「不過——阿岩，這麼做還是不能徹底解決問題。伊右衛門若離開貴府，民谷家就沒有男人，沒有男人繼續當差，妳也會被迫搬離宅邸。但話說回來，這問題若放任不理，只怕再過不久就會傳進組頭耳裡，屆時若怪罪下來，妳還是一樣得流落街頭。即使咱們先下手為強，向組頭提出控訴，要解決此事恐怕仍是困難重重。組頭甚至可能認為伊右衛門的亂行是妳所造成的，結果放過伊右衛門，只找妳算帳。」

「畢竟一切的錯都是小女子自己造成的。小女子阿岩不會眷戀那棟官邸的。」

「妳的意思是？」

「小女子早有覺悟。上個月與外子爭吵過後，小女子就曾取出剃刀欲自戕。都已經做到這地步了，官邸被收回對小女子來說根本不算什麼。反正小女子阿岩不過是個絆腳石，只會妨礙外子出人頭地。身為人妻，為了外子著想，小女子唯一能做的就是自我了斷。但小女子做不到。因為我倆才成結婚不久，妻子若自戕，夫婿也沒辦法過得安穩，屆時民谷伊右衛門將會成為眾人笑柄。而且，小女子也想過——自我了斷並不合大義忠節。」

——她也曾——考慮過——要自殺？

不過，和阿岩情況不同，阿梅當初想尋死是因為自己太痛苦，最後卻因擔心牽累他人而打消念頭。

阿岩則是為了保護夫婿而打算自戕，但為一己之信念所牽絆。

喜兵衛橫躺了下來，整個身子倚在靠臂上。

連阿梅都看得出他露出了嫌惡的表情。

這下阿岩朝喜兵衛開口說道——伊東大爺，並迅速地將雙手撐在榻榻米上，恭敬地行了個禮。

「伊東大爺的關心讓小女子感激萬分。若小女子依然猶豫不決，恐怕將添大爺麻煩。因此——在此想請教大爺您一個問題，不知能否勞煩大爺回答？」

「當——當然可以。」

「大爺方才說，官職並非因家而設，而是因人而設，是吧？」

「確實如此。」

「既然如此，外子伊右衛門若不再胡作非為，並能認真當差，即使他放棄民谷恢復舊姓境野，是否還能繼續擔任御先手組同心？」

「這——毋需擔心。若只是改姓氏——並呈報獲得批准的話。」

「那麼，我們倆目前居住的宅邸呢？」

「就會變成境野伊右衛門的宅邸。」

若是如此——阿岩說道：

「若是如此——小女子就和伊右衛門離異——小女子將搬出家門。」

「阿、阿岩夫人，妳瘋了嗎？」

「不，小女子並沒有瘋。當然——許多街坊都傳言小女子瘋了。話說回來，和一個既醜陋又暴躁的妻子離異，也將不至傷及外子伊右衛門。伊東大爺，此事可否麻煩大爺代小女疏通組頭？外子伊右衛門是個新手，輩分低，又是個無權發言的婿養子，很難自己開口。大爺和組頭如此熟識，因此——」

「這是很簡單——不過，這安排妳自己真能接受？難道不會後悔？」

「絕不後悔。小女子離去後，只要外子伊右衛門過得平順，小女子就心滿意足了。小女子求去後，伊右衛門想必就會清醒過來，戮力從公。而與力大爺，也請大爺繼續照顧外子。若大爺能做到這點。小女子阿岩就了無遺憾了。」

「那妳——日後有何打算？」

「就找份差事吧。」

「民谷——家的血脈呢？」

「不管人到哪裡，小女子都是民谷岩。只要小女子還活著，民谷家就不會斷後。」

話畢阿岩端正了坐姿。喜兵衛則露出一副十分不悅的表情。

「這件事，要通知伊右衛門嗎？」

「就通知吧。良人一不在家，便在光天化日之下出門，小女子如此行徑，被斥為不義也是理所當然。」

「被斥為不義——？」

喜兵衛的神情益形不悅，不過內心正在竊笑。喜兵衛就是這種人。

另一方面，阿梅看得情緒激動了起來。沒想到會出現這樣的結局。阿岩這個女人——實在教阿梅難以理解。

此時，阿岩突然轉過頭來，望向阿梅。兩人四目相對。

阿梅——背脊發涼。阿岩左半邊的臉——。

這個讓伊右衛門鍾情不已的女人，相貌竟然是這般——。怎麼會如此？

醜女阿岩用那張扭曲的臉，哀傷地回望著阿梅。

註1：日式料理數層相疊的漆器食皿。

註2：江戶時代從事當時為猥褻表演的女子相撲的女人。

註3：馬戲團等巡迴雜耍的戲班子裡附設的展示區，一般展出各種身懷絕技的表演者或各類畸形人等。

註4：普通指尼姑，但此處指的是江戶時代做尼姑打扮的下級娼婦。

直助權兵衛

直助在滂沱大雨中狂奔。

也不知道他要趕去哪兒。脂汗摻雜著沿著額頭流下的雨水流入了眼中。眼前視野幾乎是一片模糊。泥濘的道路讓他摔倒、滑倒了好幾次，弄得一身都是泥巴。原本整齊的元結與切髮也散了開來，他已經分不清是泥巴被雨水沖刷流下，還是皮膚在暗夜中融解，甚至連他自己的塊頭有多大，以及自己是誰都弄不清楚了，但直助還是不停地往前跑。

現在，直助只知道——不斷地往前跑。

他感覺——只要停下腳步，自己就會變成雨水，變成泥巴，變成夜晚。

他頭也不回。

來了、來了、來了。一群提著御用燈籠的捕吏追來了。只聽到他們揮舞六尺棒、指叉（註1）以及大八等武器的嘶嘶作響聲，以及有如千軍萬馬的腳步聲，一面吆喝他站住的怒吼。懾人的氣勢不斷從背後洶湧襲來。

那是雨聲。那是風聲。那是夜之聲。不消說，那不過是他的幻想。根本沒有捕吏在追捕他——但直助即使回頭，也無法確認後頭是否真無追兵。

因此，他沒再回頭。

遠遠傳來陣陣雷聲。

這時直助的腳尖突然被絆到，他整個人往前傾，滑落泥水中。

啪答！在聽到這陣奇妙聲音的剎那，停止前進。此時直助已經不再是直助了。

直助——已經化為泥水。

過了許久，直助才回過神來。

因為他的五感已經麻痺。

最初恢復的是觸覺。身子浸在水面下和水面上的部份分別感覺到的溫差，喚醒了直助原有的敏銳直覺。接下來，耳邊嘩啦嘩啦的水聲讓他恢復了聽覺。最後是遠處刷——刷——刷的轟然雨聲，兩種聲音的遠近對比，讓直助重新感覺到身旁的空間有多大。直助這才察覺自己與周遭的關係。

直助半個身子浸在水中，橫躺在地上。

他緩緩睜開眼睛。什麼也看不見。又轉過身來。

皎皎月光映照著他。

——真冷。冷得好。

他心想。他將注意力轉移到指頭上，彎了指頭兩三次，指頭上只有泥巴，並沒拿著任何東西。指頭僵硬得扳不開，原本即使有再搖晃或受到再大撞擊，那東西都沒脫離過他的右手。是在哪裡掉了？他完全不記得。

——應該不會太遠吧。

那把匕首。非得把它找回來不可。

直助坐起身來。他坐在一個水深不及臀部一半的淺灘中，周圍長著蘆草，感覺這兒似乎是條小河。此時雨完全停了，抬頭一看，只見天上盡是閃閃發亮的夏日星斗。方才躺在地上時分明沒看到這些星星的，難道是被月光給蓋過了？一站起來，他才發現原因，原來是兩岸茂密的巨木陰影遮蔽了直助頭頂上的視野，僅有月光能穿透枝葉間灑落。

直助站了起來。

匕首就插在方才自己滑落的土堤上。大概是一時情急鬆了手吧。若當時沒放手，只怕那匕首已刺進了直助的胸口。直助撕掉溼漉漉的袖子，層層裹了起來，小心翼翼地塞入懷中。

——這是什麼地方？

他環視四周，左右盡是同樣的陰鬱景色。

——現在是什麼時辰？

他再度抬頭仰望。依月亮的高度判斷，已經過了子時了吧。

——該怎麼辦？

直助無計可施，只能呆立在淺灘中。

流水潺潺。

哇——哇——。

直助僵住。

水聲裡似乎夾雜著什麼聲音。是多心了嗎？

哇——哇——。

——娃兒？

是娃兒的哭聲嗎？

——不——是紅冠水雞的叫聲吧？

傳說水鳥會發出類似嬰兒的哭聲。真是教人毛骨悚然。雖是個悶熱的夏夜，但站在溼漉漉的河水中，還是教人覺得冰冷。直助撥下黏在脖子上的水草。水草纏到了手上，他只得揮手將之甩開。這時只聽到啪答一聲，水面一陣晃動。

——是鬼火？

在蘆葦的影子裡，他看到了隱隱約約、朦朦朧朧地閃爍著的火光。

哇——哇——。不對，那不是水鳥。直助右手伸進懷中，緊握匕首。

——那是什麼？

他看到了一個不可思議的景象。

黑暗的河面上，漂蕩著一艘船頭掛著燈籠的小舟。

船上蹲著一個腋窩下夾著釣竿的武士。

那武士似乎抱著一個不斷哇哇哭喊的東西。

他抱的是一個娃兒！在如此連草木皆已沈睡的深夜，一艘漂蕩在這條人跡罕至的溪中的小舟上——。

怎麼看都不像是人間應有的景象。難道是妖怪？

小舟緩緩漂流到直助眼前。

那娃兒依然在號啕大哭。看似一團黑影的武士發現了直助，抬起了頭來。直助雖然恐懼不已，但不知怎的也沒因此喪膽，只是心想——這是否就是人稱產女（**註2**）的妖怪？

武士警戒了起來。小船緩緩搖晃。在一瞬間，月光照亮了這個妖怪的臉。

——這張臉是……

武士低聲說道：

「來者何人？為何如此時辰還在此鬼鬼祟祟？若是魑魅魍魎，立刻給我退去。若是死靈亡者，趕快投胎轉世。我與你無冤無仇。絕不會怕你——」

「大——」

直助從懷中抽出手，走進了河裡。

「大爺。是伊右衛門大爺嗎？是我，直助呀。」

「直助——你是直助？」

直助涉水前進，走到了小舟旁。

「果然是大爺。大爺——不認得我啦？瞧大爺從頭到腳都變了個樣。而且——」

「我才正打算要這麼說呢。直助——你真的是直助？——你為何變成這副模樣？為何如此狼狽？看你活像個畫裡的水虎舟亡者（註3）。」

他們倆——看起來可說是半斤八兩，不，還是直助的模樣來得更古怪吧。「你這陣子是上哪兒去了？竟然在自己妹妹守靈當晚莫名其妙地失蹤，真是放肆——哎，算了。別再站在河裡。上來吧。」

抱著娃兒的武士——伊右衛門困惑地皺著眉頭說道。直助猶豫了一霎那，接著便爬上了船。反正想必難以爬出泥濘的土堤，放眼所及似乎也沒什麼可供上岸的地方。伊右衛門原本想繼續問下去，但被直助搶先了一步——這是什麼地方呀？——。伊右衛門則回答——這兒叫隱坊堀。

那就是深川岩井橋附近囉？他直覺自己跑了很久，沒想到並沒跑多遠。

娃兒仍在哭。伊右衛門默默地搖晃著他，臉上不帶一絲笑容地哄著這娃兒。

直助一面擰乾衣擺，一臉訝異地望著抱著娃兒的伊右衛門。

「大爺——這是——」

「我的孩子。今年春天出生的。」

大爺的孩子？——直助愣住了。過了好一會兒才回過神來說道——恭喜大爺。

大爺是不是當上官了？也成家了？直助問道。但伊右衛門沒有回答，反而反問他——你可曾見過宅悅與又市？直助坦白回答——阿袖過世後，就不曾見過他們倆。伊右衛門說道——那已經有一年了吧。

「直助，能不能幫我搖櫓？我抱著這孩子，沒辦法雙手齊用。」

「這是可以——只是大爺上這兒來到底是為了……」

「你也看到了。我是來夜釣的。」

「帶著孩子出來——釣魚？」

「嗯。」

「大爺不怕危險？」

一點也不危險——伊右衛門說道。

「這孩子很會睡。一睡著都會睡個一兩刻鐘，所以並不會妨礙我釣魚。所謂白河夜船（註4），想必小船搖晃也讓這孩子很舒服吧，比起在教人難以安眠的家中，他在這兒反而睡得更熟呢。直到不久前這孩子都還在睡，這下可能是想喝奶了吧。在我抱著這孩子的當兒，小船就隨波逐流到了此處。」

伊右衛門瞇起雙眼看著娃兒說道——她叫阿染。是個女娃兒。

「倒是，你都在做什麼？我成家之後，和又市他們也失去了聯繫，我原本還認為他們倆應該會回來找我的。但是西田大爺他——」

「西田？——大爺也認識尾扇？」

「是在你失蹤之後認識的。他打以前起便常為內人把脈，因此——」

「是——是嗎？」

直助渾身冒起一陣冷汗。但幸好全身溼漉漉的，教人看不大出來。

「大家在說，你打從失蹤後至今都不曾回去。想到你在妹妹生前是如此照顧她，我還暗自擔心你是不是也隨她去尋短了——直助，看你這狼狽相——該不會是跳水尋死不成吧？」

「並非如此。」

「那你為何變得這副德行？」

「這件事——我不能說。在娃兒面前——不能說。」

「這孩子尚未滿一歲，還在喝奶呢。有什麼好怕的？」

「所以我才——更怕。」

嘰——嘰——嘰——只聽到陣陣搖櫓聲，以及風吹過河面的沙沙聲響。

「我真是不懂。」

「大爺——我……」

嘰——嘰——嘰——。哇——哇——，娃兒哭了起來。

「我今晚，用這雙——這雙正在搖櫓的手——」

直助的五體瞬間恢復了感覺。他手腳顫抖，視野朦朧，耳中傳來陣陣耳鳴。

最後。

他下定了決心說道：

「殺——殺了人了。」

「什麼？——」

伊右衛門閉上了嘴。娃兒也停止哭泣。嘰——嘰——嘰——此時只聽得到直助搖著櫓的聲響。

「我殺了人，一路逃了過來。不小心滑了一跤——才碰巧被大爺救了上來。大爺，你這船要划到哪兒去？我是個殺人兇手，而大爺是個武士。雖不知大爺目前是在哪家君主門下任職，但堂堂武士可不能和殺人兇手混在一塊兒。所以，待船一靠岸，大爺最好裝作未曾遇見我。當然，也請別到官府報案。我還有些事沒辦完——」

伊右衛門神情變得嚴肅了起來。直助非常了解伊右衛門是個什麼樣的人。伊右衛門對違法亂紀恨之入骨，即使如此懇求，他或許也不會放自己一馬。不過……

這麼一來，想必也只能覺悟了——直助心想。不大可能一切都能依他的計畫進行，因此打一開始，直助就有了可能會在哪個環節受挫的覺悟，可說是已經死了半條心。在此巧遇伊右衛門，只能算是直助的運氣不佳吧。

不過，伊右衛門的反應卻出乎直助意料之外。

「你——殺了誰？」

「大爺為何要——如此問？」

「直助。你平日行事並不似談吐般輕浮。因此，若你殺了哪個人，想必是和那人有什麼深仇大恨。我想——你絕不至於為錢殺人，想必不是為了滿足一己慾而闖禍吧？」

這大爺就別問了——直助說道。此事和伊右衛門無關，若是讓他知道了，反而會讓他受到牽累。

但伊右衛門還是繼續問道：

「就讓我猜猜看吧。是不是和阿袖的死有關？」

「這個嘛——」

「她的病並沒有嚴重到必須自我了斷——宅悅曾如此說過。那麼直助，你妹妹阿袖為何要尋短？難不成是——」

「這件事我不想說。也不想回想——」

「難道你殺人是——為了為阿袖——報仇？」

直助沒有回答。伊右衛門這猜測是有點對，但也算不上對。

他殺人的理由和武士報仇時的動機——畢竟是不同的。

「你殺了誰——害死阿袖的仇人是誰？」

伊右衛門窮追不捨地繼續問道。直助所殺的人是——被直助刺中腰子——刺中胸口——刺中肚子的是——。

「我殺的就是——西田尾扇。」

「什麼？——可是，如此一來，你不就成了——」

「成了弒主的——大罪人。」

噗——鮮血四迸。流下的血，流得滿地的血、脂肪。哀號。嗚咽。

原本握緊著匕首不放的指頭，這下使勁握緊了船櫓。緊得無法放開。

伊右衛門一臉沉痛，看也沒看直助一眼地說——那麼你……。

「有被哪個人看到嗎？」

直助則心不在焉地回答：

「當場是沒被人看到。不過，因為我殺的是昔日的老闆，他手下的人也都認識我，阿陸大夫也看到了我。官府應該馬上就要出來逮人了。再過不久，我要不是被投獄，就是被處磔刑——因此我不能再和大爺同行。絕對不行——」

嘰、嘰、嘰。直助、直助、直助——伊右衛門說道：

「直助，你方才說還有些事沒辦完，要我放你一馬。你所謂有事還沒辦完，難道是還有其他仇得報？——由於仇人不只一個，在將仇人悉數解決之前，你絕不能被捕——可是這個意思？」

嘰。嘰。嘰。

「若真是如此——那又怎樣？」

直助開始思索起來。伊右衛門是個一板一眼的人，絕不可能放任他這麼幹下去，尤其是知道直助仍將再犯——。

——他不會放我一馬吧？

嘰。嘰。嘰。但是……

「確實誠如大爺所猜測的，我還有其他仇得報。在我這顆腦袋被吊上三尺高之前，打算殺一個算一個。我並不膽小，完全沒有能逃多久就逃多久的打算。我也知道最後終將難逃一死——屆時這一切就會落幕。」

是的。直助遲早會遭到逮捕。先是被捕，然後被處刑，直助的心願就算了了。

因為——害死阿袖的就是——。這時伊右衛門喊了他一聲：

「直助！」

「什麼事？」

「你——到我家來。」

「什麼？」

「我就助你——藏身吧。」

什麼？——直助不敢相信自己的耳朵。伊右衛門的神色卻頗為沈著。

「可是，如此一來——大爺，噢，大爺是不是瘋了？」

「我沒瘋。雖然落魄，我至少也是個武士，官府是不能踏入武士官邸找人的。」

「可是大爺——」

伊右衛門背對著直助說道——沒關係，你不用擔心。不過，一待天明，我就不再包庇你了。天一亮，我就得將你送交給捕吏或哪個百姓——說完便轉頭望向直助。直助依然默默地低頭搖櫓，只看到映在漆黑河面上的皎潔月光不斷搖晃著。

「不，不行——這會給大爺添麻煩——對大爺、夫人和這孩子都——」

「你不用擔心。你只需佯裝是我家僕人，便不至於引人耳目。我原本就打算請個僕人，這下正好。反正隨便找個來歷不明的僕人，不知道會帶來什麼麻煩，若雇的是你就——」

「可是，我是個殺人兇手啊。」

伊右衛門依舊是面無表情。直助結結巴巴地問：

「大爺——大爺現在住哪兒——目前是何身分——？」

「我現在——住在四谷左門殿町的宅邸內，是個微不足道的御先手組同心。」

「什——麼？大爺說什麼？」

直助搖著櫓的手停了下來。直助原本瞇著的雙眼突然大睜，凝視著伊右衛門。

「我入贅後改姓民谷。如今叫民谷伊右衛門。」

「民——谷——那麼，那個——姓伊東的——就是大爺的——上司？」

伊東——你是指喜兵衛大爺？——伊右衛門似乎不當一回事地喃喃自語，接著便像想起什麼似的低聲問道：

「噢，直助，你也認識伊東大爺——？」

「大爺——大爺，上回那件事——」

「我也知道了。不過是最近才知道的。」

伊右衛門也知道利倉屋那件事了。是又市告訴他的嗎？還是喜兵衛自己說出來的？不，伊右衛門已改姓民谷，成了那位老同心的女婿。若是如此——。

——知道這件事也是理所當然吧。

事情是不是有點不妙？——伊右衛門說道。

「你的長相、姓名——以及身分，伊東大爺全都知道。是不是有點不妙？」

沒什麼不妙的。不，這簡直是天助我也——直助一顆心愈跳愈快。

直助尚待報復的對象——就是伊東喜兵衛一夥人。不過，伊東為人狡猾，若非找到適當時機，恐不易下手。而且，直助尚未掌握喜兵衛的同夥是哪些人。這方面還有待調查。既然如此……

能住進喜兵衛部下的同心家裡，豈不是個天外飛來的機會？

「大爺——大爺的丈人——民谷大爺，那位老人——」

那位老同心應該也認識直助。伊右衛門語氣冷淡地回答——他已經過世了。

「已經——過世了？」

這下可就更方便了。

直助緩緩讓船靠岸，手放開了船櫓，面向伊右衛門跪了下來，在船上撐出雙手，低著披頭散髮的腦袋向伊右衛門磕頭。

「大爺——不，伊右衛門大爺。容小的為過去對大爺的種種失禮鄭重道歉。這已是小的直助一生最大的心願。不知道可否請大爺——收留小的，讓小的到大爺的宅邸幹活。」

「不過，直助，既然咱們與力認識你，我那兒就不是個適合的藏身處了。伊東大爺他——每逢五、十五、二十五都會造訪我家。即便他沒來，御先手組這麼小，走來走去也會碰到他。若官府有張貼你的畫像，你恐怕馬上就會被繩之以法吧？」

「若是如此——小的自會自我了斷，絕不會給大爺帶來麻煩。」

「總之，既然你都如此懇求，不如先把整件事的前因後果道來聽聽吧？」

「這——」

這可不行。直助認為，自己正企圖謀殺與力伊東，若讓伊右衛門知道此事可就不妙了。知情還藏匿一個罪犯，可是有罪的。但若不請伊右衛門幫忙讓自己藏身，這心願恐怕就無法實現了。

「可否請大爺什麼都不問地——雇用小的？」

「只要一供你藏身，你我便屬同罪。即使如此，你還是不能讓我知道理由？」

「小的還是不能說。小的早就想清楚，為報此仇呼朋引伴行事，只會牽累無辜，因此才決定單獨行事。這件事小的連狐群狗黨又市與宅悅都沒讓他們知道。如果告訴了大爺——只會給大爺添麻煩。因此——」

拜託，拜託大爺——直助一再磕頭哀求。小船搖晃著，娃兒哇——地哭了一聲又軋然停止。直助抬頭看向伊右衛門，難掩困惑的伊右衛門則是略帶悲傷地望著直助說：

「你——就先進我家吧。」

伊右衛門熟練地揹起娃兒，提著釣具上岸。

直助早就深諳僕人該幹的活，他提著燈籠，大步地走在前頭。

他已經完全冷靜了下來。只是內心依然激動、亢奮——依然不住地喘著氣。

此時仍是三更半夜，路上沒有行人。連隻小狗也見不著。最後他們終於來到江戶城界。

四谷，左門町。

宅邸門面十分非常樸素。

伊右衛門先是伸長脖子往屋內窺探，接著才慢慢打開玄關大門。

只見夫人跪坐在昏暗的玄關中，大概是一直在等丈夫回來吧。

「辛苦了。」

伊右衛門說道：

「她肚子好像餓了，一直哭個不停。妳，是否受了傷？」

「沒什麼大礙。還是能餵奶——」

從嗓音聽來，這女人很年輕。但這對夫妻講話的方式實在有些古怪。

伊右衛門回過頭來，默默地朝仍在屋外的直助揮了揮手。

「沒釣到魚，卻釣了個客人來。喔，妳毋需招待他。先去餵孩子奶吧。明天我沒當差，家事全由我來處理。妳只需專心照顧孩子便可。來，可以上來了。這是內人——」

抱著娃兒的年輕夫人在黑暗中向來客點頭致意。

——她這動作。

有些熟悉。雖有些熟悉——但應該不可能是她吧。在直助疑惑不已的當頭，夫人已經消失在黑暗中。不久伊右衛門端來一盆水，直助也沒追問，便悶悶地開始洗起腳來，然後在伊右衛門的帶領下走向裡側的房間。宅邸外表雖老舊，但屋內裝潢倒還算新，腳踏在木板上時，感覺到地板似乎剛鋪不久。他們倆穿過佛堂，來到可眺望庭院的雅緻廳堂。

伊右衛門示意直助放輕鬆，接著便說——我這就去為你準備洗澡水，你就在此稍後，說完便步出了房間。隔著庭院樹木的枝葉，可望見一輪圓圓明月。隔壁房間的紙門開著，看得到裡頭依舊規規矩矩地掛著蚊帳。隔著蚊帳，可以望見夫人的背影。

——剛剛那張臉、那嗓音……她難道是……

難道是——某個直助認識的女人？

——是否該向她打聲招呼？——直助望著她，內心猶豫不已。她大概正在餵娃兒奶吧。

娃兒已經入睡，她似乎正在用扇子為孩子搧風。看來還是別打擾她吧。

大約等了四分之一刻，伊右衛門前來招呼直助。現在大概已是丑時三刻了。

簡單地紮起頭髮，借了一件麻布夏衣，再度回到廳堂時，直助終於像個人樣。

夫人房內的燈火已經熄滅。伊右衛門招呼直助坐下，自己也在直助對面坐了下來。

「如何，還舒服吧？」

「很舒服。感謝大爺的照顧。」

「願意把整件事的來龍去脈告訴我了嗎?」

「好。小的已經下定決心了,就告訴大爺吧。」

「首先,大爺也知道利倉屋那件事吧?——直助先確認道。瞭若指掌——伊右衛門回答。

於是,直助刻意不繼續追問下去,反而開始陳述起自己的事。

「記得是在櫻花花落時節——」

基於義憤而插手的利倉屋一案似乎已完滿解決,讓直助稍微安下心來。他介入這件事並非了為求取什麼酬勞,但又市告訴他——若你不收下,就沒人敢收下了,因此還是給了直助不少酬勞。手頭寬裕了些,心情自然也好多了,教直助開始疏於戒備。

就在此時。雇主尾扇把直助找了過去。這個大夫一臉正經地對直助說——平常你不辭勞苦為我工作,想來我該請你吃頓飯,讓你享受一番。他又表示——順便也請令尊、令堂過來,讓我表達謝意,可惜兩老已作古,不妨把所有親朋好友全請來,大可不必客氣。對了,你一向引以為傲的妹妹也務必請來。這個平日只把錢看在眼裡的蒙古大夫得意洋洋地對直助如此說。

論親人,直助只有阿袖一個。

這個吝嗇無比的大夫,今兒個到底是哪裡不對頭,竟然要請客?這種事絕不可能碰上第二次,直助立刻興高采烈地帶阿袖出門赴宴。然後,事情就發生在宴會後的歸途上。

「我當時醉得很厲害。阿袖原本就不會喝酒,但耐不住尾扇的一再勸誘,多少還是喝了一些,所以,算是微醉吧。就在這當頭——」

他們倆遭到襲擊,直助當場遭人擊昏。翌日早晨醒過來時,已不見阿袖的蹤影。

他慌張地回到西田家，報告自己碰到了什麼事，接著便立刻衝回阿袖居住的大雜院。

「阿袖直到當天晚上才回來。當時的阿袖已經——」

「這你就不必說了。」

「阿袖沒說什麼——但看她的模樣——和她的身子就知道出了什麼事了。」

「因此——她從此變得鬱鬱寡歡？」

伊右衛門表情凝重地問道。對直助來說，伊右衛門多少也算是個可憎的傢伙。

因為，他就是阿袖心儀的男人。

「阿袖變得沉默不語。身子的傷療好了，心靈的傷卻無法痊癒。過了幾天，她終於能說話了，卻滿口不活了、不想活了。不過，我也知道，她其實並不想死。阿袖只是想讓別人知道她有多痛苦——如此而已。小的當然也想了解她的心情好幫助她，但卻——」

「當時為何——」

伊右衛門話愈說聲音愈小——不來找我商量？這種事他當然無法找人商量，尤其伊右衛門更是不宜。直助拼了老命隱瞞此事。他唯一能做的，就是請宅悅來做針灸。不知何故，阿袖只有在宅悅面前才比較不惶恐。可能是這個按摩的神經較遲鈍吧。宅悅甚至沒察覺直助找他來為自己妹妹針灸的原因。他就是這麼個遲鈍的人。

那麼，可有找到任何線索？——伊右衛門問道。

「只有一個。小的在阿袖懷裡找到一張字條。」

「字條？」

混帳傢伙，這就是你的報應。竟敢向武士挑釁——！

上面如此寫著。

「難不成是——」

「沒錯。這件事鐵定——是伊東喜兵衛幹的。我當時就想到這點，只是苦無證據。小的想來想去，也只記得只有為利倉屋這件事與人結過怨。不過，小的這輩子也幹過不少壞勾當，哪裡得罪了人，真的也無從想起。首先，幫利倉屋出面時，伊東應該不知道小的是誰才對。而且，利倉屋的主人也曾發誓，絕不洩漏小的身分——」

「如此看來，就是西田——尾扇漏了口風囉？」

伊右衛門陰鬱地說道。西田尾扇。遭直助殺害的人。痛呀、痛呀、痛呀，伊右衛門彷彿隱約聽到他斷氣前的哀嚎。

「小的當時也沒有想到伊東和西田是一夥的。不過能確定的是，阿袖是因為小的才慘遭欺負。這件事和阿袖無關。那夥人的做法實在齷齪，若要報復，何不直接來找小的？」

那夥人對小的施以偷襲，從背後用棉繩勒住小的脖子，手段實在卑鄙。直助知道若是行動有了什麼疏忽，很可能就要連累周遭的親朋好友。因此他極力斷絕對外聯繫，隻身伺機報仇。他相信要讓阿袖康復，唯一的法子就是找出兇手宰了他。直助不知該如何是好，只能拼命安慰、鼓勵直想尋死的阿袖。

但查了半天，還是找不到一絲證據。

於是——。

在上吊自殺的妹妹屍首下，直助這才首度懷疑尾扇即極有嫌疑。因為當天扇尾曾說：

——學乖了吧？

——以後千萬不可再招惹武士。

原來就是這麼回事——直助這才發現真相。所以，那場宴會不過是個陷阱，自己卻中了這個計。

尾扇應該知道直助有個妹妹，而且對她疼愛有加。不過，她妹妹只有在直助決定到尾扇手下幹活時，曾和尾扇照過一面而已。之後直助就嚴禁阿袖去西田家找他。因為西田家距離大宅院有點遠，如果阿袖常出門，途中很可能會遇到無聊男子欺侮，要勸她，不如禁止她上西田家要來得乾脆。尾扇理應不知道阿袖住在何處。然而，尾扇還是用計把阿袖給騙了出來，獻上她以飽某人的獸慾。

「因此你——在阿袖過世守靈的席上——」

「小的當時實在是坐立難安哪。但小的真是一點法子也沒有，又沒辦法繼續待在那兒。我也不想再看到——阿袖的遺體。」

我完全不願相信阿袖真的死了。

——原諒我吧。哥哥……

「之後你上哪兒去了？為何直到今日才——」

「小的跑到品川一帶幹搬運工，好讓自己冷靜下來。因為小的知道若是因衝動立即展開報復，想必難以竟功，而且還會牽累又市與宅悅。小的當時覺得——畢竟即使西田與伊東是一夥的，他認識的也只有小的一個。」

「你的意思是，你得等待適當時機？後來呢——」

「是的。後來——」

首先避開要害，小聲地朝他肚子刺下去。

直、直助，你在做什麼？你瘋、瘋了嗎——？

西田。你這個混帳，你以為我完全不知情嗎？以為我會就這麼自認倒楣嗎——？

你、你在說什麼？——我哪有做什麼——？

少給我裝蒜！你這個混帳，竟然私下串通伊東——。

噢，你是指那件事？那、那件事是——。

噗！刺進去。

噗！又補上一刀。呃！尾扇開始發出呻吟。

我、我——若不那麼做，不知道會遭到什麼下場，說、說不定就會像藥販子小平那樣——。

你這個混帳終於招了。對阿袖下毒手的就是伊東吧——？

伊、伊東大爺他們表示若是不照辦——和利倉屋算過帳之後，下一個就輪到我——。

利倉屋和你有什麼關係？小平又是誰？給我說——！

再刺一刀。

他，他是阿、阿岩小姐的——。

饒了我吧，饒了我吧。腳下是一片血泊，把榻榻米浸得又滑又溼。

喂，尾扇，染指阿袖的還有誰？應該不只伊東一個吧——？

還、還有一個姓秋、秋什麼的，來——來人呀——殺人啦——。

你還在耍我——！

噗！又刺上一刀。

痛啊、痛啊痛啊。

頓時噴出一陣腥風血雨。紙門也被指頭戳破。鮮血濺得到處都是。大夫癱倒在地。

怎麼了老闆？有人在裡頭嗎？——接下來記得的就只有萬馬奔騰的腳步聲、以及後有追兵的幻覺。

「阿岩——西田提起過這名字？」

「是的。也不知道那是什麼人——」

伊右衛門用手探了探額頭。

「直助，你的目標——就是伊東大爺吧？」

「是的。」

「若是如此——我——」

「當然，伊東大爺是大爺的上司，小的毫無理由要求大爺幫忙。今天若大爺將小的送交官府，小的也沒有怨言。就算大爺打算立刻斬殺小的，小的也認命了。小的直助早已有此覺悟。但是——」

伊右衛門一臉悲痛地站了起來。

直助抓起襤褸的衣物走下庭院。

「大爺，大爺有何打算？事情既然都告訴了大爺，小的也有心理準備——但小的還是要找伊東報仇。這決心絕不會變。當然，若大爺改變心意準備逮捕小的，小的就不得不冒昧脫逃了，即使小的不認為可以打贏大爺——」

直助從破爛衣服中抽出匕首，擺出對決的架式。

「別這樣，直助。我不會出賣你的。當然，咱們倆立場不同，但道義也很重要——除了人情之外，咱們也必須講道理。從人倫道德的角度來看，你是有理由這麼做。即使身分高低有異，這件事確實是與力大爺不對。」

「所以——大爺打算如何處理？」

「且慢。直助，雖然如此胡作非為，但伊東喜兵衛畢竟是個首席與力，絕不是那麼容易對付的。至於西田尾扇做了那件事，倒也不是因畏懼報復，或是為了追求利益。他不過是害怕受牽累，才會選擇對伊東表示忠誠。伊東就是這種人。不管哪個人有沒有犯錯，只要是惹他，他都不會放過。話說回來，他認得你，所以儘管我想掩護你，但你若是被他認出來，我可就幫不上忙了。你說是不是？」

他認得我？

認得我這張臉？

若是我變成這副德行呢——說完直助舉起匕首，朝自己額頭刺去，並斜斜地往下拉。

「你在幹什麼？」

一股溫熱黏稠的液體流進他眼中，視野變得既鮮紅又模糊。

直助放下匕首，以指頭朝傷口裡頭挖，似乎是在剝自己的皮。劇烈的痛楚痛的直助不禁開始嗚咽，整個人趴了下去。鮮血汩汩地湧出。痛啊、痛啊痛啊痛啊——這是尾扇臨終前的呼喊。

「呃！呃！」

「直——直助，你、你瘋啦？」

「這麼一來，小的已經不再是直助，而是某個大爺不認識的人，名叫權兵衛。所以，大爺雇用的不是直助，而是權兵衛。如此總可以吧？這麼一來，大爺就能光明正大地雇用我了——對不對？」

直助蹲在地上強忍著痛楚，只以左眼看向伊右衛門。

伊右衛門這才睜開雙眼，滿臉發白、全身僵硬地望著直助。伊右衛門額頭冒出油汗，在月光照射下閃閃發亮。沒錯——這簡直就和尾扇被刺殺時的表情一模一樣。

喂，喂——伊右衛門只有嘴唇在動。此時蚊帳一陣晃動，夫人走了出來。

觸目所及盡是一片鮮紅。直助整個視野都被眼角滲進眼裡的血給染紅了。

「請大爺——雇用小的吧！」

伊右衛門低下頭來，渾身打顫。過了好一會兒才抬起頭來說道：

「好吧。」

這下直助便昏了過去。直助原本想對伊右衛門說幾具謝謝、麻煩大爺了之類的話，但是否有力氣吐出這些話，他自己也沒把握。於是，在一股阿袖彷彿就站在伊右衛門身旁的古怪安心感伴隨下，直助——慢慢地——昏死了過去。

整個身子感覺硬梆梆的。

只聽到陣陣蟬鳴。

兩眼睜不開。

周遭悶熱異常。

隨著這些感覺逐漸變得具體，直助醒了過來。

勉強睜開雙眼。整個視野模糊不清。

直助睡在廳堂裡。

燦爛的夏日陽光射進了屋簷下。

表情溫柔的年輕武士注視著娃兒。旁邊則有個相貌清秀的年輕妻子注視著他。直叻以朦朧的雙眼眺望著這看似幸福的光景。但他覺得眼前景象似乎有點虛假。好像有哪裡有問題。雖然看似溫暖，卻又覺得這股溫暖已經冷卻。

你醒來啦，直助——年輕武士說道。

直助？不，不對。那武士是伊右衛門，他身旁的則是阿袖。噢，不是阿袖，那是……。

該換繃帶了——那女人——也就是伊右衛門的妻子說道。

——這嗓音。

直助突然憶起昨晚的納悶。那女人是……。

他想起身，卻被嚴厲制止。

「不行。直助——你傷得很深。若是化膿可會丟掉性命。這陣子就在此休養吧，別客氣。」

「大爺，小的不是直助，是權兵衛——」

已經完全清醒的直助只說了這麼一句話。伊右衛門這番關懷教他幾乎落淚，雖然滿懷感激，但直助卻不太能了解伊右衛門為何待他如此親切，同時也納悶如此安排是否真的妥當。總之幾句輕薄的謝辭似乎並不恰當。伊右衛門也默默地點了點頭，接著囑咐妻子要好好看護他。夫人回答——是，接著立刻站起身來，靜靜走到直助枕邊。

直助移動不大聽使喚的雙眼看著她的臉。沒錯。但怎麼可能？他不禁懷疑自己的眼睛。

「直助大爺——不，是權兵衛大爺吧？」

「妳是——阿梅小姐？」

利倉屋的獨生女——阿梅。錯不了，她就是阿梅。

好久不見了——阿梅說道。接著聽到伊右衛門說道：

「沒錯。昨晚沒幫你們倆介紹——這是內人。民谷梅。」

——民谷——梅？

「這——這到底是——怎麼一回事？」

直助陷入一片混亂。

「阿梅小姐——不，夫人，夫人不是在——」

她不是已經嫁給伊東喜兵衛了嗎？她不是為此才成為武家養女的嗎？

這件事是直助從利倉屋老闆——也就是阿梅的父親那兒聽到的。記得利倉屋的老闆敘述這件事時還一副眉飛色舞的。

直助當初曾為此事奔走，而直助今日落得如此局面，也肇因此事。

伊右衛門說道：

「利倉屋那件事，我完全不知情。在那個紅梅盛開的夜晚，你們一夥人在伊東官邸裡頭做了些什麼事，直到聽阿梅提起前，我甚至未曾試圖了解。因此很遺憾，民谷大爺，也就是我岳父，跟這件事有何牽連，我不是很清楚。只是，收養女一事似乎是岳父提出的計謀，據說利倉屋那頭似乎真的接受了這個提議，表面上看來如此安排將會完滿解決糾紛，實際上卻是個大陷阱。

「陷阱？——什麼意思？」

「從戰國時代開始，武士組織內的幹部與部下就禁止聯姻。武士聯姻會被視為結黨。為了避免武士以聯姻結黨，組織內部另外形成關係緊密、力量強大的團體，因此對此加以明文禁止。收阿梅為養女的民谷家，是御先手御鐵砲組同心，伊東喜兵衛則是同組織內的首席與力。因此，即使收阿梅為養女，這段婚姻仍然無效。同組織的上司與下屬之間的聯姻是被禁止的。因此這婚約便不受承認。」

「這——這麼說來……」

「當然，這類老規矩也可以打破。對伊東喜兵衛這個人來說，破壞規矩原本就是稀鬆平常，就連他自己也這麼說。只不過——這次他並沒有這麼做。」

「他——騙了人？」

受騙的就是小女子我——阿梅面無表情地說道。

「已故的岳父當初是否為了陷利倉屋於不義而出這主意，由於他已經過世，無法繼續追究。也許這並非他的本意，只是結果變成如此。」

「然後呢——」

「然後，阿梅嫁入伊東家。但一嫁過去便被關進別屋，幽禁了近一年。當然，我也是和阿梅結為連理之後才知道這件事的——」

「這就是——」

這就是——當初直助與又市大張旗鼓去找伊東理論、談判的結果？

結果非但沒讓阿梅幸福，反而讓她陷入了更嚴重的不幸？

——那，我們這麼做值得嗎？

阿袖都為此自殺，不就更不值了？——直助茫然地望著阿梅的側臉。

上次見面至今已過了一年，阿梅看來成熟了許多，應該不只是她剃了眉的緣故吧。

剃眉——。

「阿梅小姐又為什麼會變成——大爺的……」

為什麼會變成伊右衛門的妻子？娃兒睡得很沉。伊右衛門注視著孩子的睡容。阿梅則凝視著伊右衛門的臉龐。不論從哪個角度來看，眼前都是一副年輕夫婦過著幸福日子的光景。只是——。

——似乎有哪裡不對勁。

情況並不是那麼完美。

「是我——要求的。至少——這是事實。」

「阿梅小姐她——」

「我，直助——不，權兵衛。我在又市安排下入贅民谷家，成為其婿養子。雖然是靠一個三教九流之輩幫忙牽的線，但倆人結為連理畢竟算是有緣，即便對這門親事多少有些不滿，我也是認了。我努力維繫這段婚姻。只是——情況並不順利——」

伊右衛門一面眺望庭院中的稻荷神社，一面吞吞吐吐地說道：

「——然而，雖然不想成為婿養子，點頭答應的畢竟是我。只不過，民谷家的立場是一旦把我趕出去，同心的俸祿就會不保。而若是我前妻厭惡我、和我離異，就可能被迫流露街頭——因此我還是打消了離異的念頭。但據說前妻還是很受不了我——甚至跑去向與力大爺投訴——」

伊右衛門的嗓音與表情都是有氣無力。經過一陣短暫的沉默，他繼續說道：

「——整件事的經過阿梅也都聽到了。看樣子，前妻對我真的是異常厭惡。」

據說前妻曾向與力大爺要求——因為受不了我而欲離家出走——但希望家號能保留下來。

伊東便提出了一個對策，伊右衛門說道。

「是什麼好的對策？」

「與力大爺就去找組頭大爺——這麼說。」

組頭大爺您也是知道的，被前不久過世的民谷又左衛門收為婿養子而成為新進同心的民谷伊右衛門，為人端正誠實，且才氣煥發，真是個難得一見的人才。但近日狀況不太尋常，探詢原因亦得不到回答，令在下非常擔心，後來終於了解，原因乃出在伊右衛門之妻——。

根據因果道理，五體不具足者難以成佛，因此任何人都希望長得漂亮端正。因此，美麗容貌被視為福德之相，醜陋則被認為屬貧賤之相。伊右衛門之妻容姿醜陋，脾氣暴躁，看不起丈夫，家事也不做，惡言惡行令人看不下去，放任不管，只怕伊右衛門將無法幹好差事或傳宗接代，民谷家家脈不久就要斷絕——。

不過，又左衛門生前就已私下擔心不成材的女兒種種令人憂心的行徑，預料將會有如此結果，因此曾數度來找在下商量，告訴在下自己女兒脾氣太壞，原本就難覓得良緣，婚後亦有無法和睦相處之虞，但不收婿養子而收養子傳承家脈，也會讓女兒生氣，身為長女的女兒想必會抗議——。

於是，又左衛門心生一計，從平民之中覓一個性溫和的姑娘收為養女，秘密地安置於在下伊東家中。伊右衛門並且留下遺言，表示女兒和丈夫若能和睦相處，養女就由在下代為找個適當對象嫁出去，若女兒的壞脾氣導致夫妻失和，令民谷家陷入存亡危機，就將女兒廢嫡，逐出家門，並立其養女為長女，另尋贅婿。依在下看來，如今就是時候了。如此將能實現又左衛門之遺志，亦能讓伊右衛門安心當差。因此，容在下在此請求，解除伊右衛門與其妻之婚約

——。

「這根本是騙人的。不過，伊東表示又左衛門收利倉屋之千金阿梅為養女——確實有一張其養父撰寫的文書為證。再者，阿梅也確實寄宿於伊東家中。但站在組頭的立場，並沒有任何理由懷疑與力大爺。」

「可是，大爺，如此一來，利倉屋方面將有異議，組頭也將知道他這番話實屬謊言。」

「家父他——」

阿梅先是窺探了伊右衛門的神色一眼，接著說道：

「他——伊東——把小女子帶回商行——向家父表示……」

令媛阿梅嫁給我，轉眼已過了十個月，但心還是沒有放在我身上。過錯當然不在我，我原本認為，畢竟是平民嫁入武家，會比較辛苦，並且也撐了這麼久，但最近我發現她情況不對，幾經質問，方知其與組內年輕同心相戀。想想她的處境也堪稱可憐，而她也坦承自己偷偷跑去和對方幽會，並且懷了對方的骨肉——。我已年過不惑，難以生育，因此阿梅腹中娃兒，應該就是那位同心的骨肉。依法阿梅已犯了四條大罪，我有權當場將她處死。但若追究問題根源，我自己也有錯，因為我並非阿梅心儀的對象，那位同心也是我非常器重的下屬，因此，我打算對他們犯的錯睜一隻眼閉一隻眼，忍下怒氣促成他們倆結合，不知你意下如何——？所幸，我和阿梅成婚當時並未舉行婚禮，知道她嫁給我的人寥寥無幾。加上阿梅私通對象你也認識，即民谷又左衛門之贅婿。若你無異議，我可以想辦法向組頭說明，獨力將一切處理妥當——。

「家父當然不會有異議，不義者理應受罰，這位與力卻能以德報怨。他還說——她們倆既然有情，就讓她們成眷屬吧。」

阿梅說道。確實，正因為事情開端是阿梅變心，當初阿梅會嫁給與力，也是利倉屋強硬要求的結果，如今阿梅犯了錯，當然沒理由抱怨。況且還懷了不該懷的娃兒，更是站不住腳。於是，據說喜兵衛對不斷低頭致歉的利倉屋做了如此結論：

這次就讓阿梅成為一個真正的武士之妻吧。然後，利倉屋，你以後絕不能再把阿梅看作自己的女兒，今後她就是民谷家的阿梅了。你必須有心理準備，徹底斬斷父女之緣，一輩子不再相見。這不只是為令嫒好，也是為你好——。

「對小女子來說——這樣也好。與其被迫在伊東家生活——即使不能再見到父親也——因此——」

「那麼——那……」

「因此——與力講的話有一半是真的。是吧，大爺——？」

伊右衛門什麼也沒說，只是以關愛的眼神看著娃兒。

這是我的孩子。今年春天出生的——。

伊右衛門確實這麼說了。但直助還是覺得有哪裡不對勁。

伊右衛門似乎是受不了惡妻折磨。前妻雖已為人妻，據說卻對伊右衛門毫不領情，直想離家出走。阿梅則似乎是對伊右衛門心儀不已——如果躺在這兒的娃兒真是他們倆所生——私通一事或許就是事實——。雖然猜不透喜兵衛到底在盤算什麼，但至少他撒的這個謊能讓三方同時滿足。

——真是如此？

直助看看阿梅，又看看伊右衛門。

伊右衛門突然站起來說道——我出門釣魚去。

凝視著伊右衛門背影的阿梅，眼神特別黏。

直助依然納悶不已，但還是閉上了眼睛。

就這樣——直助開始以權兵衛的身分過起生活。

由於顏面炙熱如火燒而無法起身，他整整躺了三日。

伊右衛門每天非常準時地離開家門，阿梅則是無比親切地照顧直助。伊右衛門不在時，阿梅的舉止和直助過去所認識的阿梅沒有兩樣。但一到她為娃兒哺乳時，阿梅就不再是昔日的阿梅了。而待伊右衛門一歸宅，阿梅就又變成伊右衛門之妻。

令人意外的是，伊右衛門非常疼孩子。

他臉上依舊不帶一絲笑容，但視線總是放在娃兒身上。

另一方面，只要夫婿在家時，阿梅似乎都是直盯著他瞧。

似乎有哪兒——不大對勁。

直助到了第四日方能起身，穿上伊右衛門為他準備的僕人裝束。臉上纏著繃帶，這樣一個僕人看起來有點古怪，但穿上衣服倒也還頗像個樣，成為民谷家樸人權兵衛之後，他的傷勢便回復得快得驚人。

但他的內心仍是情緒低落。

到了第六日，他取下繃帶、將髮髻與鬢髮重新結好。只見他臉上的傷疤發黑，教人不忍正視，相貌改變的程度遠遠超出預期。所以，雖然認識，但畢竟只見過一次面，喜兵衛應該是認不出他來的。

翌日，直助——也就是權兵衛，開始整理庭院。又了隔一日，便開始出門幹活。

他在這六日間已有所斬獲。根據阿梅的言行以及伊右衛門的舉止，他已經可以確定——當初害死阿袖的除了喜兵衛之外，還有喜兵衛的嘍嘍秋山長右衛門與堰口官藏兩人。

尾扇斷氣前確實曾提到秋——什麼的。三宅組的同心，姓氏裡有個秋字的只有秋山一人。直助之所以有這種感覺，主要是當初擄走阿梅的就是秋山與堰口兩個。而根據容貌的敘述，當初前去談判時在場的應該就是他們倆。

這麼說來，他也認得他們的長相。

該夜襲他們倆嗎？

還是將他們一一擊破？

對方是武士。一對一對自己極為不利。

但先解決一個，第二個就不易對付了。

直助一面拔草，一面盤算。

還有幾個細節沒釐清。

小平是什麼人？而且——。

——阿岩又是誰？

想到這裡。

他突然聽到一陣悲鳴。

權兵衛、權兵衛呀——發出悲鳴的是阿梅。只聽到站在屋簷下的她不斷慘叫。

「怎麼啦——」

直助迅速穿越庭院，來到屋簷下。

只見一隻巨大的青蛇在屋簷下蠕動著。

阿梅似乎非常怕蛇。只見她一臉蒼白，站在那兒不住地顫抖。即使蛇逐漸朝娃兒逼近，她也只能哇哇大叫。於是，直助以手中割草的鐮刀將蛇勾起，連刀帶蛇拋向庭院。蛇慢慢蠕動身子離開了鐮刀，掉落庭石之上。見狀，阿梅再度發出悲鳴。

「夫人，趕快將孩子——」

阿梅亂了方寸，差一點一腳踩上娃兒。即使直助不斷催促，阿梅還是沒有伸手抱起娃兒。趕快，趕快，把這條蛇給殺了——阿梅更加驚慌地高聲喊道。蛇不知是否已被鐮刀割傷，只留下一絲血痕便消失在屋簷下。但即使蛇已離去，阿梅還是直盯著自己腳下顫抖不已。

「你沒殺了牠？」

「毋需擔心。那條蛇沒有毒。」

「不——不是這樣。蛇——」

蛇生長在陰地，偏好陰氣，因此人說蛇的執念很深。民谷宅邸似乎特別受蛇青睞，六日來已經出現四次。每次阿梅都誇張地大吼大叫，命令直助把蛇殺掉。阿梅一再強調——不把牠殺了，牠還會再回來。

少有女人喜歡蛇。因此阿梅怕蛇也是理所當然，起初直助還不覺得奇怪。不過，似乎連伊右衛門也是異常怕蛇。前天沒上當差那晚，房間裡出現一條小蛇，伊右衛門卻比阿梅還驚慌。當時伊右衛門緊抱娃兒，站在蚊帳一角直打顫，不斷高聲大喊——把蛇趕出去！把蛇趕出蚊帳，趕到蚊帳外頭去！

「——蛇非殺掉不可，斬草必須除根——」

阿梅說道。直助看向阿梅，發現她眼神恍惚。

——為什麼她不抱起孩子？

直助趕到十分不安，將視線從阿梅臉上別開。抱著娃兒疼的時候，阿梅的確是一臉慈母的表情，看樣子她絕不討厭孩子。但此時阿梅凝視娃的眼神卻與看到蛇時無異。

這教直助打了一身寒顫。

此時，玄關外傳來些許聲響。啊！大爺回來了——阿梅丟下嬰兒，快步出門迎接。直助用他那張傷得臉皮往上翻的醜陋臉孔看著娃兒，輕輕嘆了一口氣。

感覺不大對勁。對，總覺得有哪裡有問題，這對夫妻的幸福看來頗虛假。

——是不是有什麼——不為外人所知的內情？

直助再度——嘆了一口氣。

就這麼過了半個月。

似乎真如伊右衛門所說言，官府不會進入武士宅邸追查犯人。伊右衛門表示大夫遇害一案一度鬧得沸沸揚揚，但直助並未直接聽到傳言，瓦版（註5）上頭是刊載了些五花八門的臆測，但盡是胡說八道，據說其中連直助的名字都沒提過。結果，甚至連直助自己都常忘了自己是個逃犯。

不過，自己殺了人——他還是常有這種自覺。殺害尾扇當時的感觸，遠比自己犯了法的認知更讓直助刻骨銘心。

另外，即使已經過了半個月，直助還沒看到喜兵衛一次。

來到這裡的第一晚，伊右衛門曾表示喜兵衛會定期來訪，但直助進門的這段期間，喜兵衛都不曾來過。直助有時出去辦事，但頂多在附近，外出時間最久也只有四刻半，喜兵衛不可能在這麼短的時間內來了又走吧。這半個月裡，直助只陪伊右衛門出去夜釣兩次，喜兵衛不會剛好在這段時間裡來訪吧。伊右衛門都是戌時出門釣魚，過了子時才回來。如此三更半夜，加上主人又不在，一個與力是不可能造訪旗下同心宅邸的。而且，兩次夜釣，伊右衛門都帶著娃兒同行，默默垂釣時也都是一副願者上鉤的模樣。而且，地點似乎都在隱坊堀一帶。

——這習慣還真是教人納悶。

教人納悶的事，蛇出現時也都曾發生過。每次阿梅與伊右衛門的反應都十分神經質。不過，要說這些事沒什麼大不了，也真的都是芝麻小事，除此之外，伊右衛門與阿梅的生活倒也還算平穩，只要不吹毛求疵，還算是衣食無虞——至少看起來是如此。

——操之過急也沒有用。

大概不會有人來逮捕他了。既然如此，不妨放慢腳步，直助心想。反正都已經等了一年，現在更沒理由操之過急。太衝動躁進，反而會為藏匿自己的伊右衛門帶來麻煩。因此計畫絕不可失敗。就利用這段時間想想對策吧。

直助——已經完全變成權兵衛了。

這天——天氣十分悶熱。

伊右衛門命直助整理灌木圍籬。

直助埋首幹活，仔細清理垃圾，剁碎枯葉。

汗如雨下。烈日當空。太陽馬上就要開始偏西了吧。

只聽到陣陣蟬鳴。此時直助把喜兵衛與尾扇、阿袖、阿梅與伊右衛門的事全都給忘得一乾二淨，全副精神都集中在手頭的活兒上。

此時直助突然回過神來，轉頭一看。

屋簷下，阿梅讓娃兒晒著太陽，正在縫著孕婦服。

娃兒則是舒服地睡著。

如此光景，也有助於充滿殺伐之氣的直助安定情緒。

恐怖的擔憂全拋到腦後，直助方能全心投入手頭的活兒。

他繼續整理圍籬。

一張扭曲的臉。

「啊——」

此時圍籬上出現一張扭曲得醜陋無比的臉。

只聽到阿梅一陣悲鳴。

「阿、阿、阿岩——阿岩小姐——」

「阿岩——小姐？」

阿岩的——。

尾扇曾提到過的——。

那張扭曲的臉笑了起來。

「啊——」

旋即又消失無蹤了。

「夫、夫人，阿梅夫人——那、那是——」

「窺、窺視，阿岩小姐在窺視咱們。」

「阿岩小姐？阿岩小姐是什麼人——？」

阿梅站了起來，似乎想拔腿就跑，雙腿卻再度發軟，全身不住顫抖，緊緊抱住娃兒，掩面咒罵道：

「為、為何事到如今還要來？這結果是妳自己要求的，別再胡來——」

接著開始朝屋內爬去，口中直喊——走開！走開！

直助追了上去，在屋簷下攔住阿梅問道：

「方才那位——那位……」

「直助——權兵衛，關起來，把門關起來，阿岩小姐在窺視——窺視。」

——是大爺之前的夫人嗎？

直助想起來了，回頭一看。就是她嗎？那個妖怪就是她嗎——？

「她每晚都化成蛇回來窺視，這下終於——」

——化成蛇？

為什麼？她為什麼要化成蛇什麼的？前夫人不是自願離家的嗎？

若是如此——阿梅在害怕什麼？

直助衝了出去。阿梅在背後直喊——權兵衛！權兵衛！

直助權兵衛狂暴地穿過木門，火速往前衝。

——還追得上。

只要她不是妖怪，女人的腳程可沒那麼快。她想必還沒走遠。

天上傳來轟隆轟隆的雷鳴。蟬鳴也停了下來。開始下起雨來了。

阿岩。阿岩小姐。您到底是——。

直助權兵衛一路狂奔。此事非問清楚不可。

非得向——那個女人問清楚不可。

啪啦啪啦，只聽到陣陣宛如撒豆的聲響。

直助權兵衛在大雨中狂奔。

連支傘也沒打，看來活像個渾身溼透的乞丐——。

——追上了。

「阿岩小姐——！」

那女人回過頭來，扭曲著那張醜陋的臉，

露出嫣然一笑。

註1：江戶時代緝捕犯人所用的道具之一。長木柄尖端為U字形的鐵製武器，可將犯人的俟頭、手腕固定在地。

註2：又名姑獲鳥，相傳為死於難產的女性化身之妖怪，會搶奪路人孩子或危害幼兒。

註3：水虎為傳說中一種類似河童的水鬼，爪子銳利如虎，前身有甲殼覆蓋。

註4：日文成語。形容熟睡到渾然不知之意。

註5：江戶時代在街頭兜售的快報，由於最早多以黏土刻字燒成瓦狀製版，故得其名。後來多以木版為之。

提燈於岩

阿岩內心十分平和。

她認為，自己的選擇沒有錯。

於是，阿岩糊著燈籠。糊燈籠時，阿岩憶起了伊右衛門。

不知為何，如此需要小心翼翼的活兒，總讓阿岩想起伊右衛門。

——怎麼老是糊破掉。

阿岩不出聲地笑了起來。

那天。

去年年末——阿岩一從喜兵衛官邸回到家，就立刻向伊右衛門提出離異的要求。伊右衛門大受震驚，一再懇求阿岩——再考慮一下吧！

——他就是這種人。

阿岩也了解，伊右衛門十分關心她。

坦白說，自己相貌醜陋的程度，阿岩也十分清楚，只是不為此感到羞恥罷了。然而，任何人要同她這樣的醜女一同過活，恐怕得比她自己更小心謹慎才是。這阿岩當時也很了解，因此她對伊右衛門也是由衷感激。

她感激的是——伊右衛門對她的體貼，即使受到不合理待遇也盡力忍耐，即使如此還是不願離異。只有年薪三十袋米可養三人的俸祿，理應不值得他如此辛苦忍耐才是。這麼看來，伊右衛門的努力難不成全都是為了阿岩？

一聽阿岩道完這番謝，伊右衛門更感困惑，不禁大哭大怒。阿岩刻意佯裝視而不見，迅速整理行李，接著便告訴伊右衛門——相關手續委託伊東喜兵衛大爺幫忙即可，因此不必等上級裁決，我將立刻離開這個家。

那妳也得聽聽我的——想法啊——。

伊右衛門說道。

若妳如此厭惡我，當初為什麼要和我結為連理——？

伊右衛門也問道。

阿岩認為自己若是回答這個問題，兩人又得大吵一架。阿岩心中想法難以言喻，若又吵起來，彼此感情將再生牽絆，恐將讓自己退縮。阿岩判斷反正繼續一問一答下去，自己只會更依依不捨。原本她就不討厭伊右衛門。只是若心生不捨，倆人的關係就會想恢復原狀，到頭來變成白忙一場。繼續一起生活下去，阿岩又會像過去責罵伊右衛門般貶損他。沒有人比自己更了解自己，阿岩已經不願再過成天責怪無辜丈夫的生活了。

離異的決心不改——我要離開這個家。再也受不了和你一起過活了。

阿岩刻意狠心說道。這一切——都是為了伊右衛門好。

阿岩表達自己的決心時，伊東喜兵衛也如此表示贊同：

阿岩夫人，妳的決心真是公正無私。只是，伊右衛門若是個體貼的夫婿，對妳想必會很留戀。因此，妳決不可聽了他的懇求就心軟，只需回以一些令人厭惡的話即可——。

事實的確是如此。過去她們夫妻倆即使在溝通上謹慎遣詞用字，兩人之間的鴻溝還是愈來愈深。因此，即使她內心並無厭惡之情，頻頻把可憎的話掛在嘴邊，反而讓她感到較容易溝通。

伊右衛門非常悲傷，異常失望。

然而，阿岩還是就此離開家門。

這一切都是為了伊右衛門好。因為喜兵衛承諾，若境野伊右衛門差事幹得好，將繼續讓他擔任同心。而且喜兵衛也表示——過一陣子還能為他撮合個老婆。

所以，這一切真的是為了伊右衛門好。

於是，阿岩再度拜訪喜兵衛，說自己已經離開家門，接下來的就麻煩與力大爺幫忙了。變化來得如此之快，著實讓喜兵衛大吃一驚，但還是非常佩服阿岩，不僅為她餞別，又給了她一筆銀兩，還告訴她——妳可以去找四谷鹽町賣紙的德兵衛。看他能幫上妳什麼忙。

阿岩便依喜兵衛的囑咐造訪德兵衛，將事情緣由告訴對方，隔天並以德兵衛為保證人，搬進番町外圍一處大雜院。德兵衛告訴她，有一份可住在旗本武士宅邸當女僕的差事，但阿岩當場推辭，她已經受不了武家的生活，也不想再接觸過去身為武家之女所熟悉的一切事物。她希望委身市井，希望獨立。礙於容貌，阿岩顯然沒辦法當飯盛女（註1）或從事其他歡場的差，也沒有人可以介紹她前往客棧或一般家庭幫傭。雖然也有裁縫與結髮一類的差事，但最後阿岩仍決定以為達磨（註2）上漆與糊雨傘、燈籠為業。

她就這麼過起了這種自由自在的生活。

雖然渾身骯髒，相貌醜陋——但反正她已沒什麼身分地位，也沒有什麼好在乎的。阿岩也早把被遭人藐視看作理所當然，因此如今即使被指指點點，她也不再動怒。只要如此過著卑賤的生活，應該就沒人能對她說三道四了。

再也沒有路人盯著阿岩瞧。即使偶爾受到注意，阿岩若以笑容回敬，也不再有人躲進暗處嘲諷。頂多只會說——哎呀，她那色瞇瞇的眼神可真嚇人哪，我可沒有這種念頭哪。阿岩甚至故意擺出滑稽的動作，練就了一身堪得受嘲弄的功夫。

差事她也幹得很有興趣。過去阿岩耕重，不過是為了自己果腹，但現在燈籠與雨傘一糊好便可供人使用。即使品質差一點，照樣有用處，賣出去又可換錢。她覺得這還真是個不錯的差事。

就這樣，阿岩委身簡陋的大雜院中，獨自過了這一年。

即使如此，阿岩內心還是十分平和。

——那個男人。

記得那個做僧侶打扮的男人再度造訪阿岩，是在開始飄雪的季節。這個一身白色裝束的男人，在亡父晚年頗為熟絡的足力按摩師宅悅陪同下，和初次見面時一樣突然出現。

又市一見到她，就鞠了個躬。

阿岩小姐——我打去年離開江戶之後，就沒再過問您們倆的情況。這次不知何故讓您下了如此決心，但身為媒人，還是得先向您道歉——。

宅悅也低下了頭，不安地說道：

辛苦您了，阿岩小姐。話說從頭，當初受已故的令尊之託的就是我。而且，也是我把又市介紹給令尊認識的。雖然沒有惡意，但我天生愚蠢，實在沒有料到情況會演變到如此地步。值此天寒地凍時節，知道您在此雜院過起如此生活，我真是心如刀割。我所認識的伊右衛門大爺原本為人正直，不料他竟會變節——。

阿岩打斷宅悅的話，斷然否定他的說法：

快別誤會，伊右衛門大爺並非惡人——。

這句話讓又市與宅悅抬起頭來，想了半嚮，阿岩繼續說道：

又市大爺毋需道歉。我現在自由自在，日子過得很好。當初如果沒有你幫忙，家父亡故後我可能就得馬上開始過這種日子。雖然短暫，但我還能在那個家中當個妻子，也都是託你之福，是吧？你當初為我介紹伊右衛門大爺這麼個好夫婿，我感謝都來不及了，怎能讓你道歉——。

此時又市和初次見面時一樣，雙眼還是緊盯著阿岩，接著問道：

阿岩小姐——依您的說法，您現在——日子過得還算幸福——？

當然——阿岩回答。

宅悅聞言訝異地問道——在此生活難道沒有任何不便——？

我原本就生活貧困，不管到哪兒，對我來說都是一樣的——阿岩回答。

可是，若是如此，那伊右衛門就未免太——宅悅話說到一半，便為又市所制止，這下輪到又市問道：

阿岩小姐，伊右衛門很快就娶了後妻——這件事情您可知道——？

又市說完，這下輪到宅悅慌張起來，直責怪他——喂，阿又，幹嘛在阿岩小姐面前提這件事？

阿岩勉強擠出一絲笑容說道：

兩位有所不知，這樣一來就再好不過了。其實，我早就和與力大爺約定，待我一離開家門，即便伊右衛門大爺恢復境野之舊姓，也請繼續讓他擔任同心，並且幫忙撮合個適合的後妻照顧他。約定的事情都已完成，伊右衛門大爺也能息災，這可教我比什麼都高興——。

息災？伊右衛門他——宅悅欲繼續說下去，但話再度被又市打斷，又市說道：

伊右衛門大爺成為更出色的同心。舊年一過，立刻在秋山長右衛門大爺的媒妁之下與伊東大爺某親戚的女兒低調地完婚，如今已成了伊東大爺的側近——。

此時又市窺探著阿岩的眼神，想必是想了解阿岩真正的心意。宅悅如此著急，大概也是擔心阿岩吧。畢竟很少有女人能衷心祝福前夫再娶的。

但阿岩的神情並不是裝出來的。又市似乎已經看透阿岩的心思。

伊右衛門大爺真是幸運。而如此也會讓您感到幸福——是吧——？

又市向她確認道。阿岩則點了點頭。

宅悅依舊是一臉慌張，但又市故意裝作沒看見他的神情，似乎在和哪個人吵架似的大聲說道：

看到您日子過得還不錯，我也就安心了。不過，若有任何需要幫忙的，在下就住在下谷金杉，只要打聲招呼，不論任何事我一定兩肋插刀，在所不辭——。

說完，又市便拉著宅悅向阿岩告辭。

——伊右衛門。

只要他日子過得不錯，就沒有什麼好抱怨的。只要他能幸福——。就能證明阿岩當初的選擇並沒有錯。

之後，她又聽說伊右衛門生了個娃兒。

這更是可喜可賀了。阿岩衷心祝福伊右衛門。

若是仍和阿岩在一起，他恐怕至今仍無子嗣吧。

據說，他很疼孩子。

所以，阿岩也感到安心。

不過。

又過了半年——。就在四天之前。

在她拿燈籠去交完貨的回家途中。

一股懷念之情突然在阿岩心中湧現。

她心中湧起一股想看看老家，也想確認伊右衛門是否幸福的衝動。

四谷與番町近在咫尺。

待她回過神來，發現自己正朝向四谷走去。

——身分不合。

結果教阿岩感到非常滿足，同時也感到一絲後悔。

她看到那熟悉的屋簷下，有個年輕妻子一臉慈容地在縫補衣物。

她身旁躺著一個小娃兒，睡得很熟。

庭院整理得很乾淨。看樣子似乎也請了僕人。

紙門也沒有破洞。

她憶起昔日和疲憊的父親度過的枯燥生活。憶起病癒後整天苦於反擊嘲諷與侮蔑。也憶起和伊右衛門短暫的夫妻生活。這個原本充滿摩擦與爭吵的地方，如今已經充滿慈愛。

阿岩在這塊地方寫過的歷史，早已宣告結束。

雖然並不感到寂寥，但阿岩心中還是不免有一絲抑鬱的感慨。

啊，幸好——她是真的這麼想。看來伊右衛門過得真的很幸福。

這讓阿岩感到很滿足。只是——。

僕人回頭看見她時，夫人也剛好抬起頭來。

夫人發出一陣悲鳴。

——這也是理所當然。

發現庭院前方有這麼個打扮卑賤、相貌醜陋的女人在往裡頭窺探，任誰都會感到驚駭不已吧。

——是我太疏忽了。

這就是阿岩心中的一絲後悔。

原本阿岩想以笑容表示自己並無惡意，但她也知道自己毀容之後的顏面缺乏表情，恐怕無法向對方表達真意，只好不做任何說明地離開。

——那個男人。

阿岩小姐——！

——為什麼會追上來？

站在午後豪雨中的僕人，臉孔也和阿岩一樣扭曲。

您，可是伊右衛門大爺的前妻——？

是的——那麼請問您是——？

在下是伊右衛門大爺的僕人，小名權兵衛——。

噢，那就麻煩您代小女子向夫人致歉，偷窺武士公館本就無禮，以這張醜臉嚇到人更是無禮，小女子實感抱歉之至。只不過小女子從小生長在這棟宅邸，如今剛好打這兒經過，不過是想瞧一眼罷了。小女子當然知道，如今此處已是他人的公館，但小女子絕無其他企圖——。

絕無其他企圖——您的意思是——？

小女子發誓自己絕無其他企圖，今後也不會再靠近此處——。

此時男僕的臉孔扭曲了起來。他也和阿岩一樣，縱斷顏面的傷疤，已讓他無法以顏面表達任何情感。猛烈的雨勢更是讓他的表情不容易判讀。

且慢。請您留步——僕人朝已經轉身離去的阿岩喊道。

什麼事？——還有什麼事？——阿岩頭也沒回地回道。

您可認識深川萬年橋的西田——尾扇——？

他是曾將小女子從致命惡疾中救回一命的大夫——。

那——兩國的利倉屋呢——？

從未照過面，但據說是個珍貴藥材大盤商。小女子家從四代之前起就和那兒有往來——。

那——小平呢——？

——小平。

小平這個人，阿岩原本早已忘得一乾二淨了。

小平？——噢，就是那個藥販子。家父在世時他常出入小女子家，與小女子家還算熟絡。利倉屋的藥都由其送到小女子家。只不過——。

只不過——如何——？

只不過，他打從前年年底便銷聲匿跡了——。

前年——年底——？

有什麼問題嗎？阿岩開始感到困惑。不論是西田尾扇、利倉屋、還是小平，她知道的就只有這麼多。這些都是自己昔日武家生活的回憶，如今和這些人早已沒有往來。教她不住納悶伊右衛門的僕人為何要問這些問題。

僕人最後問道：

這些人，是否都和與力伊東喜兵衛大爺有牽連——？

——伊東喜兵衛？

這小女子就不知道了。關於伊東大爺的事，小女子什麼都不知道。小女子的確曾與伊東大爺照過面，但就僅止於小女子離開家門那天而已，之後未再謀面。

僕人就此閉上了嘴。阿岩則是身體微傾地行了個禮，旋即離去。

——這到底是怎麼一回事？

伊東、西田、利倉屋、小平。還有伊右衛門的男僕。

阿岩不願再想下去。這一切都與她無關了。

阿岩又糊完一只燈籠，將它掛到了門楣上。從早上至今，只糊了四頂。

雖然從早到晚張張貼貼，卻只換得了微薄的酬勞。但只要不怠惰，賺來的銀兩還是夠糊口。狹窄的地面排滿剛翻好模的達磨。泥土地面上擺著一束束僅有骨架的傘，糊好的傘則攤開在一旁晾乾。房內已經沒有可供踏足之處了。

阿岩雙手歇了一會兒，以手巾揩了揩額頭上的汗珠。手巾沾上了膿與血。

——這疤總是好不了。

沒有抹油的頭髮頗為乾硬。反之，頭皮則被汗水浸得溼透。

雖然牆上有多處縫隙，緊閉的屋內還是十分悶熱。讓她渾身皮膚感到熱烘烘的，不沖個涼還真會教人暈厥。大雜院中並無庭院，若不將傘與達磨收好，就連澡都沒辦法洗。阿岩心想至少也得擦拭個身子，便走下了泥土地面。她以柄杓從瓶中取水，喝了一口，便把水倒進臉盆。

正當她脫掉外衣露出胳臂，將手巾浸入水中時。

感覺到似乎有誰躲在遮雨板附近。

「誰？——是誰？」

她趕緊抓緊衣領。

已經這麼難看了，還有什麼好害羞的——阿岩不由感到可笑起來。

「阿岩小姐，您可在家？」

來人嗓音低沉，話一說完，立刻出現一個巨大圓影。

「這聲音……你是……宅悅大爺？」

「是的，我是宅悅。幸好您還記得我——不知會不會打擾到您？」

「請問有何貴幹？」

「能否借一下耳朵？我有件事想告知。」

「借一下耳朵？──我的耳朵？」

「是的。這件事──我不能再默不吭聲了。」

「好，請稍待片刻。」

阿岩稍稍整裝，收起晾乾的雨傘，打開了門。

門口站著手持拐杖的宅悅，以及那名顏面傷殘的僕人──權兵衛。

「您是──伊右衛門大爺的──」

僕人則行禮回答──正是在下。

宅悅皺著肥厚的額頭說道──這麼晚了，還來叨擾您一個女人家，祈請見諒，但此事已是刻不容緩。阿岩再度拉緊衣襟回答──都知道我長成這副德行了，你這番話是在開玩笑嗎？宅悅搔了搔流冒汗的禿頭說道：

「我雙眼還尚得見時沒見過您。但此刻在我看來，阿岩小姐生得可是如花似玉。」

噢，對不住，說這話真是太無禮了。我發誓絕無他意──宅悅趕緊解釋道。

阿岩聽不懂宅悅這番話是什麼意思。但這個按摩的還是滔滔不絕地繼續說道：

「阿又──又市這個人平日脫口盡是謊言，但只有這說的是真話。我一開始只看到阿岩小姐醜陋的地方，但過了這陣子，漸漸發現您確實是清廉無垢，不管從哪個角度看──」

「你是有完沒完？」

權兵衛打斷了宅悅的話說道：

「阿岩小姐，前幾天很抱歉。在下已離群索居了好一陣子，有太多事不知情。不過後來經多方調查，也聽宅悅提起一些事，這才漸漸發現真相。或許會給您添麻煩，但這件事在下實在不得不插手。因此，能否請教您幾個問題？」

宅悅表示自己有話要說，權兵衛則表示他有問題要問。

阿岩於是將兩人請進屋內，移開達磨讓他們倆坐下。

阿岩在燈籠正下方坐了下來。還真是個奇妙的光景。

「在下想請教的事沒幾件。不過，也不能沒事跑來問您幾句話又回去。一聽宅悅提到這件事，在下就按捺不住——」

「真的是忍按捺不住。上回來拜訪您時，阿又那傢伙一直阻止我開口，因此我什麼也沒說就回去了，但事後我實在是坐立難安——」

那麼，該從何談起？——阿岩問道。權兵衛摸了摸自己臉上的疤痕說道：

「在下目前的確是個僕人，但原本是西田尾扇的長工。」

「西田大爺的——？」

「長工只是個好聽的說法，其實在下當時幹的盡是家中雜事，什麼都做，不過，在下並不隨大夫出診，因此不認識阿岩小姐——對了，去年梅花盛開時——不，記得是更早之前——這件事的發端——好像還在更早之前——不過，和在下有關的部分，是從前年年底就開始了——」

權兵衛淡淡地說道。

利倉屋之女被伊東一夥人擄走並遭凌辱，權兵衛等人前往抗議一事——。伊東表面上接受對方要求，答應迎娶利倉屋之女為側室，但這完全是個騙局，據說那姑娘一直被關在別屋中，持續遭到凌辱。除此之外，當時的權兵衛還有另一個遺恨，那就是他妹妹也被伊東一夥人擄走，同樣遭到嚴重凌辱——。而幫忙穿針引線、好讓伊東對其妹下手的，就是西田尾扇，權兵衛之妹最後因此喪命——事情的經緯似乎是如此。

這下子阿岩了解了，原來，權兵衛是想報妹妹的仇。

這種事該怎麼說呢——阿岩感到十分困惑。權兵衛提到的這些人她全都認識，但畢竟此事與自己無關，在今天阿岩的聽來，彷彿像個異邦的故事。

「一個身為首席與力的人——怎會如此胡作非為——？」

阿岩好不容易說出了自己的感想。但她心裡真正想的其實是——這種事倒也不無可能。

伊東的惡行還不僅於此，有更多人遭遇他更狠的毒手——權兵衛說道。權兵衛似乎已經仔細調查過伊東周圍的人、事、物。這下阿岩更加困惑了。

「權兵衛大爺，宅悅大爺，兩位所言之事確實是悲慘殘酷——」

可是，為何要告訴小女子這些事？——阿岩問道。

她對這些事一無所知，即使知道也幫不上任何忙。

噢——權兵衛回應道，並轉頭看向宅悅。宅悅低頭不語，看來頗為不安，接著臉色開始忽紅乍白，這才猶豫不決地喃喃說道——為了您好，這件事還是說出來吧，接著便緩緩抬起頭來說道：

「又市說這些話說了只會教阿岩小姐難過，不該說的話就不要說。但事實就是事實。阿岩小姐，請您聽我從頭道來。民谷老爺和這件事其實也有關連。首先，幫利倉屋與伊東仲裁的，不是別人，正是令尊又左衛門大爺。」

「家——家父——真的幹過這種事？」

又左衛門絕不是那種好管閒事的人。宅悅抖動著臉頰繼續說道：

「不，這是事實。當初我們幾個前去談判，但伊東喜兵衛可不是個好惹的傢伙，我們幾個還差點命喪他的刀下。在那千鈞一髮之際，幸得又左衛門大爺挺身相助。我們也是因此才結緣的。所以……」

權兵衛接下去說道：

「小的是不知道令尊是如何說服伊東的。不過，令尊當時對利倉屋說，女兒要嫁給伊東，必須放棄百姓身分——阿岩小姐，令尊甚至提議由自己收養利倉屋之女為民谷家養女，事後再將那姑娘嫁入伊東家——這件事有文書為憑。」

「收她為民谷家的——養女——這麼重要的事——」

父親竟然對阿岩隱瞞。這是絕不可能的。

「這件事——我完全沒聽說過。我完全不知情——」

「您畢竟是令尊的千金，這種事當然不可能告訴您。這個計畫似乎從頭到尾都是一場騙局。也就是說，令尊欺騙了利倉屋。利倉屋老闆個性急躁，思慮欠周，他完全相信了令尊的說詞，似乎到目前都還是深信不疑。」

——家父。

說了謊？

阿岩心中感到一陣撼動。

爹這個只在乎體面，只懂得當差的木訥老人——竟然會——。

難道，阿岩認識的只是阿岩的爹，而民谷又左衛門這個人——其實另有其人？

不。這不是她所認識的爹。阿岩甚至懷疑，自己竟然和一個毫不認識的人共同生活了二十幾年——。

不僅如此——權兵衛繼續說道：

「問題是，伊東喜兵衛為什麼要擄走利倉屋之女——」

「這——這件事就……」

「關於這件事，任何人都會以為是純屬偶然。也就是所謂的見色起意，在街頭強擄素昧平生的民女侵犯，以飽色慾

——但事實似乎並非如此。」

「那他到底——有何企圖——？」

與其說她有什麼企圖，不如說是為了報復吧──權兵衛說道。他拿起倒在身旁的達磨把玩起來，繼續說道：

「伊東的為人似乎極為憤世嫉俗。他明明對一己之功名毫無興趣，但只要有誰招惹到他，也不管對方是否有錯、自己是否有理，總是嚴加報復以逞一時之快。」

接著他雙手捧起達磨，繼續說道──至於西田尾扇……。

「──尾扇則幫了他擄走我妹妹，花了大筆銀兩招待我們兄妹享用美食。他這麼做的理由，無非是為了避免得罪伊東。那傢伙曾坦承深怕自己步上小平的後塵──」

「小平──？是那位藥販子小平嗎──？」

「是的。之前阿岩小姐曾說過，小平打從去年年底就銷聲匿跡了？」

「我是如此說過。」

「小平──依在下猜測──應是遭伊東那夥人給殺害了──。據說前年年底，有兩個武士四處尋找小平。從長相判斷，應該就是秋山長右衛門和堰口官藏。小平想必是被伊東的手下給擄走了。」

「擄走──？理由為何？」

「出賣小平小的，有九成九是尾扇。利倉屋則是被小平給拖下水的。」

「這我完全不了解。為什麼小平和利倉屋大爺要──」

「說的也是。無親無故的藥販子小平失蹤，利倉屋之女又被擄走。尾扇的恐懼不是沒有道理。不過，阿岩小姐，不論是尾扇、小平、還是利倉屋，全都和伊東無關，反而都是和阿岩小姐有關連。」

「等等，權兵衛大爺。依您這麼說，伊東大爺是為了向小女子和咱們民谷家報仇──？」

這在下也想不透──完全想不透，權兵衛說道，同時將達磨扔回了榻榻米上。

「在下也想不透伊東到底在打什麼主意。不過，這一切都是因阿岩小姐而發生的。就是因為在下如此判斷，因此才

——」

您也想太多了吧——阿岩稍稍恢復鎮定說道：

「即使您問小女子這些問題，小女子也無可奉告，權兵衛大爺。這些事小女子全都是初次聽到，而且是愈聽愈困惑。令妹固然值得同情，但小女子與尾扇、利倉屋、以及小平等人交情不深，若您不提起，小女子早已記不得曾認識過他們幾個。這麼說似乎很無情，但小女子甚至一直不知道自己為這些人帶來不幸。在這種情況下，他憑什麼要向咱們民谷家報仇？」

「只不過，阿岩小姐，令尊受傷一事——似乎也和這一連串災難有關。」

「家父受傷——？您是指那枝槍走火——？那不過是場意外吧？」

「這是利倉屋之女聽到的。似乎是伊東那傢伙命令秋山——在槍上頭動了些手腳。」

「什麼——？您說的可是實話？伊東大爺真的——真的做了這種事？」

爹——是被伊東謀害的？

若果真如此，伊東當日勸說阿岩時的親切語氣要如何解釋？他為何還表示要照顧自己？難道他的話盡是謊言？——

——不可能。他如此說謊，到底有什麼意義？他能藉此得到什麼好處嗎？到底是為什麼——？

「絕無可能、絕無可能！小女子絕不相信！小女子離家出走時，伊東大爺還曾——」

「對了——在下也想向您打聽這件事。」

權兵衛身子往前傾，向前湊出傷後醜陋不堪的臉孔。

阿岩——把臉別了過去。但她旋即感到這麼做很不好意思，便再度望向緊盯著她瞧的權兵衛。

「在下要問的——就是這件事。阿岩小姐，據說您當初是自願離開家門的。請問這是否屬實？」

「確實是如此。是小女子——自願離開家門的。」

「理由為何？」

「是因為──伊東大爺他──不，這件事小女子不能說。」

「伊右衛門大爺的後妻表示曾聽到您與伊東商量此事。根據夫人的說法，妳當時對伊右衛門已是厭惡之至，因此決意拋家棄夫──」

話至此，權兵衛拍了一下膝蓋，繼續說道：

「──離開家門。請問這說法是否屬實？」

「這──確實──是──如此」

是啊。即便有違自己的本意──且慢！

──夫人聽到了些什麼？

權兵衛哼了一聲，雙手抱胸地問道──請問您為何如此厭惡自己的夫婿？

「小女子方才已經說過，這件事絕不能說。」

「說謊對伊東而言乃家常便飯。他這個人為達到目的不擇手段，有時為了折磨人，他甚至會做些表面上有利於對方的事。比如為了作弄人而借錢給對方；為了勒索人而讓對方出人頭地。他不會直接找當事人算帳，卻從其周遭的人下手──這就是那傢伙的作風。他總是躲在在背後譏笑嘲諷。還真是個齷齪的傢伙呀。」

「那麼──可是……」

伊右衛門迷戀上一個比丘尼──。

近日結交了一群好賭的狐群狗黨──。

難道這一切──盡是謊言？可有任何可供佐證的證據？

她頓時感到屋子搖晃了起來。究竟是世間在搖晃、還是阿岩自己的內心動搖了？

——這一切都是為了什麼？

「權、權兵衛大人——」

「您不覺得——自己被欺騙了嗎？阿岩小姐，您想必是被欺騙了。請問伊東他——說了些什麼？」

「伊——伊右衛門大爺在赤坂包養女人。」

在赤坂包養女人的，可是伊東自己呀——權兵衛又繼續說道：

「阿岩小姐。慘遭伊東蹂躪，又遭監禁於別屋之內的利倉屋之女，就是伊右衛門大爺現在的妻子，阿梅夫人——」

「這——」

阿岩聽了大吃一驚。不過這——可有何意義？

即便伊右衛門迎娶利倉屋之女為後妻，這可有什麼不妥？

難道是阿梅並非民谷家親生、或者不是武家之女的問題？

阿岩思緒有些混亂，但她還是下了結論——這應該不是什麼大問題吧。

「這——可有任何不妥？」

「阿岩小姐，請聽在下道來。首先，伊東想擺脫阿梅小姐這個累贅。或許是他已經厭煩阿梅小姐，或者想和以前一樣在別屋養侍妾——事實上，如今他在屋裡屋外也不知養了幾個女人，這點想必錯不了。另外，阿梅小姐畢竟也很可憐，早已無法忍受這種屈辱的生活，加上對伊右衛門大爺一見鍾情，極欲擺脫伊東的控制。就在這時候，阿岩小姐您突然現身，表明想離開家門。伊東喜兵衛一聽自然是欣喜不已，便順水推舟地將阿梅嫁給了伊右衛門——整件事的經緯似乎就是如此。」

此時阿岩突然注意到頭頂上掛著的燈籠。現在可不是能閒聊的時候。若不能再多糊兩具提燈，可就要餓肚子了，不趕緊糊糊燈籠不行——她心裡如此這樣想道。

「首先，阿岩小姐，您是被伊東給騙了。」

「這就——」

——這就算了。沒什麼好計較的。

「而且，伊右衛門大爺也——被矇騙了。」

——那也沒什麼好計較的了。

伊右衛門還是認為阿岩厭惡他吧。這也無所謂了。

「不管是被矇騙還是遭欺瞞，反正如今一切都圓滿也就好了，不是嗎？」

「不。一點也不圓滿。」

「為什麼？」

「伊右衛門大爺的情況——一點也不好。」

——接下來他還會說些什麼？

不是嗎？伊右衛門被矇騙——這不就代表他至今仍不了解阿岩真正的心意嗎？若是如此，說不定他——。

「伊右衛門大爺他——明知阿梅小姐可說是上司的妾——還是娶了她為妻？」

「正是如此，阿梅小姐逃脫了伊東的魔掌，嫁給伊右衛門大爺之後，把伊東曾幹過的壞事一五一十告訴了伊右衛門大爺，就連自己的身分也告訴了他。但伊右衛門大爺還是接受了她，把她娶進了門。」

「她——她——」

「不過，阿梅小姐只有一件事，也就是關於阿岩小姐的事——說了謊。儘管阿梅小姐聽到了阿岩小姐和伊東之間談了些什麼，明知阿岩小姐被伊東所矇騙，仍然悶不吭聲。您可知道她為什麼要如此做？」

「——不知道。」

「阿岩小姐，那是因為阿梅小姐已經看穿了您的心，知道您其實是不嫌惡伊右衛門大爺的。」

「這——純粹是您的臆測吧？」

「即使不過是在下瞎猜的也無妨。不過，伊右衛門大爺對阿岩小姐您——依舊是念念不忘。這點阿梅小姐也看得出來。」

「伊右衛門大爺對我——依舊是念念不忘？」

想必是吧——權兵衛摸摸自己臉上的傷疤說道。

「至少，阿梅小姐是如此認為的。因此她才悶不吭聲。伊右衛門大爺若是知道了阿岩小姐真正的心意，一定會四處尋找阿岩小姐。如此一來，勢必會對阿梅小姐變心。為此，阿梅小姐的日子總是過得緊張兮兮的。換言之，阿梅小姐最怕的就是阿岩小姐您。她對您的恐懼——根本就是異常。即使已經知道伊東打得是什麼鬼主意，還配合他假戲真做，對事實故意裝作視而不見，急急忙忙成為伊右衛門大爺的後妻，所以，她覺得自己做了虧心事，愈想愈惶恐，終於變成成天只要看見紙門上有影子，就說是前夫人來了，一看到蛇，則說那是阿岩小姐化身。日子可是過得戰戰兢兢的。」

——若是如此，當時她……

當時她怕的——並不是自己這張醜陋的臉？

權兵衛低下頭去，繼續緩緩說道：

「阿岩小姐——。您說那純屬在下的臆測，但在下可不這麼認為。即便在下這臆測有誤，您和伊右衛門大爺也——」

「別再說了。」

「不，在下得說下去。萬一事實真是如此，這筆帳還是得算在伊東頭上。他慫恿阿岩小姐，誘騙伊右衛門大爺，拆散了您們這對彼此恩愛良好的夫妻——」

「別再說了。求求您別再說了。您這些臆測，讓小女子很困惑——」

眷戀。執著。思慕。後悔。以及其他諸如此類的情感……

阿岩的內心一陣劇烈動搖。

難道我——。

難道我錯了——？

阿岩伸手摸摸自己額頭上的疤痕。此時宅悅開口了：

「若真是如此，那您也真是太可憐了。我一開始還以為是——伊右衛門大爺變節，和伊東聯手設計趕跑阿岩小姐，以圖霸佔民谷家的身分。我也很擔心，他會不會淪為伊東喜兵衛的爪牙，亦曾為此感到忿忿不平。但我錯了。若這真是一場陷阱，那也未免太殘酷了——」

民谷家——。霸佔民谷家的——。

「且慢。宅悅大爺。你剛剛才說他試圖——霸佔民谷家的身分——？」

「是啊。」

阿岩毅然抬起頭來說道：

「此事絕無可能。民谷家的末裔僅剩我一個。和我離異，伊右衛門大爺將無法繼續使用民谷這個姓氏。即使他恢復舊姓，改名為境野伊右衛門，伊東大爺也——」

「阿岩小姐。我不知道伊東是如何對您花言巧語的。不過，伊右衛門大爺至今仍以民谷為姓。」

「絕無可能！」

「阿岩小姐，根據在下調查，境野伊右衛門娶了民谷又左衛門的養女阿梅，因此叫做民谷伊右衛門。另一方面，阿岩小姐已遭廢嫡。您與伊右衛門大爺的婚姻也宣告無效。因此，如今您不過是——」

「你說什麼？別胡說八道——」

「這一切屬實。」

「我——」

阿岩眼前變得一片朦朧。

怎麼會有這種事？

若只是為自己被剝奪民谷之姓一事如此動怒——那就等於自己——和爹一樣——只懂得眷戀這個姓氏、這個家號，除此之外已無其他生存價值。阿岩望著達磨，望著權兵衛，望著宅悅，仔細思索自己情緒變得如此激動的理由。她的手撐在榻榻米上。達磨跌落地面。恍惚的視線又移向了燈籠。

我——我已不過是——一個普通的女人阿岩而已。

但即使如此，也無所謂吧？反正糊燈籠的不需姓、不需氏，畢竟人原本不就像白燈籠？就算上頭沒寫字、沒畫畫，點起燈火還是堪用不是？

如今的我，已是提燈於岩（註3）——。

阿岩手放胸前，慢慢冷靜下來，雙眼緊盯著權兵衛。

「被伊東矇騙一事——小女子已經了解。但，也不打算計較了。之前也告訴過宅悅大爺，小女子如今生活無虞。伊右衛門亦是如此。即便為人所矇騙，即便其妻對其隱瞞真相，但這些都只是小事。只要其妻能盡其義務，為其生育子嗣，多方扶持夫婿，如此生活便堪稱美滿。即便有人惡意煽動、企圖破壞他們倆的生活，想必也難以如願吧。」

聞言，權兵衛捲起袖子，撫摸起自己的胳臂。

接著又說道——那麼，請容在下繼續說下去。

「在下現在打算攻擊伊東，將這夥人的惡行公諸於世。但愈了解真相，愈發現此事和民谷家關係匪淺，阿岩小姐和伊右衛門大爺都被牽扯其中。其實在下也同意阿岩小姐的看法，認為只要伊右衛門大爺能平安生活，一切也不必追究。只是——」

權兵衛低聲下氣、吞吞吐吐地，有氣無力地開始說明：

據說就在阿岩從牆角往宅邸內窺探那天晚上。

伊右衛門又被伊東給召了過去，而且極不尋常地很晚才歸宅。

阿梅看到阿岩之後一直是十分惶恐，據說即使在冷靜下來之後，還是只能神情恍惚地呆坐在地上。

娃兒不斷嚎泣，阿梅卻毫不理會，後來可能是哭累了，就睡著了。

當時權兵衛正在隔壁房內歇著。

即使太陽都下山了，屋內還是沒點燈，直到月光射入廳堂內。

角行燈上糊的紙，都被滲透進來的月光給染成了藍色。

突然間，聽到了不尋常的聲音。

那是有誰在磨蹭榻榻米的聲音、摩擦衣服的聲音、呼吸的聲音，在權兵衛耳裡，聽來像煞了凶悍、不祥、又難以言喻的焦躁的惡鬼吐氣聲。權兵衛再也按捺不住，便走到阿梅房門前，先說了聲——抱歉，接著便推開了紙門。

只見原本趴在地上的阿梅抬起頭來，張開血絲滿佈的雙眼。

權兵衛屏住呼吸，剎那間——他愣住了。

阿梅雙手緊壓著娃兒的臉。

您這是在做什麼——。

呃！她使勁壓著。

夫人！您這是在做什麼——？

他抓起阿梅的手，將她給拉開。娃兒嚎啕大哭了起來。幸好還活著。

放開我！權兵衛！放開我！若是、若是——。

小的怎能放手？阿梅夫人，您難道瘋了嗎——？

若是沒這孩子——。

娃兒不住地嚎啕大哭。阿梅不斷掙扎。權兵衛則使勁架住她。

「我要殺——殺了她。」

「殺了我自己的——親生孩子——」

「我要殺了這孩子。」

兩人究竟拉扯了多久，權兵衛已經記不得了。

據說回過神來時，阿梅已是疲累不堪地躺在榻榻米上，一張貼在榻榻米邊上的臉已是淚流滿面。娃兒從棉被上滾了下來，依然在嚎啕大哭。權兵衛沒照顧過娃兒，不知該如何是好，猶豫了好一陣子才準備伸出手，此時伊右衛門正好就回來了。

伊右衛門命權兵衛退下，抱起娃兒，語帶責備地逼問阿梅發生了什麼事兒。只見阿梅像個傀儡般坐起身來，一股腦兒地將身子坐直，不斷哭著要伊右衛門原諒她。但耐不住伊右衛門一再逼問，阿梅這才喃喃自語地說道——我打算殺了這孩子。聞言，伊右衛門怒斥道——妳可是是孩子的娘，怎能對咱們的孩子做這種事？於是，阿梅抱住了伊右衛門的衣袖，開始滔滔不絕地說道：

大爺，阿梅已經受不了了。明兒個您還要出門嗎？明兒個還打算出門夜釣嗎？我已經受不了了——娃兒一哭就得挨一頓痛打，大爺聽命把娃兒帶出去，母乳流出來被嫌髒，我還是挨頓踢打。阿梅我、阿梅我到底算什麼？阿梅我，阿梅我——。

妳也知道抱怨沒用吧——？

不，我不能接受。這種生活我已經——。

你的意思是，當我的妻子讓妳深感委屈——？

是我自願嫁給大爺的。只因為阿梅深深仰慕大爺。對大爺心儀不已。但像這樣當個有名無實的妻子，已教我深感生不如死——。

伊右衛門想甩開她，但阿梅抱得實在很緊。

請別這樣。別拋棄我——。

吵死人了！不論理由為何，像這種無故毆打親生骨肉的古怪行徑，簡直是畜生不如。妳還有臉說妳是孩子的娘、是我的妻子嗎——？

可是，大爺自己也曾說過——若是沒這孩子……。

妳在胡說八道些什麼！我指的可不是這種事，只是藉此勸妳如今既然有了這孩子，為人之母後就不可過於任性、凡事均不宜輕舉妄動——。

那還不是一樣？不管您怎麼說。大爺，您曾經說過，若是沒這孩子，您就要帶阿梅我遠走高飛。您曾如此說過的——。

阿梅把手伸向緊抱娃兒的伊右衛門。伊右衛門搖搖身子甩開了阿梅。

阿梅！還不快給我住手——？

老爺您為何如此疼愛這麼一個孩子——？

孩子無罪。無論任何人怎麼說，她都是我的骨肉，是民谷家的孩子。身為她的爹，我必須盡義務養育她。如果我沒有養育她，這小女娃兒想必明天就會喪命。雖然只是個娃兒，但她可也有權活下去。不論是什麼樣的爹娘、有的是什麼樣的身分，這點都是不會變的。來，阿梅，妳仔細瞧瞧，仔細瞧瞧這對尊貴無瑕的小眼睛。如此可愛的一個娃兒

——阿梅妳——還下得了手嗎——？

阿梅癱倒在地上，痛哭流涕了起來。她一再道歉，把孩子接了過去緊緊抱住，仍止不住嚎啕大哭。

不知所措的權兵衛，就只能恭恭敬敬地站在房內一角。

這——就是伊東的報復吧——權兵衛做了結論。

阿岩眼眶已泛起淚水。

——這麼一個孩子。

——有名無實的妻子。

——不論是什麼樣的爹娘。

「事實上，那孩子——並不是伊右衛門大爺的骨肉，而是伊東喜兵衛的種。」

「什麼——？」

那娃兒，其實是伊東的——？

「——絕無可能！若是如此，為什麼伊右衛門大爺要——」

他就是這麼一個人——權兵衛說道。

「阿梅有身孕後，伊東很緊張。當然，最後生下來是個女娃兒，若是個男娃兒，阿梅一定會要求讓這孩子繼承他的地位。因此，他得儘早把已是身懷六甲的阿梅推給了伊右衛門大爺。但事情可沒這麼簡單就結束，伊右衛門大爺與阿梅結為連理之後，伊東還是每到逢五、十五、二十五就上門找阿梅夫人——」

「哪有可能——」

「此乃實情。而且那似乎是——他把阿梅小姐許配給伊右衛門大爺的條件。」
「這太瘋狂了。哪有人會如此胡作非為?哪有這種——」
「因此,每次伊東那傢伙要來,伊右衛門大爺就得帶著孩子出門夜釣。如果您認為我說謊,明日又逢五,他應該會去隱坊堀,您大可過去親眼瞧瞧。」
怎麼會——。
妻子是有名無實。娃兒是別人的種。
如此說來,伊右衛門豈不是一點都不幸福?
伊右衛門他——。
「絕無可能,絕無可能!伊右衛門再怎麼懦弱,也不可能被一個與力愚弄至此,並接受這種違背人倫的婚姻。他又不是非服從伊東不可!」
阿岩激動了起來,以拳頭敲起了榻榻米。
「若只是娶了他人的妾也就算了,都過門了還讓他們倆保繼續發生關係——還得容忍如此違背人倫的惡劣行徑——天底下竟有如此屈辱之事——」
阿岩情緒激動不已,慌亂的視線頻頻在房內四處穿梭。
「為什麼要忍受?為什麼要承受?為什麼——」
她數度揮拳敲打,砸碎了好幾尊達磨。
「伊右衛門大爺之所以能承受如此痛苦,在下認為——首先就是因為同情阿梅夫人,對其心不甘情不願生下的娃兒亦是百般疼愛。然而,依在下觀察,伊右衛門內心其實頗為自暴自棄;由於當初遭阿岩小姐拋棄,頹喪之餘方鑄下如此大錯——」

「你的意思是——這一切都是因為我？」

「一切都是不希望斷絕民谷家脈——的信念使然」

「因此把我家……」

「把您該回去的地方——」

「別——」

阿岩站起身來怒斥道：

「別以為你什麼都知道！」

當初為何要離開家門？為何要拋棄武家身分？為何要拋棄身為女人的權利？為何要拋棄姓氏？為何要拋棄尊嚴？這一切都是為了什麼——？

直到數刻之前都頗為平靜的心境，此刻已消失得無影無蹤。

「我做的這些事——究竟有何意義？」

她只覺得熱血一股腦兒地全衝上了腦門。疤痕感到陣陣刺痛，血膿紛紛從毛孔中滲出。她也感覺眼眶發熱，整片視野都模糊了起來。阿岩使勁抓著自己的頭髮大喊：

「為何伊右衛門無法過得幸福？為什麼？為什麼？」

「阿、阿岩小姐！請、請冷靜下來！」

宅悅站起身來。阿岩踢散了達磨、踢破了剛糊好的紙傘。

宅悅按住阿岩的肩膀。放開我！放開我！這些混帳——！

「可憐的阿岩小姐。我也為您深感難過。」

「深感難過——？什麼？」

「其實錯全不在您。」

「錯——?」

那麼,錯的又是誰?

是伊東嗎?是伊右衛門嗎?是爹嗎?是整個社稷嗎?是家名嗎?什麼跟什麼嘛!

您冷靜一下!實在是太可憐了,請務必冷靜下來——。

阿岩小姐,阿岩小姐,請您務必冷靜下來。發怒是無法解決任何問題的——。

「給我閉嘴!」

阿岩大吼道,嗓音宛如狼嚎。

「為什麼你們要向我提這些事?為什麼要讓我知道這些事?我實在氣不過,我恨、我——我恨透了你們倆!」

阿岩拿起雨傘朝權兵衛揮去。混帳!錯全在你們倆,還有我自己身上!

可是,若不告知您,事實就……真相就——被阿岩的盛怒給嚇呆了的權兵衛吞吞吐吐地說道。

宅悅從背後架住阿岩。阿岩小姐,阿岩小姐,請您務必息怒——。

宅悅使勁地抱緊阿岩。

阿岩的身子和宅悅的胳臂、肚子緊密地貼在一起。

怎麼濕濕的?——噢。

宅悅的指頭碰觸到了阿岩的額頭。

阿岩下意識地推開了宅悅。

接著,她搶下了宅悅的拐杖,凌空揮了下來,有菱有角的握把擊中了宅悅的腦袋。只聽到一聲鈍重的聲響。

「阿——岩——」

「宅——宅悅大爺」

在這瞬間，阿岩清醒了過來。一股鮮紅液體緩緩從他的禿頭上流了下來。這個按摩的伸手去摸。

「無、無所謂。誠如小姐所看到的，我原本就是醜男——像這種傷——」

他粗肥的指尖顫抖著。掌心裡是厚厚的一層血膿。

阿岩的視野已經變成一片鮮紅。

「可惡！可惡可惡可惡！」

瘋狂而漫無目的地，她再度揮打了好幾次。

只聽到陣陣轟隆轟隆的耳鳴，阿岩四處拼命亂打。達磨一個一個染上鮮血，接二連三地悉數遭擊毀。

可惡可惡可惡可惡可惡可惡！真是太可惡了！

待一切安靜下來。

抬頭一瞧，只見好不容易糊好的提燈已悉數破洞開口。屋內到處都是鮮紅血沫。渾身是血的按摩師倒握在榻榻米上。手按著腦袋呻吟的男僕，則是在屋內四下找地方藏身。

屋外傳來一片嘈雜聲。好幾個大雜院的住戶從門外往屋內窺探。阿岩放下拐杖，發出一陣狼嚎般的怒吼：

「你們也想和我作對嗎？我可不記得曾招惹過你們！」

阿岩使勁推開了幾個人，飛也似的衝出人牆跑了出去。

——伊右衛門大爺！伊右衛門大爺！我恨你伊右衛門大爺！

即使頭髮凌亂，衣衫不整，阿岩仍是一路狂奔。

隱坊堀——。她朝隱坊堀跑去。周遭景色迅速改變，阿岩整個人為黑夜的陰影所籠罩。哇哇！哇哇！

燈籠的火光滲入了她潰爛的左眼。

註1：酒館女侍。
註2：即日本仿達磨祖師造型的傳統不倒翁。
註3：「於岩」與「阿岩」同音同意。

御行又市

又市正坐在民谷家廳堂中。

面向他的伊右衛門則坐在一只六腳櫃般大的桐箱上。

關著雨窗，四周掛著蚊帳的廳堂內，瀰漫著異樣的香氣。

房內焚燒的是避邪的香。蚊帳四角都擺著香爐，四道白煙筆直地往上昇。伊右衛門一臉憔悴。他一句話都沒說，雙眼圓睜眼神卻頗為恍惚。

「櫛（註1）——」

伊右衛門開口問道：

「買來了嗎？」

「依您的吩咐，買來了。」

又市在榻榻米上跪著移動到伊右衛門身旁，畢恭畢敬地把東西交給他。

伊右衛門默默地接了下來仔細端詳，並問道——是上等貨嗎？

「此櫛乃三光齊親手繪製的極品蒔繪（註2），上頭的重瓣菊花繪製得十分細緻。柄上還施以饒富古趣的銀細工。這可不是附近雜貨店或六櫛屋（註3）買來的便宜貨，價格亦是十分昂貴，因此在下將您給我的所有銀兩都花在上頭了，但還是——」

「不足的份，我會補給你。」

「那倒也不必。」

其實擅長耍詐術的在下已經以舌粲蓮花——又市說完便往後退。伊右衛門慰勞道——噢！還真是辛苦你了，接著再度端詳了一下櫛，再將它給收進懷中。

「阿梅小姐呢？」

「還在歇著。」

「她還是——認為那些是阿岩回來作祟？」

「那不過是夫人的幻想。她是不可能上這兒來窺探的。」

阿岩仍是音訊杳然。

「但是秋山大爺他們一家也——」

「那傢伙是個膽小，再者，阿岩根本就不認識秋山。」

「是嗎——但坊間可是有許多毫無根據的謠傳呢。大川端的二八蕎麥屋老闆說他親眼看到了一個厲鬼疾馳而過，也有人說看到一個瘋女人出現在暗板。另一方面，也有人傳說她在玉川的御淨水投水自盡了，也有人說她在雜司谷的森林自縊身亡了。雖然這些盡屬謠言——但真是教在下受不了。」

「我也是——」

伊右衛門語氣沉重地說道。

「——阿岩已經——」

死了——伊右衛門大概想這麼說吧。

又市很了解他這種心情。

雖然已經離異，阿岩畢竟曾是伊右衛門之妻。

望著伊右衛門那一臉憔悴的神色，又市試著找些話說。

卻不知該說些什麼。

在阿岩失蹤的六日後。

這段日子裡，又市四處東奔西走，非常忙碌。

一個年約二十二、三的女人，披頭散髮地衝出四谷御門，狂奔而去——。

又市在慘劇發生後的隔天早上，才聽到這個消息。

——阿岩。

他心中湧起一股不祥的預感。結果果然讓他給猜中了。

又市趕到現場時，阿岩居住的大雜院前已聚集了好一群人。持棍的下級捕吏站在門口，阻止閒雜人等進入，屋內已經淨空。問看熱鬧的人發生了什麼事，只聽說是鬧人命了，據說情況非常淒慘。也有人這麼說——屋內是一片血海，宛如惡鬼把人給吃了。

排開人群走進來的八丁堀官員，畏畏縮縮地靠近現場，詢問部屬死者是什麼身分，答案是尚未分曉，但應該馬上就能查出。又市表示自己或許認識死者，就被帶到了番所（註4）一掀開草蓆，他就看到了一團身穿他所熟悉的衣物的肉塊。

——宅悅！

他的禿頭已經迸裂，頸子扭斷，整張臉腫脹不堪，已經無法看出原來的面相，但應該是宅悅沒錯。旁邊有兩根染血的拐杖，一根已折斷。想必這就是凶器吧。

此人乃足力按摩師宅悅，家住雜司谷的地獄雜院——又市如此告訴捕吏，接著便沉默了下來。

在番屋（註5）內時，阿岩租屋的保證人紙商德兵衛是一臉畏懼。一看到又市，德兵衛便說道——噢，您是上次見過面的的御行大爺，哎，這件事可鬧大了。

真的是鬧大了。

殺害宅悅的兇手想必就是阿岩。案發後，大雜院內的許多住戶圍攏過來窺探。據說當時阿岩手中還握著拐杖，許多人還看到阿岩狂亂地奔離現場。連路口的捕吏目擊到了，其中幾個認為阿岩舉止可疑，便追了上去，但都沒給追上。阿岩就這麼失去了蹤影。

她奔跑速度快如韋馱天（註6），形相則凶惡如鬼羅剎——。

有個如厲鬼般狂奔的瘋女出沒——。

如此謠言瞬間傳了開來。

行政首長動員大批捕吏在江戶城內四處搜索，保證人德兵衛也四處幫忙打聽，還是沒發現阿岩的行蹤。據說德兵衛還為此支付大約兩枚大金幣，作為修繕雜院及燈籠大盤商的賠償金。身為保證人的德兵衛，為此真是吃足了苦頭。

——為什麼宅悅會……？

又市完全想不透。

另外，又市還聽到一些莫名其妙的證詞，聲稱阿岩居住的屋內還有另一具屍體。同樣也是頭破血流，是個武士的僕人——。

不，那人還活著。我還瞧見他指頭還在動呢——。

什麼還活著？臉都被劈成兩半了——。

但捕吏似乎都沒把這人放在心上。因為現場不見他的屍體。

——直助。

直到夜深，又市才知道另一具屍體的身分。

離開番所後，又市趕赴民谷家。雖然聽到了五花八門的傳言，但詳細情況仍是完全無法掌握。

過了夜半他才抵達，而伊右衛門卻不在家。門關得很緊，連遮雨板都給關上，一再叫門都無人回應。只聽到娃兒的聲音微微從屋內傳出，心想至少阿梅在家，又市便大聲喊道——在下是御行，要詐術的又市。

騙人，妳用假聲也騙不了我——！

又市大爺是不可能來的——！

阿岩小姐，阿岩小姐——。

饒了我吧——只聽到阿梅如此喊道。

看她如此恐懼，想必是已經聽說阿岩發狂出奔一事了。

不知道叫了幾回，還是無法打開僵局。此時……。

他聽到了轣轆轣轆的車輪聲。

伊右衛門回來了。

就連伊右衛門也已是憔悴不堪。不僅如此，他拉著一台大貨車，上面載著門板與木材等物品，似乎走了很長的路回來，看起來異常疲累。看到又市時，伊右衛門十分驚訝。

伊右衛門指著貨車，有氣無力地說道——我是很想詢問詳細情況，但一來疲累，二來由於阿梅對阿岩過於畏懼，這下得馬上開始修繕宅邸門戶，可否改天再來？又市也不便多說什麼。此時的伊右衛門是真的累壞了。

——這也難怪。

又市心想。

眼看伊右衛門忙著卸貨，又市準備離去。

原本——把伊右衛門介紹給阿岩的，就是又市。

若當初沒又市居中撮合，如今或許就不會發生如此慘事——一想及此，他實在很難豁然離去。又市沒有離開宅邸，迂迴繞到了後院的稻荷神社後方。當初他就是在這兒首度看到阿岩、並與其攀談的。之後，他又在這兒和又左衛門做過一番討論，讓伊右衛門入贅民谷家。

又左衛門若還在世——。

他喃喃自語道。此時……。

又市——是又市嗎——？

稻荷神社的陰影裡，有人在喊他的名字。

這個人就是直助。

他似乎藏身在圍籬與稻荷神社之間的縫隙內。

又市啊，宅悅他、宅悅他——直助邊說邊蹣蹣跚跚地爬了出來。一聽到他的嗓音，又市立刻聯想到另一具死屍就是直助。他問道——喂，阿直，你們到底幹了什麼好事？此時又市在月光下看到了直助的臉，當場倒抽了一口氣。

他的長相怎會變得如此古怪？一道很深的疤痕斜斜地縱斷整張臉，裂開的額頭也腫得發紫。

又市立刻察覺這其中必有緣故，便把直助帶到自己位於下谷的住處。

直助似乎曾遭阿岩使勁毆打，他痛苦地扭曲著臉龐，走起路來也是一跛一跛的。

然後，又市向直助詢問整件事的經緯，大致掌握了情況。

被阿岩的突然發狂嚇壞並遭打昏的直助，一醒過來立刻用僅存的一點力氣脫逃。直助是殺害尾扇的兇手，雖然官府尚未發現其可能涉案，但他可不想遇到任何捕吏。

——我又晚了一步。

又市非常後悔。他很了解直助已是走投無路，也很清楚宅悅在想些什麼。但即使如此，他們倆還是不該讓阿岩知道真相。按理說，不管阿岩想問什麼，應該還是有法子可以避免把真相全盤托出。即便兩人說的都是事實，不，正因為都是事實，才會——。

——到底是哪兒出了差錯？

似乎盡是些微不足道的差錯。

許多小差錯處處累積，彼此衝擊，等注意到時，難以挽回的大錯已經鑄成。而且一切早已十分明顯，這麼做將會造成難以彌補的後果。阿岩發狂並非所有不幸累積而來的結果，而是更大凶事的前兆——又市如此感覺。

這些事兒，又市幾乎都曾參與。

他能放任不管嗎？

——當然不能。

又市開始思索起來。每次自己都慢了一步，這次非得想個法子搶得先機不可——。

然而——

直助說道：

我完全沒有想到，事情竟會演變到這種地步。聽又市你這麼說來，確實是我當初思慮不周。宅悅冤死、乃至阿岩發狂，想來都得怪我——。

對。對。一切遺憾都是我造成的——。

我得暫時找個地方藏身，今天害阿岩小姐變成那模樣，我不僅沒臉見人，更沒有臉回去。見到伊右衛門時，就幫我轉達不必為我操心。還有，我至今受到他那麼多照顧，即使無法報答，這一輩子也絕不會忘記。這點也拜託你幫忙轉達——。

但即使如此，我還是得幹掉伊東。至少在報完此仇之前，我是不會死的。所以，又市，咱們倆的關係就到此為止吧。如果咱們之間還保有任何聯繫，只怕會連累你——。

又市並沒有阻止他。

在聽到破曉七次鳴鐘之前，直助就已消失了蹤影。

之後，又市就沒再見過直助。

「又市啊，權兵衛，不，直助上哪兒去了——」

伊右衛門眼神依然恍惚，以陰鬱的嗓音問道。

又市回答——這……

「他大概是受了傷吧？」

「我已經為他處理過了。命是保得住的。」

「他——只會壞了事——」

伊右衛門喃喃自語地說道。

「——只會把周遭攪得一團亂。」

「阿直應該沒有這種想法。被攪亂的是大爺自己吧？」

是嗎——伊右衛門陰鬱地回答道。

「他——真的殺了西田尾扇？」

「似乎真是如此。」

「他說過自己刺殺了他。」

「在下是沒有看到，但據說尾扇是被亂刀刺死的。」

被亂刀刺死——伊右衛門重覆了這句話，磨蹭著自己的脖子。

「昨日——伊東大爺——又來了。」

「你是指——逢五之日？」

又市無法佯裝不知情。這件事也是聽直助說的。他曾說過——可別瞧不起伊右衛門這個人。

「你在嘲笑我嗎？又市。」

「在下沒這個意思。只不過——」

「只不過什麼？」

「難道沒有其他路可走？」

「什麼路？」

「若大爺當初拒絕了他，結果將會如何？」

「孩子大概就不會被生下來吧。阿梅也沒辦法活下來。」

「——原來如此——」

原來伊右衛門因此才做了這個選擇。

「——可是阿梅夫人她——十分痛苦。」

「我也覺得阿梅可憐。但是，這條路——也是阿梅自己選擇的。」

是嗎？依直助的說法，阿梅知道阿岩的實際情況，也了解喜兵衛的陰謀，卻還是三緘其口地嫁給了伊右衛門。又市心想，這可能是因為阿梅對喜兵衛厭惡至極的緣故。她大概也是在伊右衛門身上找到了活路吧。對她而言，與其維持現狀，不如起而行動——看樣子這應是事實。阿梅只是一廂情願地把這種感覺轉換成對伊右衛門的思慕罷了。伊右衛門一定也看得出這點。

伊東大爺他——伊右衛門繼續說道。

「他怎了？」

「他命我殺了阿岩。」

「殺掉——阿岩？」

「他說阿岩是個恩將仇報的狂女。」

「恩將仇報？——」

是伊東自己心裡有鬼而感到畏懼吧。若他真的曾對阿岩有恩，哪有什麼好怕的？

打從阿岩失蹤的翌日晚上開始，左門町開始出現異象。

最早看到那東西的——是秋山長右衛門即將滿五歲的女兒阿常。

當天晚飯吃到一半時，阿常突然哭了起來。據說一問她理由，她便回答：

門口有在人偷看——。

家人出門查看，卻什麼也看見。

過了一會兒，阿常又在廁所裡頭哭了起來，家人跑去察看，她又表示：

格子窗外有張很可怕的臉在偷看——。

困惑不已的長右衛門之妻抬頭一看，發現廁所小窗外真有一張潰爛的臉雙眼圓睜地緊盯著自己瞧。

據說她當場背脊發涼，大吼大叫，於是幾名僕人手持棍棒或鋤頭繞到廁所後方，卻沒發現任何人影。僕人問夫人是否眼花了，這件事便就此不了了之。

這天，伊右衛門告假沒出門當差，他準備利用前天搬回家的木材補強門板，並將玄關之外的出入口悉數堵住。前天晚上他曾對又市表示，此舉是為了安撫阿梅。直助也說，阿梅不斷大喊阿岩小姐來了，阿岩小姐在窺探！但實際上又市從阿梅的語氣也聽得出她精神已經錯亂，想必是內心惶恐不已所致吧。

伊右衛門相信只要將宅邸內外塞得密不通風，就能防止阿岩侵入，讓阿梅安下心來，但阿梅的恐懼絲毫未有改善，伊右衛門也依然是無計可施。雖然情況如此，伊右衛門也無法連續數日告假不出門當差。但家裡娃兒總要有人照顧，他隔天只得從秋山家借來下女與小廝，讓他們陪伴阿梅。只是，據說待伊右衛門一出門，阿梅還是不斷大喊說阿岩在窺探、從那道縫隙窺探、從這個小洞窺探。不僅如此，明明已經仔細地填補了所有縫隙，還是有一條蛇鑽了進來，舔了燈台的油，這可真教阿梅按捺不住了。她大呼大叫，男僕與下女也非常驚慌。雖然想把蛇趕出去，但出口全被塞住，想把蛇打死，卻一直打不死，小廝與下女也都慌了手腳。最後，據說阿梅先是癲癇發作了一陣，接著便昏死了過去。這下可糟了。

大家開始認為在秋山宅邸外窺探的，想必也是阿岩。

翌日起，左門町一帶不是燃起怪火，就是有人聽到古怪的聲音，接二連三的異象，讓大家認為這一切都是阿岩幹的好事。

分明就連阿岩是生是死都不知道了。

難道因為她活在世上時就被看作鬼，此時她是生是死就不重要了？

到了前天。

秋山長右衛門自己也遇到了怪事，當天——。

秋山沒當差，待在家裡。誠如伊右衛門所言，秋山這個同心膽子很小，不僅對阿岩在他家附近徘徊的謠言深信不疑，加上又聽女兒提起兩次、妻子提起一次，說看到有個長相酷似阿岩的人在他家門外窺探，更教秋山惶恐不已，據說還為此成天躲在被窩裡。

到了午後，秋山前去如廁。

事情就發生在這時候。

周遭安靜異常。

他突然聽到有人喊著他的名字：

長右衛門——。

秋山被嚇了一大跳。

長右衛門、長右衛門——。

那聲音連續喊了他三次。在這個大白天的。

會如此叫他的，應該只有他叔父和已過世的老爹。

他以為是叔父從駒込來訪，秋山前往門口迎接，卻沒見著半個人影。

是誰啊——甫脫口詢問，秋山便打了一身寒顫。

他趕緊逃回廳堂內，關上了紙門。就在這剎那。

長右衛門，是我。小平呀——。

據說一個沙啞的聲音如此說道。

這可把長右衛門給嚇壞了。突然又傳來一陣尖銳的笑聲。

你竟敢……你竟敢……我恨呀，長右衛門——。

突然間，他看到有塊門板被掀開了。

長右衛門活不久了——。

只聽到這句話從豎起來的門板陰影裡傳來。

小、小平，你迷、迷路了嗎——？

據說秋山高聲說道。

小平已經死了，至少就秋山所知是如此。

你活不久啦，長右衛門。還不念佛準備納命來——？

據說秋山雖是個膽小鬼，但所謂窮鼠齧貓，狗急跳牆，過度恐懼逼得他瘋狂地衝了過去，大吼大叫地使勁踢起門板，把門板踢得轉了過來，此時有個不知為何物的黑影從陰影裡衝了出來。聽到主子一再悲鳴，僕人立刻趕了過來，現場亂成了一團，但那黑影不知是躲進了屋簷下，還是已從木門逃脫，據說就像一縷輕煙般消失無蹤。這下長右衛門可嚇壞了，他把家人聚集到廳堂內，並且要僕人小廝站在庭院、玄關警戒，自己拿著槍，點上火繩，並在火皿裡放了火藥，雙眼眨也不眨地警戒著。

到了晚間七時。

原本明亮的夏日天色頃刻間昏暗了下來。

啊——。

據說阿常悄聲叫了一聲。

秋山嚇得渾身打哆嗦，回頭一看，發現原本沒有人的裡側房間裡出現了一個人影。

你若認為我是個膽小鬼，就站到前頭來——。

秋山情緒激動起來，立刻扣下扳機，砰——地一聲擊發了槍。

似乎沒打到任何東西，但在房內開的這一槍，槍聲在牆壁與天花板之間迴響，聲音非常大，如此大的聲響，料是凶神惡煞也為畏懼三分——長右衛門如此豪語，不料定睛一看，卻看到阿常已經倒臥地上。原來近距離聽到如此大的聲響，把她嚇得渾身痙攣不已。這把秋山嚇得狼狽不堪，只得拋開槍，在阿常身上潑水，好讓她清醒過來，但阿常四肢依舊是顫抖不已，一直發出喃喃囈語，直呼好可怕，接著整個人再度開始痙攣。長右衛門命令僕人——這是受驚引起的急驚風，趕快叫大夫來！

在大夫抵達以前，秋山都是惶恐不已，其妻也是哭天搶地地直責備秋山——都是大爺開的槍嚇到了這孩子，如果她有個什麼三長兩短，大爺就成了殺害自己孩子的兇手！

哭鬧聲。叫罵聲。懊悔聲。怒吼聲。整個秋山宅邸是亂成一團。

此時，秋山聽到一陣笑聲。

在圍籬那頭——

黃昏夜色漸漸籠罩。

他看到一張不成人形的臉在笑著。

秋山——就這麼昏死了過去。

後來，還沒等到天亮，阿常就死了。

據說秋山因此前去向伊東哭訴，伊東則命伊右衛門將阿岩給殺掉。

伊右衛門茫然地望著直往上竄的白煙。把阿岩——給殺掉——。

又市則問道——那麼，請問大爺如何回答他？

「秋山大爺的千金也真是可憐。不過誠如其妻所言，此乃在屋內擊槍者的錯。秋山為何如此惶恐，我是不了解。即便那位名曰小平者果真如直助所推測，乃為秋山等人所殺害，那也與阿岩出奔一事無關。推說是阿岩的錯，指阿岩為殺人兇手，而且只因她是我前妻，就命我出面解決，如此安排著實教我倍感困惑。如此無端強迫，我當然無法答應。」

「因此，大爺拒絕了？」

「又市——」

伊右衛門逐漸把瞳孔焦點集中在又市身上，說道：

「你是前天來的吧。」

「是的。」

「阿梅——一直沒靜下來吧?」

「是的。夫人堅信阿岩小姐藏身在倉庫內——」

「當時是何時?」

「正好是申時。」

「沒錯。這就是秋山開槍的時刻。若在那兒出現的是阿岩,躲在倉庫裡的又會是誰?」

「如此推測確實有理。這麼說——」

「我只回答阿岩根本沒有出現,一切純屬幻想。」

伊右衛門心不在焉地說道。

誠如伊右衛門所言,又市來訪的確是前天的事。

到這兒之前,他曾一再慎重思索,一再細心調查,但謠言流傳得十分迅速,特別是左門町一帶的住戶已是群情激動,若這次又慢了一步,必將鑄下難以彌補的大錯。因此雖無任何解決方案,又市仍決定前來拜訪伊右衛門。

來到宅邸門前時,又市有股異樣的不祥預感。

直到現在,這預感仍是揮之不去。

——是因為這味道嗎?

的確是因為這味道——屋內瀰漫著一股怪異的香味。

玄關釘著一只沙丁魚魚頭。這也是為了避邪吧?然後還有——。

從透光窗到耗子洞,屋內找得到的大小洞穴、所有縫隙都被悉數封補。被封得密不透風,臭味因此完全無法散去。畢竟是棟老屋子,屋內的陳年灰塵也總會有味道吧。這些味道交織成一股五味雜陳的異味,薰得又市難以呼吸。

一方面也可能是缺乏光線所致。

前天只是感到不祥罷了。

又市抬頭望向陰暗的門楣，看到上頭欄間也以板子封住。

伊右衛門前天站在現在他坐著的這只桐箱上，在欄間封上了木板。伊右衛門解釋道——即使把整棟屋子封死，恐懼不已的阿梅也會直呼有個小小的阿岩從欄間往屋內窺探。

接著，伊右衛門說道——宅悅死得真是冤枉呀。又市曾接受官府詢問。結果又市只是感到困惑不已，完全不知該說些什麼。因為他猜不透伊右衛門到底知道多少真相。

娃兒仍在哭泣。

阿岩小姐！阿岩小姐——！

記得約七時許，阿梅曾在倉庫內如此吼叫。若阿梅所目擊的屬實，秋山家的怪事也屬實，那麼阿岩不就有兩個了？伊右衛門活像在哄不懂事的孩子般安慰著阿梅——妳瞧，這兒哪有什麼阿岩？阿梅則是一臉既怨恨又彆扭的表情。

即使一再安慰她，讓她在裡頭的房內歇歇，阿梅還是沒照料娃兒。又市看不下去，表示如此下去娃兒可耐不住，得找個乳母或下女來幫忙照料，但阿梅聞言立刻抱起娃兒表示大可不必，這才開始授乳。伊右衛門一臉悲傷地望著這光景。

就在當時，又市受伊右衛門之託前去買櫛。伊右衛門表示——打從她過門至今，還沒買過一把櫛，同時掏出了一兩銀子。

今天又市，就是專程送這把伊右衛門委託購買的櫛來的。

——倒是今天……

又市凝神靜聽，沒聽到娃兒的聲音。

娃兒似乎很安靜？——又市說道，因為阿梅已經靜下來了——伊右衛門回道。

「或許正好相反。娃兒一哭，阿梅就心情大亂。娃兒的哭聲會教她不知所措。」

「若是如此……」

阿梅看到的或許不過是伊右衛門堅信的幻覺。那麼——。

秋山看到也同樣是幻覺。世上那可能有這種東西？——伊右衛門不屑地說道。

「雖然上頭命我殺了她——我卻下不了手。」

伊右衛門說道。的確，連她人在哪裡、是生是死都不知道，要怎麼殺了她？

又市轉過頭去，發現原本眼神恍惚的伊右衛門這下正朝某個方向凝視，便順著他的視線望了過去。

——他在看刀架？

伊右衛門正在凝視著刀架。

刀架上頭的——並不是又市為婚禮所準備的——真刀。再怎麼看都只是竹刀。

——因此他才無法殺人？

「大爺——那把差料**（註7）**——您真的將它給賣了？」

——是為了買那把櫛嗎？

「毋需擔心。我只是把它送出去磨利而已。」

「送去磨利——是嗎？」

因為疏於保養的刀是殺不了人的——伊右衛門兀自說道。

又市感到一種莫名其妙的矛盾。

一個無法殺人的人——。這就是又市所認識的伊右衛門。

當初為阿岩媒妁時，又市就知道此事。

因為我曾為亡父介錯（註8）——。

伊右衛門曾如此說過。

之後，就再也殺不了人。如此還能當差嗎——。

伊右衛門也曾如此說過。

昔日，伊右衛門曾為攝州小藩之年輕藩士。六年前，該藩所負責的溝渠整頓工事被揭穿不法，導致該藩被撤銷資格，據說伊右衛門之父就是當時切腹自盡的。據說其父親負責管理帳務，應不至於直接涉及舞弊。不需負任何責任，但也是因為他人格溫厚，頗有人望，因此即使未受任何責難，亦未招惹任何怨恨，據說他還是擔下責任，就這麼切腹身亡。

當時其父便命伊右衛門為其介錯。

那件事——本非我願——。

然而，伊右衛門還是面無表情地砍下其父的頭顱。母親則在隔壁房內以利刃刺胸身亡。身為武士，這也是不得已的——。伊右衛門當時只能如此認為。

他表示從此就再也無法拔刀。這下哪能勝任御先手組的差事——？

就試試看吧，又市回答。反正不過是當個持棍站崗的小卒。坦白說，根本不需要什麼力氣。是嗎？——伊右衛門問道，接著便羞怯地低下頭來。那情景又市至今仍然記得。

——難道這就是原因——？

是由於找不到阿岩才下不了手？還是由於沒刀子才無法殺人？抑或是由於不忍殺人才下不了手？

這又市也猜不透。伊右衛門是個難以看透的人。

伊東大爺是怎麼說的？——又市問道。光憑這個理由，喜兵衛想必是無法接受的吧。

「他說，不存在的東西才會看不見。既然看得見，就殺得了吧。」

「噢。」

「他表示——若不存在還看得見，沒有形體還能害人，那就是惡鬼邪神。即使不知其是生是死，但活著的就是生靈，死了的就是死靈，如此一來，就只能靠加持祈禱了。」

「然後呢？」

「我就連連點頭稱是。」

這不像是伊右衛門會說的話。

來嚐點酒吧？——伊右衛門說道。

此時聽到咚咚咚的聲響。伊右衛門抬頭望向天花板。

「是耗子吧。最近不只是蛇，耗子也不少。即使我已盡力填補縫隙，這些傢伙卻仍不斷湧入，真是的。哪，你看。」

沿伊右衛門以下巴指的方向看過去，看到一些漆黑的小東西沿蚊帳外的榻榻米邊緣跑了過去。

「這些傢伙不分晝夜都會出現。每次都把阿梅嚇得驚慌失措。」

伊右衛門從跨下桐箱，這才站起了身子。

「我去準備酒。請在此稍候。」

感謝大爺——又市致謝道。就在此時。

傳來一陣悲鳴。伊右衛門皺著眉頭問道——又是蛇嗎？

又市打了一陣寒顫，也沒理會伊右衛門，便逕自鑽出蚊帳，打開了隔壁房間的紙門。只見臥鋪亂成一團。卻不見阿梅和娃兒的蹤影。這時他突然觸摸到一陣冰涼，原來是濕掉了的寢具。

「大爺——」

伊右衛門神情嚴肅了起來，直喊著阿梅、阿梅。

一陣聲響從廚房傳來，並再度聽到一陣悲鳴。又市把前方的紙門也打了開來。

阿岩小姐、阿岩小姐——抱著娃兒的阿梅在泥土房間中大吼大叫——不要、不要、別靠近我——！

「阿梅夫人！」

又市跑了過去。發現灶旁有一條大白蛇。又市當場愣住了。

——這是……。

阿梅整個身子縮成了一團。由於廚房入口被密封，門打不開來。伊右衛門從又市身旁閃過，跳上地面，一腳踩住了這條蛇的腦袋。

「來吧，阿梅，進裡頭去吧。」

「殺了牠！把牠給殺了！」

「不可恣意殺生。我告訴過妳多少次了，牠並非阿岩，不過是條蛇。又市，抱歉，麻煩你把阿梅帶進裡頭的房間。」

遵命，又市說道，接著便扶起阿梅的肩膀，要她起身。只見阿梅渾身打顫，而且顫抖得十分厲害。娃兒被她緊緊抱在懷裡，完全沒出聲。

伊右衛門似乎打算將蛇趕出屋外。但那大蛇緩緩蠕動，教伊右衛門忙得滿頭大汗。阿梅夫人，咱們走吧——又市向阿梅勸道，阿梅卻仍舊直呼——不要、不要，阿岩小姐還在裡頭。看樣子她已是神經錯亂了。又市心想——如此下去可不妙。

阿梅還是不敢回寢室，完全不聽又市的勸，不得已，又市與伊右衛門只好把床搬到佛堂，讓阿梅漸漸冷靜下來，這才回到了廳堂。打開紙門，隔著蚊帳望出去，看到阿梅似乎是在哄娃兒還是餵乳，過沒多久似乎就睡著了。這下四下安靜下了來，待聽到了陣陣熟睡的鼻息，伊右衛門才把紙門給關上。此時大概已是亥刻了吧？

只覺得十分悶熱。

教人喘不過氣來。

原因是屋內完全不通風。

但伊右衛門似乎不在意悶熱，依舊倚著桐箱舉杯飲酒。

又市也嚐了一口，但只覺得溫溫的，不知道是溫酒還是涼酒，這東西喝下去一定會爛醉噁心。

「如此下去——可不妙哪。伊右衛門大爺——」

這我也了解——伊右衛門回道。

或許也不知該如何是好吧。

昨天，又市前往阿梅的娘家利倉屋。主人利倉屋茂介看到又市時不僅欣喜地說道——好久不見啦，御行大爺。甚至還熱淚盈眶地哭了起來，接著便把又市請進了屋內。

阿梅出嫁後，他似乎變得十分消沉。

茂介鄭重其事地向御行鞠躬致意，不僅表示——過去承蒙御行大爺大力相助，還說了許多客套話，也強調——都是靠他幫忙，阿梅才能嫁出去。阿梅卻不守婦德，懷了不貞之子，連續犯了四件不該犯的錯，所幸夫婿寬宏大量，才讓她嫁入民谷家。看來他對喜兵衛所捏造的一派胡言是深信不疑。

理所當然的，阿岩發狂的消息也傳進了茂介耳裡。

我也被伊東大爺嚴格警告，不可和女兒見面，也不可去探望孫子，因此直到如今還不知道她們倆是否安好——而那個擾亂街坊的鬼女，聽說就是三番町的提燈於岩，想必就是民谷家又左衛門大爺的女兒阿岩小姐吧。那位阿岩小姐若能恢復原本的身分，和嫁過去的阿梅就是親戚了，或許就不會降禍於咱們家阿梅了吧——。

茂介憂慮地說道。看來果真如直助所言，阿岩與伊右衛門的婚姻被視為不曾發生過。放任這類小小的誤解一再發生，可能就會釀成巨大的衝突了。又市不敢糾正利倉屋的錯誤，只是默默地聆聽對方陳述。接著又市開口說道：

在下十分能體會您對令嬡的關心。誠如您所臆測，那鬼女正是民谷岩小姐。不過，據說阿岩小姐去年已遭休妻而離開家門，兩人不再有夫妻關係。這點您大可放心。在下擔心的，反而是阿岩發狂的原因——。

果然如此！茂介拍打膝蓋回道，接著又一臉狐疑地問道——不過，御行大爺，阿岩小姐發狂的原因，和咱們利倉屋有何關係？

又市點了個頭反問道：

請問有沒有能造成服用者顏面潰爛、留下疤痕、讓整張臉變醜的毒藥——？

茂介思索了半晌才說道——這種毒藥——旋即又閉上了嘴，過了一會兒才又說道：

民谷大爺當初買的是壯氣精——。

依茂介的說法，那是一種疏通血路的良藥。打從民谷家四代前的當主伊左衛門買給虛弱的妻子補氣起，這種藥就是民谷家的常備藥品。雖然不貴，但其他批發商並無販售這種藥，據說進出民谷家的藥販子每年都會送這種藥到民谷家。那位藥販子應該就是小平吧。又市不再深入質問毒藥的事，改而詢問小平的身分。

茂介表示，當時小平年紀很輕，只有十七、八歲，其父也是個藥販子，名曰孫平。據說孫平在三年前因體況不佳而退休，由小平接手打點業務。但甫接手不久，小平就失蹤了。

小平至今仍是音訊杳然，孫平想必也很擔心吧——。

茂介說道。於是又市便詢問孫平家住何處，茂介表示似乎是在淺草一帶。

又市語帶誠懇地告訴茂介——總之，在下先回去探探阿梅小姐的情況，再回來向大爺報告，接著鄭重地向直要留他作客的茂介道了個謝，便離開了利倉屋，前往淺草。

然後——。

「大爺」

「什麼事？——」

「阿岩小姐她——」

「阿岩？——阿岩她怎麼啦？」

「噢，也沒什麼。在下只是在想，如今——她不知是如何了。」

又市闔上雙眼，阿岩的臉龐頓時在他腦海裡浮現。

——若她……

若她臉上沒有那些疤痕……。若阿岩並未變醜……。

這種事空想無益。

即使那是哪個人下的毒手。

就阿岩的立場來看。

事到如今，再談也無益——她大概會這麼說吧？

因為我醜。因為我醜，所以你——。

——可是……

因為我醜，所以——。

——娘！

賣針的阿槙——。

亂七八糟的昏暗小屋中。乾木板鋪成的地板。滿佈的塵埃。濕答答的草蓆。

躺臥著的老太婆。脫得一團亂的衣物。裝有護身符的袋子。

又市身上唯一能證明他身分的信物。一只又黑又髒的破舊袋子。

阿槙——一如又左衛門所猜想的——就是又市的娘。

一發現這就是他娘，又市愣住了，頓時變得臉色蒼白、難以呼吸。

於是，阿槙質問什麼也沒做、只是把身子別過去的又市：

什麼嘛，到底怎麼啦？別這麼沒出息嘛——。

你不是在開玩笑吧？剛才的威風跑哪兒去了——？

來，阿信，你來啊。像以前那樣好好讓我舒服舒服呀——。

幹什麼呀，看你這眼神。噢，你不是阿信呀。你這小伙子是在幹嘛——。

是想要我嗎——？

幹嘛、幹嘛、幹嘛——。

此時又市只感到一陣困惑，即使絞盡腦汁，還是說不出半句話來。

若是喊她一聲娘，坦承自己就是從小和她離散的兒子——她會有什麼反應？即使說了，阿槙也不會馬上相信吧。不，畢竟事情已過去太久，說不定她早就忘得一乾二淨了。不過，也或許她還記得。她若是相信了他——。

雖是不知情，但這下阿槙正在勾引自己懷胎十月生下的孩子，而且即將和他燕好。那麼，現在該向她表明自己的身分嗎？她若是個知恥的人，恐怕會承受不了吧。若是如此，該怎麼辦——？

因為我醜。因為我醜，所以你——。

不，不是這樣的。

——不。錯不了。

當時又市無法否認。既然沒否認，那就錯不了了。又市之所以猶豫，並不是因為阿槙是他娘，而是因為阿槙的醜陋。如今想來——理由似乎是如此。

又市感到困惑不已，只好緊抿著嘴低下頭來。阿槙則大吼——混帳！你這沒膽子的傢伙！

我知道。只因為我是個骯髒的老太婆——。

我要的不過是個能接受我這副模樣的純情男人——。

不管被嘲諷還是被蔑視，只要有夢可做，我就會覺得幸福了——。

但是你毀了這一切！你這個卑鄙的傢伙！滾！給我滾——！

阿槙扔出了肚兜子。肚兜子砸中門板，裡頭的銀兩撒了滿地。

又市默默地離開了那岔路口的小佛堂。

阿槙旋即上吊自殺了。

——娘。

難道除了莫不吭聲地和自己的娘燕好之外，就沒有任何法子能救阿槙？不——。其實只要抱抱她就行了。

即使沒發生關係，只要單純抱一抱她，如此應該也是可以應付的。

但又市連這都做不到。他做不到的原因是——。

想必還是因為自己的娘生得醜吧。讓他受不了的，難道不是——她那粗糙的皮膚，皺紋滿佈的頸子，蜷縮成一團的短髮，關節突出的指頭，和鬆弛的肌肉？若他的娘生得既年輕又標緻，又市難道不會像娃兒求娘授乳般向娘撒嬌？

如果能這麼做——即使沒上床，阿槙想必也會感到滿足吧。

但他卻——做不到。

於是，阿槙死了。

自己不該找上她的。

一切都是因為又市做了這件不該做的事。

因此。

這次也是。

「難道——我又做了什麼不該做的事了？」

又市不禁嘲笑起自己來。

還說什麼自己舌燦蓮花、無所不能。

過去一路耍威風活到了今天，如今卻……

「又市。」

「是。」

「世上幾乎所有事都是不該做的。一切都是因一大堆不該做的事湊在一起而發生的。若我們能接受這點，就能活得幸福，不接受這點，就會活得悲慘。反正凡事就是如此。而能決定自己禍福的，就是自己——你不是曾如此說過？」

「是的。」

「這番話我也同意。」

伊右衛門說道。

又市低下頭來。

嘶嘶。

「什麼聲音？」

是誰？

此時傳來阿梅的悲鳴。

阿岩小姐！是阿岩小姐——！

「又有蛇出現了？」

悲鳴中夾雜著一聲巨響。似乎有什麼東西正跑向玄關外。

「大爺，若是蛇，應該不會如此大聲吧？」

又市鑽出蚊帳，打開了佛堂的紙門。只見佛壇倒了，卻不見阿梅的蹤影。大爺！伊右衛門大爺！又市喊道。這時發現阿梅倒在地板邊框上，手指向玄關口，不住呻吟著——阿岩小姐！阿岩小姐！玄關的門則是敞開著。

「阿梅夫人，怎麼了？」

「是阿岩小姐！她要把我的孩子抱走！要把阿染抱走——！」

聽到阿梅這番話，伊右衛門推開又市衝了過去，使勁搖晃著阿梅的肩膀問道——喂，阿梅！阿染怎麼啦？她到哪兒去了？阿梅指向玄關，不斷地喊著——阿岩小姐把她……阿岩小姐把她……。

「阿岩小姐把她給擄走了。」

聞言，又市衝出屋外。背後傳來伊右衛門語帶顫抖的怒吼——胡說八道！

雖然衝到屋外，路上卻不見半個人影，有的只是一片昏暗寧靜。若說是有誰剛打這兒逃脫，感覺上也是似有若無，每戶門前都不見阿岩的蹤影，又市判斷，或許她是往左走了，也或許是往右走了，反正已經追不到人，便回到了宅邸內。

仍舊趴在地板邊緣的阿梅，臉緊貼著地板嚎啕大哭。伊右衛門雙眼圓睜，站在原地直打顫，一看到又市進來，便大聲喊道——又市！

「我——去找阿染。你留在這兒照顧阿梅。」

伊右衛門神情嚴肅地丟下這句話，也沒帶刀就赤腳衝下地面。又市則高聲朝屋外喊道——住在隔壁的御先手組大爺，請過來幫忙啊。接著又市把不斷呻吟的阿梅抱進臥房，立起佛壇後準備拿棉被過去時，鄰居的夫人趕了過來，又市便把阿梅交給她，朝伊右衛門追去。

——阿岩小姐——果真來了？

衝出黑暗來到木門處時，又市停下了腳步。

——不。看樣子是沒人進來過。

但阿梅似乎也沒有從這兒出去過。今夜異常寧靜，幾乎連一支針掉落榻榻米的聲響都聽得到。這屋子如此狹小，若阿岩真曾進出玄關，又市和伊右衛門應該會察覺才對。

然而，娃兒還是消失了。

——難道是妖怪作祟？

是阿岩死了化為幽魂？但又為何要——

——為何要擄走娃兒？

此時，又市內心暗處，在一瞬間似乎也看到了那張臉。

不久，鄰居的僕人到各家通知眾人出事了，不出半刻鐘，區內紛紛亮起燈籠的火光，也有許多人點著火把趕了過來。御先手組內的同僚傾巢而出，高聲呼喊四處搜尋，但這下找的是出生沒幾個月、尚在強褓中的娃兒，再怎麼呼喊當然也不會有任何回應，因此直到天亮還找不著人。

鐘聲無情地響起。

直到卯時過後，阿染才被人找著。

發現她的是某與力家的首席女傭。她在伊東喜兵衛官邸後方的雜木林中，發現了這不幸的小娃兒的屍體。只見她死狀淒慘，全身冰涼，小手張得開開的，宛如死前還在找自己的娘——。

不一會兒，眼睛佈滿血絲，臉色蒼白得像個死人的伊右衛門，披頭散髮地趕到了現場。一看到阿染這模樣，伊右衛門便抱起了她小小的身軀，緊抱著她失聲痛哭了起來。他的臉頰緊貼著娃兒的屍體，不住地流著淚。不論是同心、僕人、還是小廝，這下都只能茫然呆立，沒一個人敢安慰他。過沒多久，好幾個人也跟著哭了起來。

又市也是滿心不忍。他難過得連胸腔都感到一陣鬱悶，幾乎教他喘不過氣來。他低頭隱身樹蔭下，闔上了雙眼。

但即使如此，伊右衛門以及周遭眾人的啜泣聲還是不斷傳進他耳裡，教他心情大亂。

——又來了——。

死了。這個無辜至極、尚在強褓中的娃兒……。

——被阿梅夫人給……。

當又市正欲轉身走回民谷宅邸時。

伊東喜兵衛在僕人陪伴下現身了。又市再度躲了起來，從樹蔭中窺探。

喜兵衛大搖大擺地走向哭得呼天搶地的伊右衛門身旁，看了他懷中的娃兒一眼。

「你很難過嗎？」

伊右衛門沒有回答，只是緩緩抬起頭來。

他的臉上——充滿了難以言喻的悲愴。伊東霎時怕了起來，面帶驚訝地喃喃問道：

「你，真的很傷心——？」

又市的肩膀顫抖了起來。

這可憐的孩子——其實是喜兵衛的骨肉。

喜兵衛旋即恢復鎮靜，已熟練的表情觀察周遭手下的反應，繼續說道：

「民谷。我不是不能理解你疼愛孩子的心情——但身為武士，怎可在眾人面前失態？太難看了。好啦，反正天地萬物終將一死。生乃死之根源。世事無常，有時未必是年老的先過世，年輕的活著。白髮人送黑髮人，固然教人悲痛，只是——」

這時喜兵衛以不屑一顧的輕蔑眼神看著伊右衛門。

「——常言道世事難料，人之陽壽可多可少。幸與不幸，就如葉尖一滴露水。若命中註定該英年早逝，生後不久就過世，才是不幸中之大幸。若是含辛茹苦將之扶養長大後方喪子，豈不更可憐？尚未懂事就過世，想必還算是比較幸運的。」

這番話是說來安慰人的——現場眾人理應如此認為。但這些話並非出於善意，實屬惡意調侃。喜兵衛想必以為，伊右衛門即使對這孩子有養育之情，但畢竟並非自己的骨肉——換言之，即使再悲傷，想必也只有半分。如今喪命的畢竟是把養育責任推給別人的我的孩子。然而，看到伊右衛門如此真情哀悼，大概讓喜兵衛深感訝異吧。既然如此——

——這就是喜兵衛說出這番話時的想法。

——就是這種人！

伊右衛門以陰冷的眼神望向喜兵衛。

「感——」

伊右衛門以試圖甩開悲傷的嗓音回答道：

「——感謝大爺的——關心。在下如此確實失態。」

喜兵衛似乎生起了氣來，一副對他嗤之以鼻的表情。

他原本想刺激伊右衛門，伊右衛門的回應卻是如此柔順，這大概反而讓他感到不悅吧。
然後，喜兵衛歪著頸子環視周遭，刻意高聲向眾人說道：
「我和民谷家的又左衛門是老交情。你的不幸，我們現場所有人都深感惋惜。然而，伊右衛門，這場禍害實乃阿岩之怨氣所致——」
這句話立刻在同心與僕人之間引起一陣騷動。
伊右衛門抱著孩子的屍體，在眾目睽睽之下吞吞吐吐地說道：
「可是——這——在下的前妻她——」
「還不知道她是生是死——你想這麼說吧？可是，這有什麼分別？即使她還活著，也是個稀世狂女。她若已死，也只會化為邪惡的怨靈。伊右衛門，阿岩對你厭惡至極，她拋夫棄家，卻還嫌惡事幹得不夠，竟然還殺人並畏罪潛逃。她是如此充滿怨恨，不只對你，想必也會對咱們全區的住戶展開報復吧。秋山的遭遇便可為證。因此這不只是民谷家的不幸，已是咱們全區的不幸。我這麼說，你可明白？」
喜兵衛繼續高聲說道：
「若咱們放任這一連串不幸與怪異謠言不管，可能會惹來社稷的閒言閒語，不久將傳入組頭大人耳中。事態若發展至此，你也會吃不完兜著走。不，這類蠱惑人心的流言若傳進御目付耳裡，就連組頭大人也得受罰，咱們可全都要受牽累——」
伊右衛門雙唇緊抿成一道直線，以彷彿燃燒著藍色火光的陰鬱的眼神望著喜兵衛。
「伊右衛門，只要咱們沒把阿岩解決掉，一切就不可能恢復平靜。我前天也告訴過你了吧。若她已死，就祈禱鎮邪除穢。若她還活著，就殺了她。你若是個武士，就為你的孩子報仇吧！」
喜兵衛語氣嚴厲地向伊右衛門說道。

「這——」

他的嗓音頗為低沈。

「待我為這孩子辦完喪事——」

語中不帶絲毫抑揚頓挫。

「——便會——做個了斷。」

伊右衛門說道。

——做個了斷？——此話是什麼意思？

聽到伊右衛門這番話，又市的情緒不禁激動了起來。伊右衛門正欲穿過人牆而去，只見目送他離去的喜兵衛肩膀微微顫抖了一下。他原來是在笑呀。又市感到非常氣憤，只覺得五臟六腑彷彿就將爆炸，但他按捺住情緒，將視線往上移。那榆樹。榆樹上——。

瞬間，又市大吃一驚，整個人頓時愣住了。

樹上有張殘破不堪的臉，正在朝下方凝視。

阿岩？

不對。

那是……

——直助。

是直助。原來如此。噢，可是……

現場的同心與小廝遲遲不願離去，教又市想動也沒辦法動。也無法和樹上的人說半句話。

——他到底打算做什麼？

那張殘破不堪的臉在樹枝、樹葉、以及打枝葉間洩下的陽光遮掩下，一轉眼就消失無蹤。

喪禮慎重莊嚴。

伊右衛門非常悲傷，阿梅則失神落魄，像廢人一樣。兩人幾乎都不開口。大部分事情都由又市代為處理，喪禮靜肅、簡樸地完成了。

這段期間，也有許多奇怪傳聞，有人說發現阿染屍體的雜木林，傳出嬰兒哭聲——，有人說藍色燐光飛進了某人家裡——，也有人開始臆測接下來的犧牲者——。左門町御先手組官員公館區陷入寧靜恐慌之中。即便來安慰亡魂，祈求冥福的僧侶也皺著眉頭，說道：

凡人氣旺時候神不會找麻煩，衰落時家中就會出現妖魂。據拙僧所觀，這個家庭充滿邪惡東西。這次不幸，應該不是騙人的狐狸仙作怪所致，應小心注意——。

伊右衛門滿臉痛苦表情，似乎有聽沒到。又市明明知道這只是敷衍，還是從鄰居的佛堂請來日蓮上人的曼陀羅，又找來二月堂的護身符、牛王護身符，並從偈箱取出黑札、角大師等除災解厄符紙，貼在天花板與四面柱子上。

雖然又市比任何人都了解，這些符紙一點用處也沒有，他還是一一貼了上去。

民谷公館內混雜線香與燒香香氣，充滿怪異味道。

秋山長右衛門失蹤的消息傳到民谷家，就是阿染喪禮大致完成的這天傍晚。聽到伊右衛門的獨生女被阿岩抓走，秋山就發高燒，一病不起，並且一直囈語，儘管找來醫師與針灸師做了各種治療，都不見起色，然後據說他好像中邪地爬起來，就這樣消失了。根據傳言，在那之前兩天晚上，就有幾個人看到奇怪人影深夜闖入長右衛門家。

——是直助？

一定是直助。他偷窺秋山官邸偷偷闖進去。那盯緊秋山的異相者，照又市看，應該不是阿岩而是直助。大家只知道阿岩長得醜，臉上疤痕累累，秋山等人應該也不曾正面仔細看過阿岩，不知道她長得怎樣吧。

直助大概是設了陷阱讓秋山跳下去，要他自白殺害小平一事吧。

——可是。

阿染——阿染的情況不一樣。抓走阿染的並非直助，直助沒有殺害阿染的理由。不。

——伊東之子——因為阿染是伊東之子？

如果直助——只因為阿染是伊東的種就殺害嬰兒，對於又市而言，這是不可原諒的。秋山的女兒過世，是秋山自己動手，即便直助介入，但直助應該不至於想殺女孩。反之，抓走阿染的人，卻動手殺死孩子。

——果然不一樣。

找家人與親戚下手，這和伊東的做法沒有不同。這不合直助個性。

又市完全沒辦法掌握直助這位朋友的動向。無計可施。

腦中想著這些事情，又市突然打起瞌睡。送梳子來給伊右衛門三天了，幾乎沒睡地一直忙。今天想說一定要回去休息，但實在太累，體力消耗殆盡，便在民谷家玄關口四張榻榻米大的房間躺平。躺下來，鼻子碰到榻榻米，感覺好像聞到阿岩的味道。

這是老舊藺草的——。

不，是灰塵嗎？

——阿岩。

阿岩好像很幸福地在笑。

優雅地、毫無委屈地笑著，那笑容甚至看起來像小孩。

臉上沒有疱痕。

——這張榻榻米上阿岩小姐的——。

阿岩躺著，伊右衛門身體並排似地躺在她身旁。

因為背對這邊，沒辦法看到伊右衛門的表情。

但又市心想，伊右衛門應該正在笑。

——這是作夢嗎？

又市有這種自覺。為什麼會作這樣的夢——。

伊右衛門溫柔地、撫摸似地幫阿岩梳頭髮。

那頭髮。

卻全部脫落。

然後，血膿慢慢流出，身體四周漸漸變成血海。

——不要。

不久，又市睡著了。

好幾次，好幾次做惡夢。

隔天早晨，又市被伊右衛門叫過去。

眼睛浮腫發紅，臉頰瘦下去，伊右衛門一副鬼氣面相。

「感謝您體貼地為我做這麼多事，實在太感謝了。倒是，又市——」

——你想說什麼？

「——有沒有把阿染過世的消息通知利倉屋大人？即使身分不同，無法來燒香弔問，但阿染是利倉屋的外孫，不可不通知他。是吧？」

「太難過了。」

伊右衛門我也很難過——地說道。然後，又說：

「所以，這件事才要拜託你。利倉屋主人大概不知道亡父又左衛門的計謀，以及伊東喜兵衛奸計等等的事吧？事情一五一十告訴他，對他太殘酷。如果不是像你這樣會說話，恐怕會讓他難以承受。」

又市聞言點頭，伊右衛門則抱歉——地說道，對又市深深鞠躬，又說：

「對了，又市，既然你願意接受我的拜託，就順便幫一下忙。我送去磨利的佩刀應該已經磨好。費用在拜託對方時已經付了。然後，這東西拿去交給這個人——我已經寫好了。」

說完，伊右衛門把一張書狀交給又市。

此時伊右衛門的手上——。

纏著女人長長的頭髮。

又市立刻前往利倉屋。

孫女阿染遭遇奇禍，已經身亡——如此告知對方，茂介聞言非常悲傷。

手掩著臉潸然掉淚，哭了一陣子，茂介說道：

「我還是坦白吧。今天招來如此不幸，也是因為我做了告不得人的事——」

利倉屋滿臉歉意，站到又市身旁，嘴巴貼近又市耳朵，毒藥是真的有——地說道。

「果然——有毒藥？」

「那是不能賣、不能用的秘藥。當然，我也沒拿到外面去——」

那是被偷走的嗎——又市問道，茂介輕輕點頭，是的——回答。

偷走東西的人是小平之父，孫平。又市沒有繼續關心這個話題，說道：

「孩子過世，阿梅小姐當然非常消沉。不過，她平安無事。所以，請您多保重——」

如此叮嚀，又市便離開利倉屋。他不擅長長篇大論。

經過兩國橋，就來到大傳馬町。從磨刀師傅手中領取武士刀，回到四谷時已是未時。雖然慢慢走，一路上又市總覺得這把刀提在手上很重。又市不懂，為何武士要整天帶著這種鐵塊，有時甚至還揮刀砍人。

回到官邸，感覺情況不太一樣。

打了招呼也沒人回答，又市直接走上去。

房間中，伊右衛門與阿梅面對面坐著。

蚊帳已掛好。

我回來了——又市說道，從蚊帳外恭敬地把刀子推進去。

不知道持刀規矩，又市心想，這樣可能是違反規定，但伊右衛門沒有責怪他，您辛苦了——地說道，接過刀子。

然後——

「請暫時休息一下。說不定還有一件事情得麻煩您。」

伊右衛門在蚊帳裡說道。

又市便到佛堂休息。佛堂已豎起一面全新牌位。

蚊帳對面傳來伊右衛門的聲音。

「等一下——伊東大爺要來。」

——今天是逢五之日嗎？

像小鳥鳴叫又像啜泣，傳來阿梅的聲音。

「像這樣的——居喪期間還不放過——」

「他才不會在意這種事。怎麼樣，阿梅。」

「怎麼樣——我、我不要。阿梅已經——」

「不要？」

伊右衛門簡短說道，然後沉默。阿梅失控地說道：

「找個地方——不管哪裡都好——現在，就帶阿梅逃走。」

伊右衛門沒有回答。

「大爺，您——曾經答應。如果只有兩個人，就帶我去別的地方——。今天很不幸，失去了阿染，阿梅我、阿梅我——」

又市抬起頭來。蚊帳陰影對面，只見阿梅哭得唏哩嘩啦。

伊右衛門淡淡說道：

「阿梅——當然，今天妳如此境遇，不是妳自己要的。我有聽說，妳原是活潑開朗女孩。這裡的生活對於妳而言，恐怕也是很辛苦吧。既然如此，阿梅，妳現在有兩條路可選。只有兩條。」

「兩條路——您的意思是？」

「首先是，回到伊東大人身旁。」

伊右衛門說了令人不敢置信的話。又市懷疑是否自己聽錯了。

「老、老爺，伊右衛門老爺，您剛剛說什麼？您是不是精神不正常了？」

「我認為，他很重視妳。」

「又在開這種玩笑——」

「我沒開玩笑。他是小孩。喜歡的人反而會對他很殘忍。」

「我不想聽這些話。這種——令人作嘔、厭惡——哄人的話。」

「要殺掉妳或放逐妳，對他而言應該都是很簡單的事。既然如此，為什麼他還要讓我們結婚，長期躲避世人目光來找妳？」

「那是故意要讓我厭惡吧？」

「當然，對我而言，他這樣做是有這種意思。不過，對妳而言，是這樣嗎？當然，妳很討厭他，他卻不討厭妳。他總是把喜歡的東西放得遠遠的，不喜歡的東西卻放在身旁，他就是這樣的天邪鬼（註9）。被他收為妹婿的我——則是很惹他厭。」

「莫、莫名其妙——」

阿梅大聲說道。

我說不要就是不要，您乾脆叫我去死——地大吼。

伊右衛門垂著頭，是嗎——地說道。

「算了。另一條道路呢——」

「那就是」

「回到利倉屋。事情由我去說明。」

「怎麼可能？我又不是不知廉恥的人。事到如今，變成這樣的身體，又有什麼臉皮回去？還有什麼理由見我父親，說服他？我即使能回店裡，也不可能恢復女孩的身分——」

「阿梅」

伊右衛門用嚴厲語氣阻止激動的阿梅。

「妳和以前有什麼不一樣？妳的身體還是一樣的身體。不管今天長相怎樣，畢竟回到父母親身旁。回去就是女兒，這樣就好了。令尊一定會歡迎妳的。」

「老爺──」

「您真是虛假的丈夫。」

阿梅含著淚大聲說道。

「您真的什麼都不懂。阿梅是仰慕伊右衛門大爺才──」

「住口。那是妳搞錯了。」

那是──又市也這麼認為。如果能回去，回利倉屋最好。然後，剛剛伊右衛門說，還有一項工作──難不成是幫忙把阿梅送回兩國？又市想到這點。不過，如果是這樣，伊右衛門接下來──要跟誰，如何交代事情──。

阿梅一直大喊太壞了、太壞了，趴下來嗚咽哭泣。

對於剛失去孩子、絕稱不上是幸福的女孩而言，伊右衛門這番話或許真的很殘忍。

但伊右衛門沒有安慰阿梅，卻反覆地問她，妳這兩種選擇都不要，都不要嗎──？

「妳真的不接受？」

「我即使墜入地獄深淵，也要和老爺──」

聞言，伊右衛門不發一語站起來。

「老爺──您不要去。今晚不要去釣魚──」

阿梅抓住已經站起身的伊右衛門裙襬，哭泣地拉住他。

「放心。我今晚什麼地方也不去。」

伊右衛門說完，走到蚊帳邊緣面對又市說，真是勞煩你了，這邊已經沒事，你可以回去了──。又市則靠到蚊帳邊，低著頭。

然後又市抬頭，仔細一看，從蚊帳看過去，模糊的房間已經掃除乾淨，桐箱與香爐安裝好，床鋪也已鋪著，還擺著兩個枕頭。

站起身。又市沒辦法走開。覺得還有事情沒辦完。

伊右衛門叉著腿直直站在蚊帳裡面。

喀喀喀地，門打開。

伊右衛門動也不動。

噠、噠、噠走進門的人已經踏上木板房間。

沙、沙、沙，對方已經踩到榻榻米——。

——伊東喜兵衛。

紙門打開，像狒狒紅光滿面的傢伙——伊東喜兵衛的臉，從黑暗中出現。他和又市眼神交會。

「好啊你這傢伙——不就是上次跑來跟我勒贖的御行嗎——」

又市飛出去似地趕緊閃開，單膝跪地，從懷裡取出鈴鐺。

鈴。

搖動鈴鐺。

「御行奉為。」

哼，喜兵衛笑起來，混濁眼神所發出的沉重視線投向蚊帳裡面。

「伊右衛門。你在幹什麼？難不成你要說還在忌中今天暫停這類令我厭煩的話？」

「我只是名義上的父親。應該扶喪的，是伊東大爺你吧？」

「你說什麼？」

「如果您不想這樣做，請便。請不必在意，您想做什麼都可以。」

「是嗎。你小子——難道希望參觀老婆被別人上的樣子嗎——這也很好玩啊。我沒關係。你可以看。哪，滾開。滾到蚊帳外面去。」

「在下辦不到。這裡面——在下必須在這裡。」

「你這話莫名其妙。你瘋啦。伊右衛門。」

喜兵衛隔著蚊帳抓住伊右衛門，就要撕裂蚊帳似地闖進蚊帳中。喜兵衛抓住坐在榻榻米上的伊右衛門肩頭，混帳——一面大罵一面踢他，然後走到阿梅身旁，抓住阿梅的手臂。阿梅拼命掙扎，想甩開喜兵衛的手。

「放我走。阿梅已經，已經不能再忍受這種屈辱。」

妳想反抗我！——喜兵衛毆打阿梅。阿梅蹣跚地往伊右衛門的方向逃。

喜兵衛怒氣沖沖追上阿梅，又踢她幾次。

「妳討厭，討厭我，是吧？可是妳愈討厭，我愈高興。妳愈悲傷痛苦，我愈快樂。伊右衛門說他要參觀呢。在妳喜歡的男人面前為我敞開身體，這也不錯——」

又市看不下去，準備潛入蚊帳。突然伊右衛門回頭大吼：

「不要拉起蚊帳。」

——什麼——。

他到底在想什麼？又市背部冷汗直冒。這麼炎熱的夏天，卻感到寒冷。

被伊右衛門的氣勢壓倒，又市害怕起來。

伊右衛門大吼時，連喜兵衛也沉默下來。

「伊右衛門——你這小子——」

「什麼事？」

「你這小子，不後悔嗎？」

「後悔——這件事，我一點也不——」

「可是，我這樣愚弄你、侮辱你，不是嗎？」

「這在下知道。」

「什麼？」

喜兵衛毆打伊右衛門的臉頰。

伊右衛門動也不動。

「你小子——真的完全沒有武士尊嚴嗎？」

「武士——不過是棒突（**註10**）而已。不久之前還是木匠。」

「你還講歪理——」

喜兵衛抓住伊右衛門胸前，瞪著伊右衛門白淨的臉，又按他的肚子——我不爽——地說道。

「不爽。不好玩。今晚作罷。我要回去了。」

喜兵衛用低啞嗓音說道，然後甩開伊右衛門似地鑽過蚊帳，看了又市一眼，瞬間慌張起來。

「你這小子——」

伊右衛門立刻站起身。

蚊帳上有個黑影。黑影掠過處，伊右衛門站在哪裡。伊右衛門的影子變大，後方則是暗夜敞開巨口，漆黑整片。

喜兵衛站在巨口面前盯著又市，愣住。

「滾、滾開！」

又市乖乖閃開。

喜兵衛準備從又市身旁通過，從佛堂走出去，就在這時候。

啪嚓！黑暗中傳來激烈聲響。一團黑漆漆的東西闖了進來。

「伊——伊東大爺——救、救我——」

——堰口官藏。

玄關打開著。

黑夜從外面湧入。

昏黑空氣瀰漫整個房間。就在黑暗之中。

一張奇醜無比、不成人形的臉，出現了。

「我不會讓你逃走的。伊東喜兵衛！」

「你——你這妖怪！」

伊東手握刀柄，往前踏出一步，但堰口剛好倒地，絆住伊東。

不成人形的臉有如轆轤桿那樣往上彈，穿過黑暗帳幕衝出來，卯力擊向伊東。

噗！

「直助！」

又市大吼，卻全身僵住。從伊東肩膀上方，可看到直助的臉。

「痛，你會痛吧？怎麼樣？喂，喜兵衛！」

直助幾乎四分五裂的臉龐湊近喜兵衛，把喜兵衛慢慢推到又市這邊。

「你、你這小子——對我有何怨恨？」

「你強暴了我妹妹。」

「喔，原來老兄你就是尾扇的僕人，是嗎？」

喜兵衛坐下來，扭動身體似地用力，擺脫直助的手。

他身體半旋轉退到蚊帳前。

喜兵衛又醜又怪的臉痙攣著，笑著說道：

「——這可是傑作哪。僕人也敢向武士報仇。真是太棒啦。值得稱讚。」

「不要耍我。阿袖已經死了。」

直助手放在腹部旁，手握刀子大吼。

「昨天我已經把秋山送到西天。今天就要幫堰口送終。喂，伊東，我早就在等這一刻，你只有洗澡、上廁所或者來這裡才會落單。我早就在等你了。」

「笨蛋。你要生氣，就盡量生氣——。你小子大概真的很傷心吧。但正因為如此，你的內心很黑暗吧？太高興了。我真的很高興。我會讓你這小子了解，你不過是隻不知天高地厚的蛆蟲而已。我會讓你們遭遇比目前更淒慘的狀況。看著吧，伊右衛門。你也像這傢伙這樣生氣、悲傷吧。這反而能讓我更高興。」

你說過頭了——直助衝上前去。

空氣原本凝滯的佛堂吹起一陣風，接下來的瞬間直助從喜兵衛身旁穿過，血花四濺地往蚊帳薄膜衝過去，直到撞到伊右衛門為止。伊右衛門隔著蚊帳抱緊直助。

喜兵衛手上握著寬刃刀。

「笨蛋！你如果痛，就說自己痛！」

喜兵衛刀身朝下慢慢迫近直助。

「被嚇破膽的小蟲與螻蛄衝撞，還不如被蚊子叮的痛。來啊，我的重要部位已經掀開。你可以把我砍成肉醬。」

喜兵衛突然抬高手臂。刀身發出淡淡光芒。

「嘿嘿嘿——你可以殺我。殺幾刀都——沒關係。」

直助被伊右衛門抱住，背對喜兵衛地如此說道。

「還在逞強!?」

喜兵衛快速朝直助肩口砍下去。

「我不是逞強——不是。」

蚊帳幕面激烈搖晃，伊右衛門身影變淡。直助轉身過來。方才喜兵衛的第一擊，好像已經在直助肚子上劃了一刀。他下半身被血染成暗黑色，昏暗的地板全是血液。

「喂，伊東，告訴你一件秘密。我今天來，並不是真的為了殺你。為什麼?因為我妹妹的死，是因為我的緣故。」

「什麼——」

伊東把刀子反過來，斜斜往直助胸口勾上去。

「情況就是——這樣。我跟你講，我妹妹被你強暴，確實受傷很深。但我妹妹真正懊惱，真正傷心的原因，其實是喜歡上這個伊右衛門大爺。」

住口!還不一樣——。伊東又砍直助一刀。可、可是，我、我也喜歡我妹妹。喜歡得不得了。所以，我對再怎麼講都講不聽的妹妹說，讓我把妳的身體——」

——直助。

「——我強暴了我妹妹。」

直助哭起來。

「所以，妹妹阿袖自殺都得怪我。妹妹的仇人，就是我。所以，我死掉，心願就能完成。真可惜啊，伊東。被你斬殺，我可是很高興呢。」

住口——伊東把手拉高，朝直助臉部重重揮刀。

呃！直助發出聲音，整個人往前倒，動也不動。

伊東激烈喘氣震動整個夜晚。

佛堂大概已變成一片血海。但對又市而言，這一切感覺只像地底破洞、地獄開口。因為榻榻米已被夜晚侵蝕成黑鴉鴉一片。

伊右衛門沒有改變身體姿勢站在那裡。他表情冷靜，用低沉的聲音說道：

「你不爽嗎——伊東大人。」

「什麼——你竟用這種口氣跟我說話！」

「這傢伙，說他死得很高興。」

「伊右衛門——你這小子」

喜兵衛喘氣，掄起刀子，搖搖晃晃走向伊右衛門。

——伊右衛門，你也想死嗎？

「大、大爺，不行！」

又市大叫。然後，好像咒縛已經解開，恢復自由的又市往喜兵衛衝過去，頭部猛撞。榻榻米又濕又滑，喜兵衛踢到直助的身體跌倒，兩人扭打在一起，一起衝破蚊帳，跌落在有點亮的蚊帳裡面。昏暗中，喜兵衛揮舞亮晃晃刀子。又市趕緊後退。阿梅嚇得失魂落魄，在蚊帳角落發抖。伊右衛門則似地站在蚊帳中央。

「這隻大蚊子！」

伊右衛門說道。昏暗燈火從腳底朦朧映照伊右衛門臉龐。他身影更茫漠地覆蓋蚊帳內部。這裡是——。

這個場所是——。

「伊、伊右衛門。你這小子！」

「身為武士，可以這樣胡作非為嗎？」

「這、這傢伙，是你帶來的渾蛋嗎？」

「渾蛋——又市是介紹妻子給我的恩人。伊東大爺，也是他幫你

伊右衛門將視線投向阿梅。

「幫你找到這個妻子。所以，他也是伊東大人的恩人。」

「狗——狗屎！」

「狗屎的傢伙。把好端端的妻子——」

伊右衛門轉頭過看阿梅。

「老、老爺。」

「喏，阿梅」

伊右衛門手伸向阿梅。阿梅一直發抖、哭泣，搖搖晃晃走向伊右衛門。

阿梅伸直潔白瘦弱的指尖，碰到伊右衛門伸出的指尖。

伊右衛門笑了。

「妳是不是殺了孩子？」

——阿梅——。

她應該回答的，卻說不出話來。就在這瞬間。

阿梅迅速繞過去，在伊東面前跌倒。

發生什麼狀況完全不清楚。

阿梅也搞不清楚發生什麼事情吧。只見她張開圓圓瞳孔，看喜兵衛又看看又市，想找尋丈夫，花蕊般的嘴唇數度顫抖——阿梅就這樣，斷氣了。她最後的視線還沒看到伊右衛門。她甚至來不及哀叫。

啪嚓！刀子放回刀鞘，發出碰撞護手的聲音。

伊右衛門剛剛——斜劈砍殺了阿梅。瞬間完成，速度非常快。

又市看著就在眼前倒地的阿梅，還不知道發生什麼狀況。喜兵衛則瞪大眼睛，愣在那裡。喜兵衛也搞不清楚狀況。又市看到榻榻米逐漸染血，才恐慌起來。

「大，大爺，您瘋了嗎？您真的瘋了嗎？您竟然把阿梅小姐——」

「我如果瘋了，一開始就會殺了她。一直到剛剛為止，都還給阿梅活路。我幫她找到出路，也原諒她的罪，真的想饒她。我希望她活下去。阿梅卻說她都不要。既然她如此選擇，我也只好下此決定。」

「原諒她的罪？什麼罪？」

「這阿梅——她殺了親生嬰兒。其實是阿梅先殺了小孩，再把她丟棄。然後，她用破布假裝孩子，整天抱來抱去，又假裝哄小孩，餵小孩吃奶。」

當時——原來孩子早已不在，是嗎？

「看到阿岩引起騷動，她企圖藉機滿足自己的邪念，就這樣變成鬼畜，殺害無辜孩子——真是可悲啊。」

說完，伊右衛門轉身面對喜兵衛。粗糙的、巨大影子迅速轉過來。

「你看到了嗎？太任性是會誤事的。伊東大人，您如此戀母嗎？」

「什——」

「我不會把阿岩交給你的。你就和阿梅——一起升天吧。」

伊右衛門說著，右手快速抓住刀柄。哼！說大話你，伊右衛門——喜兵衛大吼，同時舉高亮晃晃的刀子，你覺悟吧——大叫的同時，縱身躍起。

一刀之下。

喜兵衛的寬刃刀弧線地飛了出去。

五隻手指一一掉落，大刀刺住榻榻米，立在那裡。

毫不猶豫再度出刀，朝喜兵衛身體橫切，連蚊帳都刷——地切破。皮開肉綻，原本隔著一層皮的黑暗瞬間打開嘴巴。

喜兵衛雙膝跪在榻榻米上，癱坐下去，哭喪著臉，說道：

「泥巴，泥巴泥巴——泥巴泥巴泥巴」

喜兵衛低頭反覆自言自語，伸手撈自己腹部溢出的血潮，做出想把血液壓回肚子的動作。伊右衛門輕快地站到他旁邊，用染血的刀尖指著喜兵衛的鼻尖。

「我幫你介錯。」

血光閃爍，然後東西滾動的聲音。遠處傳來類似吹笛的聲音，持續一會兒停止。喜兵衛的首級滾到蚊帳外，直到直助屍體旁才停止。

「沒想到你胡作非為到這種地步。如果你真的那麼厲害，頭顱就飛起來——給我看吧。」

伊右衛門低頭看頭顱，憐憫似地說道，然後緩緩轉身。

「又市。不好意思，讓你看到這些東西。你可以走了。」

「可——可是，伊、伊右衛門大爺——」

「我很感謝你。我不想帶給你麻煩。」

「這、這樣的結果──又市講到這裡就說不下去。又市面前的阿梅已氣絕。從蚊帳破裂處，可看到直助被劃破的臉，旁邊有喜兵衛表情驚駭的頭顱。

對面，則是趴在地上、全身虛脫的堰口，用虛弱眼神看這邊。

伊右衛門雖憔悴，精神還很正常。他踩著端正步伐跨過屍體，鑽過被劃破的蚊帳來到堰口面前，你站得起來嗎？

堰口──地問道。堰口啊、啊、啊地邊哭身體邊往後拉。

「我不會殺你。聽好，你趕快跑去組頭三宅大人官邸，跟他這樣報告。就說首席與力伊東喜兵衛發狂，闖入同心民谷伊右衛門宅強暴妻女阿梅，殘殺阻止他的民谷家僕權兵衛，又殺害阿梅。剛剛他被民谷伊右衛門殺死了──知道嗎？」

堰口淚珠直下，張開嘴巴一直搖頭。伊右衛門手握刀柄，說道：

「你不是很會撒謊嗎？」

「好，我了解。我了解。」

堰口似乎腳部受傷，數次跌倒，拼命顫抖，不一會兒消失在黑暗中。

又市逐漸全身發抖。

伊右衛門站在被長長劃了一刀的蚊帳對面黑暗中，動也不動地站著，然後背對又市笑起來。大概是在笑腳下的喜兵衛頭顱吧。或者是在笑剛逃離的堰口背影太可笑？

「伊──伊右衛門大爺。」

「我剛剛不是跟你講了嗎。你可以走了。」

「阿岩小姐──」

「阿岩小姐是我的妻子。」

「阿岩小姐——」

一切事情的開始就是……

「那個——」

最後，至少這件事應……

「你不用講了。我了解。你是不是要說，又左衛門不想把她交給任何人？」

「是的。」

「可是，我得到了。」

伊右衛門說道，笑了起來。

又市深深鞠躬，便轉身離開。

距離天亮還有一段時間。夜晚又深又黑——。

註1：篦櫛，即用竹子製成的梳頭、潔髮用具。中間有一柄，兩側有密齒。

註2：漆器表面加飾的技法。在器皿上上漆後，藉漆的黏性，將金銀粉末固定在漆器表面的技法。

註3：販售篦櫛的商店。

註4：江戶時代設於各交通要衝，負責監視、徵稅等事務的機關，性質種類繁多，此處指的應為處理刑案的機構。

註5：同番所。

註6：梵名Skanda，音譯賽健陀，為「陰天」之意，又名韋馱、韋將軍、韋天將軍、違馱天神、塞建陀天、私建陀天、塢摩羅、善梵等，有時也稱為韋馱菩薩。相傳本是古印度婆羅門教的戰神，秉性聰慧，以威武勇猛、善走如飛著稱。其後被佛教吸收，而成護法諸天之一，位列四天王下三十二將軍之首，並為伽藍（寺廟）的守護神。日文中泛指健步如飛者。

註7：武士刀中刀鋒朝下的太刀（即大刀）的別稱。

註8：指武士切腹時，由旁人幫忙砍下頭顱。

註9：佛教四大金剛面前的小佛像，喻脾氣古怪。

註10：持棍巡邏員。

嗤笑伊右衛門

之後阿岩仍不知去向，四谷左門殿町的怪事與民谷家的慘事，也都暫時劃上句點。

當晚。

得知伊東喜兵衛發瘋的消息，組頭三宅彌次兵衛慌張不已。若只是部下還好，只因喜兵衛其實是自己同父異母之弟，又是自己推舉成為首席與力的，沒等到天亮，彌次兵衛便趕赴民谷家。

來到門前，已見民谷伊右衛門站在那裡，恭敬迎接彌次兵衛入內。伊右衛門沉著冷靜，但一進入屋內，彌次兵衛目睹酸鼻慘狀不禁困惑，認為只靠伊右衛門證言裁量，可能誤判，因此命伊右衛門閉門蟄居，直到判決下來為止。

不過，喜兵衛平日胡作非為，沒有任何人說他好話，仔細調查才發現，他不僅行徑怪異，更是罪惡滿盈，即便是自己的弟弟，彌次兵衛也無法再加以庇護。最後，他判伊右衛門無罪。

慘事發生後不到一個月。

隱約知道內情的人，都說一切可能都是阿岩小姐所為。

不知情的人也都深信，一定是其亡魂作祟的結果。

阿岩因此成為作祟之神。

另一方面，秋山長右衛門的遺體在隱坊堀淺灘被發現。屍體上並無外傷，研判可能是因身子過度虛弱，導致跌倒後溺水而死。不過，秋山的屍體躺在一具身分不詳的白骨之上。這副白骨是小平還是其他某人，由於直助已死，也就無從得知。此外，堰口官藏遭直助刺傷，傷口化膿導致高燒不退，連續二十餘日憔悴不堪、記憶力大為減退，年方三十五便被迫退職。由於無子嗣繼承，家脈就此斷絕。

利倉屋茂介取回阿梅骨骸與染牌位，恭敬供養，之後得渡剃髮進入佛門。

至此，事件相關人物幾乎都已身亡。

唯有伊右衛門還在人間。

如此，過了一年——。

四谷左門殿町民谷官邸再度發生怪事——謠言頻傳。

民谷分家的親戚議論紛紛，共推在御書物奉行（註1）手下擔任同心，也是民谷家遠親的佐藤余茂七前往查看。又左衛門過世後，親戚與本家幾乎都無往來，左門殿町早因鬼女作祟名譟一時，加上民谷公館是事件起因，連嬰兒在內死了四條人命的凶宅，就更沒有人敢靠近了。

又是盛暑時節。

余茂七社會經驗不夠，加上只見過又左衛門一、二次，不認識伊右衛門，對於事情前因後果不甚了解，只好託人介紹，先拜訪御先手組同心今井伊兵衛，請教有關伊右衛門近況等問題。

今井淡淡說道。

據說閉門蟄居一個月期間，伊右衛門不曾外出，一天只吃鄰家僕人送來的一頓飯。白天都沒聽到他的聲音，不禁令人懷疑他是活還是死了。即便蟄居，如此做法只會壞了身體甚至丟掉性命——同事們都擔心地前往關切，伊右衛門則勸眾人不用擔心，他不過是聽從上級指令而已——地堅持自己做法。此外，官邸建築所有縫細都用漿糊塞滿，正門之外沒有任何窗子，加上伊右衛門木工技巧高超，整棟房子有如嵌木細工緻密，連螞蟻進出的空隙都沒有。這大概是伊右衛門怕阿岩小姐吧——社會上都在傳。事出有因，因為阿岩生死，至今不明。

然而。

閉門解除後，伊右衛門風評一百八十度轉變。

聽說，伊右衛門全力投入工作，克職盡責，忠臣之名不脛而走。

他沒有一日懈怠，天天努力工作，即使負責無聊業務也無任何怨言。並且，他屢建功勞，擔任捕吏助手展現驚人活力，本職追緝縱火犯，也做得漂亮，得到內外高度信賴與推崇。加上為人謙虛、沒有架子，人緣非常好，又對別家僕人、小廝一視同仁，因而普受歡迎，名聲遠播。

不僅如此，他的生活完全沒有奢侈浪費，堅持儉樸，既不喝酒也不玩女人，連好像是唯一興趣的釣魚也停止，家中更無僕人、小廝、下女，因此只靠俸祿生活不虞匱乏，不用兼差也能悠哉過日。

沒有內助之功，單身漢如何能有如此優異表現，據說同事都甚感佩服，覺得不可思議。也許伊右衛門原本就是這種個性。過去一定是因為娶了世所罕見狂女才出現那麼多問題——上司以及知道內情的人，紛紛如此傳言。

不過，伊右衛門好像全無續玄之意。他還年輕且風評甚佳，上門作媒者不少，但不論怎樣的良緣，他都不感興趣，全部婉拒。或許也是過去娶老婆吃足苦頭，因而害怕女人吧——余茂七無法想像有如此品行方正的人。

——太厲害了吧。

余茂七說道。聞言，今井搖頭，不然！——地說道。

果然，據說伊右衛門的好評沒有持續很久，好像過了春天的時候，民谷伊右衛門言行舉止開始明顯變調，變得很奇怪。

不知何故，據說伊右衛門將官邸庭院樹木全部砍掉。然後，圍牆往外推倒，籬笆全部拔除。這倒還好。接下來，伊右衛門聽說開始慢慢拆房子。聽說他巧妙地將房子裡側屋簷一一掀開，鋸下作為柴火。這真是異常。

房屋拆除一步一步進行。看樣子，那棟房子會很快消失——謠言紛飛。

發現伊右衛門行為奇怪，幾位同心前來關切，據說一開始伊右衛門說，為了過冬儲備柴火——。

他說話很有禮貌，不是精神異常者語氣。

不過，後來伊右衛門開始敲毀牆壁，左鄰右舍與同事也開始感到驚慌。於是，今井找來伊右衛門，沒了牆壁即使燒柴也無法取暖吧——地質疑他，問伊右衛門目的何在。伊右衛門滿臉認真地回答：

坦白講，主要是家裡有蛇、有耗子、有蟲——。

這也構成不了拆牆壁與天花板的理由啊——上司進一步質問，伊右衛門則好像回答：

我這官邸過去因為某些緣故，牆壁與天花板縫細都塞滿，蛇與耗子跑不出去，只好敲壞——。

如此回答反而讓今井更感困惑，沒有牆壁蟲類更會侵入；沒有天花板也無法防雨。你之前塞滿房屋縫細，不就是為了防範蟲類禽獸入侵家裡嗎——據說今井這樣問他。伊右衛門則回答：

蛇與耗子沒有侵入。牠們都是從裡面發生的——。

蛇出現溼地，耗子住在野外，牠們頂多有時侵入民宅，卻不曾聽過家裡冒出蛇鼠的荒誕說法。既然如此，我問你，那些耗子和蛇，住在你家什麼地方——今井追問。伊右衛門則回答：

掀開榻榻米沒有發現蛇巢；打穿天花板也不見耗子，但蛇鼠還是不可思議一直出現——。

他又說：

反正就是因為房子太大。所以，只要留一個房間就夠用——。

據說，伊右衛門說完還笑了起來。

結果，確實如他說的，夏天即將到來時，民谷官邸已變成只剩下樑柱、空空洞洞的屋子，除了一間房間之外，幾乎都已解體。破舊不堪的房子，裡面掛著一頂破蚊帳，看在眼裡，據說左鄰右舍都不寒而慄。如果這一切都是事實，恐怕伊右衛門真的已經發瘋。

然後，他還住在那裡嗎——余茂七問道。今井說明：

好像已經過了一個月。不過，三天前他失蹤了——。

——民谷伊右衛門不是工作勤勉，名聲非常好嗎？

余茂七決定實際前往查訪。

走在路上，夏季艷陽刺刺地照在脖子上。

炎熱的下午，覺得皮膚就要被烤焦。

余茂七邊擦汗，心不甘情不願地緩緩走向民谷官邸。

萬里晴空，像潑灑一大片藍色染料，沒被染藍的白雲搖曳飄蕩。

——上方風速比較快？

余茂七這樣想著。

森林發出吵雜聲音。

他已經來到御先手組官員住宅區入口木門前。

到處都是悶熱水蒸氣。

緩緩搖晃。

前方不遠處出現白色晃動人影。

——是我眼花嗎？

余茂七穿過木門，一間一間察看門牌，緩慢往前走。每間都蓋得一樣。非常安靜，沒人會相信，這是發生慘劇的地方。

每個庭院都樹木茂盛，一片青翠。

——欸。

白色服裝打扮的男子，還是站在前方。

——不是作夢吧？

余茂七心想，等一下走到那裡，白色人影就會消失吧。他繼續預定的單調工作。

是海市蜃樓？

余茂七心裡想著。但男子沒有逃離也沒有躲起來。終於，余茂七來到男子站立的門前。

這是民谷家。

余茂七向對方打招呼，男子深深一鞠躬，飄然離去。

看著正離去的男子背影，余茂七一會兒才回頭。看過去，那建築物，

「對不起——請教一下——」

——真如傳言所述。

今井好像沒有騙人。

這下子連大膽的余茂七都呆住了。

如果這一切都是事實，很明顯，伊右衛門已經發瘋。

房屋牆壁全部拆除。感覺只剩柱子上面蓋著屋頂。屋頂其實也已拆掉一半，余茂七穿過門，來到玄關。雖然有門，但不從正門也可從兩側空蕩蕩的「牆壁」走進屋中。不過，余茂七還是打開正門，走進去。

屋內景象更是異常。首先，榻榻米拆除。幾乎沒有任何傢俱。天花板幾乎已經拆光。門楣上面也無欄間。廁所沒門。好不容易留下舖地板的房間，但裡面榻榻米完全破壞。榻榻米拆下沒有放回去，然後可能淋到雨又曬陽光，看樣子都沒辦法再用。地板長草。只有掛著蚊帳、屋簷下的房間維持正常。

——這樣怎麼能住？

跨過地板橫木，走進房間一看。

到處都是割碎的蚊帳。

裡面有件類似長方有蓋櫃子或桐箱之類的東西。

可能是沒有壁櫥，才需要這東西。

裡面也許放著衣服與甲冑吧。

然後，余茂七發現一只類似辛櫃的厚重木箱。

余茂七暫時坐在上面。

庭院中有間已傾頹的稻荷神社。飽受風吹雨打陽光曝曬的鳥居，已經泛白。一望無際天空下，看起來像漂流木的白色鳥居，感覺像火災現場沒被燒到的木頭。

——這根本是間廢屋，到處都是廢材。全都是。

余茂七之所以有這種感覺，可能是因為現場有座鳥居吧。

過了半小時左右，陽光稍軟化。

——倒是，這是怎麼回事？

余茂七滿臉困惑，不知道如何是好。

——傍晚說不定會很涼。

余茂七想到這件事。

此時。

嘻嘻嘻——。

呵呵呵。哈哈哈哈。

笑聲。是遠方聲音乘著風傳到這裡？

哇哈哈哈。

阿岩。阿岩。

——剛剛有人在喊阿岩——是嗎？

「有人在嗎？」

哈哈哈哈哈。

阿岩啊。阿岩啊。

「不——不會吧。」

哇哈哈哈哈。

我知道了。我知道了。

活著時孤獨。死了也孤獨。

既然如此，生與死沒兩樣。

是生是死，妳都是我妻；我都是妳丈夫。

「欸——」

何處傳來聲音——是誰在說話——余茂七站起身。哇哈哈哈，哇哈哈哈地，笑聲持續傳來。

稻荷神社。腐朽的鳥居。被落日穿透的蚊帳。不要說人影，廢物中甚至沒有任何生物的感覺。太陽還沒下山，余茂七卻害怕起來，腳步沉重跨過地板橫木，踢開地上亂七八糟的東西，從玄關恭恭敬敬出來，一溜煙逃走。

是鬼還是妖怪？不然就是傳說中的「天狗笑」？

——還是阿岩小姐作祟？

他滿臉蒼白跑回家，飯也不吃躲進棉被睡覺。

笑聲一直迴繞耳際，余茂七在發抖中睡著。

隔天早晨。

余茂七醒過來，向家人訴說前天的異象，家人笑得東倒西歪，他甚至被指責「叔叔真沒膽量！」確實，此事不解決，自己可能會成為孩子笑柄。所以，雖然害怕，基於武士立場，他不能沒有動作。猶豫許久，便決定再度前往四谷。

來到民谷家門前，和昨天一樣，那裡站著白色服裝男子。

穿著打扮像荒野修行者，但可能是夏天的緣故，穿著簡便，不像修行之人。

男子眼睛閉著，一隻手像在禮拜，另一隻手持搖鈴，鈴地作響。余茂七靠近男子，告訴對方自己是民谷親戚，並且你站在門前幹什麼——地問對方。男子向余茂七點頭打招呼，然後再度對門的方向默禱，說道：

「笑聲好像停止了——」

男子抬頭，說道：

「——我是來追悼的。」

「追悼？」

「是的。追悼伊右衛門大爺。」

「欸——」

「也追悼阿岩小姐。」

難道兩人都已亡故？

「請問——您，到底是——？」

「在下與這戶人家關係密切。」

「關係密切——和民谷家族？」

「和伊右衛門大爺。阿岩小姐。還有，又左衛門大爺。」

「你也認識阿岩小姐——？」

認識啊，很熟——男子說道。

「她是不是長得很醜？」

「哪裡。很漂亮。」

「哦。我聽到的都是她很醜、很恐怖。」

「這個嘛——」

男子稍嘆氣，繼續說道：

「是漂亮還是醜，是男孩是女，是武士還是平民——也許都沒有關係。」

余茂七不知道對方這些話的意思。

活著和死亡沒有兩樣，余茂七再度想起這人昨天的話。

民谷家狀況和前一天完全沒有改變。不過，即便只有一天，還是因為歲月留下痕跡而變得老舊。所以，此地已愈來愈接近廢墟。

余茂七再度跨過地板橫木，來到廳堂。男子則繞過庭院，從稻荷神社旁邊現身。

如男子所述，笑聲已停止。

穿過蚊帳，男子默默坐在廳堂，在昨天余茂七坐過的箱子前停下腳步。

「這只桐箱——」

看過去，小蛇在箱子周圍盤卷、盤繞、蠕動。

昨天好像沒有蛇這類東西。男子手放在箱蓋上。

被要求幫忙，余茂七緊張兮兮手指伸進箱蓋縫隙。

他準備打開，但只打開一點空隙，就溜出好幾條蛇。

余茂七驚呼。好像有什麼東西沿自己的手臂逃跑。喔，那隻耗子。

這裡是蛇的巢穴？還是耗子的——？

「你不用擔心。蛇喜歡陰氣。耗子也一樣。牠們不會住在陽光之下。」

男子說道。

拿開很重的蓋子，好幾隻耗子衝出，又有幾條蛇爬出來，裡面還有許多蛇鼠不斷蠢動。看起來應該有好幾百條蛇、好幾百隻耗子以及種種蟲類。余茂七皺眉頭蓋上蓋子，往後退幾步。如男子所述，果然打開蓋子瞬間跑出眾多蛇類與鼠輩。男子受不了而後退，不吉的蟲與獸緩緩沿橫樑柱，爭先恐後逃向庭院，一下子消失無蹤。男子認真窺探箱子裡面，然後搖鈴、合掌。

估計蟲類都已經跑光，余茂七才躡手躡腳靠近，害怕地窺探裡面的狀況。

一看，余茂七差點昏倒。桐箱中臉色蒼白的年輕武士，被還留在裡面的蟲、蛇與鼠覆蓋似地，輕抱新娘禮服躺在那裡。

新娘禮服露出乾癟的手臂與腳，以及髑髏。

髑髏頭部有頭髮殘留，那上面——。

插著重瓣菊花圖樣，看起來頗為昂貴的泥金畫梳子。

再怎麼看，髑髏應該已經過世一年，似乎是在這櫃中腐朽的。

年輕武士應該是先幫骨骸披上新娘禮服，用陪睡似的姿勢進入櫃中，然後——。

死了。武士可確定已斷氣。裸露的上臂，小腿與頸部等柔軟皮膚，到處出現破洞。肉被胡亂切割，有些地方甚至露出骨頭。

大概是活生生被耗子與蛇啃咬、吞食，慢慢斷氣的吧。

然而——

武士的表情——。

這兩位就是伊又衛門大爺與阿岩小姐——男子說道。

伊右衛門。

當時正在笑著。

余茂七合掌。無由地慟哭起來。

嗤笑伊右衛門　完

註1：文書官。

【主要参考文獻】

作者不詳　『四谷雑談集』　未詳
　坪内逍遥監選「近世実録全書」早稲田大学出版部／昭和四年　一九二九　収録
　　高田衛編『日本怪談集』河出文庫／平成四年　一九九二　現代語訳収録
唐来山人　『模文画今怪談』　天明八年（一七八八）
山東京伝　『絵本東土産』　享和元年（一八〇一）
曲亭馬琴　『勧善常世物語』　文化三年（一八〇六）
柳亭種彦　『近世怪談霜夜星』　文化五年（一八〇八）
四世鶴屋南北　『東海道四谷怪談』　文政八年（一八二五）
文政町方書上　『於岩稲荷由来書上』　文政十年（一八二七）
仮名垣魯文　『雨夜鐘四谷雑談』　明治十九年（一八八六）

文學放映所030

嗤笑伊右衛門

原書名＊嗤う伊右衛門

作者＊京極夏彥
譯者＊蕭志強

2005年2月18日　初版第一刷

發行人＊塚本進
總監＊矢野高宗
總編輯＊施性吉
主編＊劉名揚
執行編輯＊林思吟
美術編輯＊胡芳銘
印務課長＊劉林華
印務＊李明修
製版＊藝樺設計有限公司
印刷＊鑠今企業股份有限公司

發行所＊台灣國際角川書店股份有限公司
地址＊105 台北市光復北路11巷44號5樓
電話＊(02)2747-2433　傳真＊(02)2747-2558
網址＊Http://www.walkersnet.com.tw
劃撥帳戶＊台灣國際角川書店股份有限公司
劃撥帳號＊19487412

香港總代理＊正文社出版有限公司
地址＊香港柴灣祥利街9號祥利工業大廈2樓A室
電話＊(852)2515-8787　傳真＊(852)2556-1900
港澳發行＊同德書報有限公司
地址＊香港九龍觀塘大業街34號楊耀松(第五)工業大廈地下
電話＊(852)2753-6663

法律顧問＊寰瀛法律事務所

國家圖書館出版品預行編目資料

嗤笑伊右衛門／京極夏彥作；蕭志強譯. --初版. --臺北市：臺灣國際角川, 2005〔民94〕

面；　公分. --（文學放映所；030）

譯自：嗤う伊右衛門

ISBN　9867427-95-5(平裝)

861.57　　93022769

台湾角川 讀者問卷調查

書名：嗤笑伊右衛門	系列編號：文學放映所030
姓名：	□男　□女
出生日期：　年　月　日	
教育程度：□國中以下　□高中（職）　□專科　□大學　□研究所　□其他	
職業類別：□學生　□服務業　□資訊業　□金融業　□製造業　□傳播業　□自由業　□家管　□其他	
電話：（H）　（O）　（手機）	
住址：	
E-Mail：	

※請在□內打∨

Q1：您對本書的意見

封面設計	□滿意	□尚可	□應改進
內容	□滿意	□尚可	□應改進
編輯	□滿意	□尚可	□應改進
定價	□滿意	□尚可	□應改進

Q2：您希望我們為您出版哪一類的作品

□偶像劇小說　□文學類作品　□生活實用書　□寫真集　□其他 ____

Q3：您希望我們為您出版哪一位作者的作品

____

Q4：您從哪裡得知本書

□書店　□報紙　□雜誌　□網站　□親友介紹　□其他

Q5：購書地點

□書店　□郵購　□線上訂購　□其他

Q6：您的建議

____

Q7：請問您是否願意收到台灣角川的電子報，以得知本公司各項叢書資訊及優惠活動？

□願意　□不願意

台灣角川網站 http://www.walkersnet.com.tw

請貼3.5元郵票

台湾角川

105台北市光復北路11巷44號5樓
書籍編輯部　收

請沿虛線摺疊

嗤笑伊右衛門